活字
the living word

the living **word**

活字
the living word
08

# 大敦煌

叶 舟 ⟨著

甘肃文化出版社

## 图书在版编目（CIP）数据

大敦煌 / 叶舟著. -- 兰州：甘肃文化出版社，2021.4
ISBN 978-7-5490-2182-6

Ⅰ.①大… Ⅱ.①叶… Ⅲ.①诗集－中国－当代 Ⅳ.①I227

中国版本图书馆CIP数据核字(2021)第008683号

## 大敦煌

叶舟 | 著

责任编辑 | 张莎莎
封面设计 | 马吉庆

出版发行 | 甘肃文化出版社
网　　址 | http://www.gswenhua.cn
投稿邮箱 | press@gswenhua.cn
地　　址 | 甘肃省兰州市城关区曹家巷1号 | 730000(邮编)

营销中心 | 贾　莉　　王　俊
电　　话 | 0931-8454870　　8430531(传真)

印　　刷 | 深圳市国际彩印有限公司
开　　本 | 889毫米×1194毫米　1/32
字　　数 | 300千
印　　张 | 15.5
版　　次 | 2021年4月第1版
印　　次 | 2021年4月第1次
书　　号 | ISBN 978-7-5490-2182-6
定　　价 | 88.00元

版权所有　违者必究（举报电话：0931-8454870）
(图书如出现印装质量问题，请与我们联系)

# 目录
Contents

| | | |
|---|---|---|
| 001 | 序 | 一份提纲 |
| 001 | 卷 一 | 歌 墟 |
| 049 | 卷 二 | 诞 生 |
| 057 | 卷 三 | 敦煌的屋宇 |
| 073 | 卷 四 | 抒情歌谣集 |
| 339 | 卷 五 | 呼 喊 |
| 353 | 卷 六 | 一座遗址的传奇和重构 |
| 429 | 卷 七 | 大敦煌 |
| 459 | 附 录 | 叶舟诗歌中的速度 / 颜 峻 |
| 472 | | 叶舟：在地为马，在天如鹰 / 徐 坤 |
| 479 | 代后记 | 致 敬 / 叶 舟 |

# 序：一份提纲

A 我力践于一种简约、奔跑、义无反顾和戛然中止，像一把断裂的刀子，锈迹缠身，镶刻了可能的诗句。需要重铸的依旧是内心的飞行、吹鸣、隐忍和迎头痛击。——因此，我执义于文字的正义和血，吟唱深处的速度和加速度，泥沙俱下，坚守甚至退却，即使含有隐约的失败和微明的真理。

B 在以甘肃临夏回族自治州（旧称河州）和青海积石山为中心的穆斯林聚居区内，流布着一首世代传唱、影响久远的"花儿"体民歌。在这种主要由筏客子、挡羊娃、脚户哥和农家女填词诵念的歌谣中，有一嗓子惊世骇俗的诗句：

刀子拿来头割下，
不死是，就这个唱法。

C 在帕米尔的月光以西，在经幡浩荡、法号高悬、青铜般举念的青藏高地上，在俯拾皆是的玛尼石块中，仅仅几个藏文字母就涵盖了可能的天堂。它是谁，砌筑在大地之上？又是哪一只神示之手雕镂凿试：粗砺、深刻、饱满，击穿时空而又一无所获。高原如墙，寺院堆积，岁月吹鸣，当一个孩子在路上长成，经过长久的沉浸、飘摇，泪水决绝地书写、爱戴、树立以至失败时，他可能听到的也只是一句诵念——唵。嘛。呢。叭。咪。吽。

这是我所熟知的时间之重

与生命之轻。

D 六世达赖喇嘛仓央嘉措的情歌，几乎构成了这片天空下最富传奇和浪漫气息的篇章。在一个五月的黄昏中，在充斥了传说、酒、诗歌和爱情的旱地码头，一个状如红铜、矫健似马的吐蕃特汉子，为我吟唱了一首仓央嘉措（这个神的化身、漂亮的情郎、世俗的哥哥）的几乎被所有歌册和卷帙遗忘的诗篇：

> 我坐在布达拉宫，
> 我是世界上最大的王；
> 我在拉萨的街道上流浪，
> 我是世界上最美的情郎。

——这也许是一个诗人唯一痛苦而优美的姿势。

E 哈姆雷特在人生的分水岭上，从黑夜现身，直入抵达。他说——

"我在北和西北之间,迷失了我的道路。"

F 这就是我倾身而去的文字空间。

所谓宇宙的乡愁和广阔的忧伤,于我而言,只是穿行在北半球日月迎送下的这一条温带地域中,它由草原、戈壁、沙漠、雪山、石窟、马匹和不可尽数的遗址构成。在一首一以贯之的古老谣风中,它更多的是酒、刀子、恩情和泥泞、灾祸、宗教、神祇、生命及牺牲,正义和隐忍提供着铁血的见证;而在人类的烽燧和卷册中,楼兰王国、成吉思汗、丝绸之路、风蚀的中国长城、栈道、流放和最珍稀的野兽,如今都成为一捧温暖的灰烬。

北半球这一段最富神奇和秘密意志的大陆,不是一个地理名词,不是一个历史概念,更不是一个时空界限。它是文化的整合,是一个信仰最后的国度。

让我的《大敦煌》就建筑其上。

G 以敦煌为中心——这神的山系、梦的家园和艺术的圣殿——自东而西纵贯的是几千年尘封的历史:从汉文化的首都长安起步,穿越河西走廊,到达天山和帕米尔,然后转至中亚高地,直至波斯高原或地中海文明,这就是众所周知的丝绸之路(帛道)。它使东方文明和基督教文化及希腊罗马神话的血脉相连,隐隐地凸现在敦煌的石窟之中,经久未灭。

而以敦煌为中心,向北可以抵达蒙古高原、中亚最茂密的草原地带,及至俄罗斯文明的丛林;向南,经唐蕃古道,转过拉萨及世界第三极,抵达南亚次大陆。这是生硬的大陆和蔚蓝色海洋、汉胡、高原戈壁横亘万里的横断面。

两线相交，构成平面。

敦煌即成为人类所共系的一个情结。在这处节点上支撑而起的，是一个诗意盎然且历尽劫波的国度。——东，是由孔儒哲学和风水地理构成的汉文化；西，是伊斯兰的圣房、耶路撒冷以及圣经与希腊罗马的神谱哺育的亚当的子孙们；由南及北，是佛教的兴起和藏蒙之间喇嘛教的传唱，一路来到俄罗斯最隐秘的文明深处，成为哀歌和低吟。

噢！在我的想象和书写当中，它甚至剔除了国家、疆界，超越了种族，涵括了纷杂的语言之壤，而只剩下开启的洞窟、遗址的金身和对这片大天空的膜拜。

敦者，大也；煌者，盛大也。

"敦煌"一词归入的词根，即是"北"。

H 北：道路；

北：七星之下的神明；

北：灰烬的老虎；

北：肉体之于荆轲；

北：奉献；

北：火焰在上；

北：生命之册和最后的祭礼；

北：马和，马；

北：牺牲及其捐献；

北：神示的诗篇；

北：十万历史端坐一起；

北：泪水和孤绝，怅望远方；

北：精神；

……

I "白发纷飞时，朝北；他总是这样朝北；北，更北……"

"在你上路的时候没有任何祝颂，这就是流亡！"

J 《新约》说："这七印封严的书卷。"——在我热爱的骑马民族当中，我向往这样一种情景：大风吹散了马群。

《大敦煌》由此成为我的一份供奉和捐献。

卷一：《歌墟》为二百余首谣风体短制。它是破碎的抒唱、天空的残片、目光触及的辉煌和内心的隐痛。

卷二：《诞生》为长诗。是"敦煌"一词的凸现和景致。

卷三：《敦煌的屋宇》为花环十四行诗体。是柱廊；是大理石的台阶；是穹顶的彩绘和遥远的首都。

卷四：《抒情歌谣集》为三百余首短诗和拟民谣体谣曲。是日常的杯子、酒、风俗、爱情和牛羊满圈的子弟；是生息繁衍、歌哭和三尺头上悄然的质询。

卷五：《掌灯人及其呼喊》为长诗。是诗人的举念；是一场青春；是自由的剧场；是未遂的爱情和一幕迎头痛击的决绝与呐喊。

卷六：长篇散文《一座遗址的传奇和重构》和一部诗剧。

卷七：《大敦煌》为六十首短辞。是"北"之屋宇和天空；是祝颂；是新世纪铿锵而至的黎明和迎接；是一场复兴的举念；是人类新曙光和美丽新世界的序幕。

这就是我的《大敦煌》。

K 我犹记得在我童年生活过的兰州一只船街道的那间窗后，一位穆姓的回族老人一日五次的功课。他跪坐在一方毡毯上，大净已毕，端起双手，迎向天空和内心。在远处的清真寺的叫拜楼上，一弯新月洁净如水。举念的大音如清水一样漫溢而来……

在这种宁静的音乐中，我在敦煌的路上长成。

大敦煌
DUNHUANG

卷一
歌墟

（残叶、断章或经卷之书）

## 《歌墟》空间

《歌墟》是一部短制,是世界的元素构成和想象,燃烧成为灰烬;是《大敦煌》诞生前的景致与气象。

短制是主观,或者说是客观的客观;不是诉说,而是戛然中止。

短制是谣风的极端形式,是空明和顿悟之前的闪回、密集、冲击和混沌,其意义自明。短制归一于词根,是对词根神示的创化、挖潜与呈现。

短制是穆斯林的口唤和举礼,是藏蒙之中的诵唱和膜拜。只有触及了一道一道天籁般的举念和颂扬声,才会明晰其间的停顿和周身战栗,才能将昏睡的幸福唤醒。

短制是对它的一再挽留。

《歌墟》是一部神示的诗篇。

在西北偏西,在青藏、帛道、天山之麓和久远的石窟中,只有我独自一人承接了这份天启。

或者说,短制是沉默,是沉思冥想的开花结果;不是短,而是刹那间的速度和加速度,直抵词根。

短制不同于抒情。抒情诗是对汉语词根本身的弱化、泛滥和糟蹋。

而短制是对汉语词根的回复与触及。

敞亮、无蔽，对元素的重新界定和命名。其意义天成，脱口说出。

——《歌墟》空间即是我诗歌的北方。我的。

那痛饮于神灵的某人,
他的嘴唇由泥土造成。

——圣-琼·佩斯

## 冬　天

"风随着意思吹。"

## 西北偏西

大雪封山,只剩下我和敦煌
于最后一片草原,占山为王。

诗歌的王,女儿敦煌。

## 雪　山

男神。女神。
一对私奔的穷夫妻,美丽而危险。

## 雪

旧木桶内敲落的
乳汁。

## 青藏高原

大水缠身的神
拒绝人类

而第一位牲祭的母羊是谁?

## 塔尔寺

众神聚集的山谷
王在歌唱。

## 青　海

众羊抬起的水面
阒无一人。

而光芒追杀光芒——

## 帕米尔之夜

一堵高墙,半个月亮。
我们三个,今夜前往帕米尔母豹的毡房。

## 古格王国

歌墟:十万只嗓子轰然坍塌。

## 丝绸之路(帛道)

你上你的大路,
我抱我的羔羊。

## 二十四史

风中谷仓,究竟为谁而开?
一根鞭子上做梦的羊群,是谁家的小孩?

1924,灾年。

## 刺客列传

一麻袋刀子……饮血饮醉。

## 西伯利亚

暴风女神的逃亡……和绳索。

西伯利亚,我的爱人。

## 俄罗斯

黄昏时分泥水匠的歌声……像一阵暴风雪抱住炉火。

## 饥　饿

一截钢铁上围坐的羔羊们……面目全非。

## 举　意

我所举意的曙光就是今天。

飞——,坚持以至朗诵,迎头痛击。

## 叶　舟

七印封严的书卷。
这白脸青年抱紧的药箱：在地为马
　　　　　　　　　在天如鹰

## 春　天

一夜新娘
半筐果实

## 朝　霞

如果我还算是一阵女人。
如果我再次拥有婴儿、羊群和一片美丽。

## 阳　光

废墟中只有我新鲜如桃花。

## 桃　花

荡然无存的女神又去哪里安身？

## 湟　水

一根木头上站立的岩石们
面朝大海。

## 湟水谷地

顺水而下的羊群
生儿育女。

## 厚　土

活在阴历的人们起身……敲打的虎皮。

## 梨　花

今年三月，梨花漫天
扶病而歌的你不会想起我——
像想起一堆白雪。

## 梨　花

亲吻和破泪都是姐妹。

## 东　方

万丈光芒平地起。

## 酒

横身火堆的人，手执杯盏

## 青　稞

鹰骨之上的种粒——
落地成歌

## 西　藏

打马驰越山冈。
半个莲花，灿若西藏。

两个老妈妈坐在雅鲁藏布江上。

## 拉　萨

红尘有你。

## 天　山

七星之上的王位，端放诗卷。
天山如水，将我喂养。

## 自然的香味

打水桶中，爱情难忘。

## 飞　天

黎明中穿戴一新的朝霞姑娘
……站立空中，吆喝羊群。

## 草原之夜

马头琴抱住的灯光，像一枝黑色的鲜花。

## 晚　霞

"有十个童女，提灯而去，迎接新郎……"

## 想念一个人

两座乳坟——
一只呼喊　一只埋葬

## 马兰花

阳光的乳头
马的乳头　羊群的乳头

——那是我爱人含毒的野花一片。

## 天

虚空中，我俯身的半截石块
名曰女娲。

## 地

船身中朗诵的女神们，笑声不断……

## 菊 花

义军队伍中奔跑的灯盏
像一把爱人的匕首

## 蒙 古

二十四匹大马载入的春天,电闪雷鸣。

## 马 灯

一匹马骨上站立的你
代表爱情——灯光啊,万物因你而灭。

## 羊 圈

再次返回空无一人的人类之井。
再次返回,门或者诗歌的腹地。

羊圈:马灯和泪水。

## 刚察(青海某县)

脚心发烫的地方。

拾走羊群的一双女儿。

## 李　白

囚徒哥哥
背负诗卷四散逃亡的哥哥，……吹气如兰。

## 李　贺

诗歌阎王，背起驴子朗诵。
这世代更像是一捧呼喊的灰土。

## 印　度

印度，以及印度和我
围坐菩提树下贫穷而美丽的姿势——
遍体开花

## 恒　河

施洗的水，骑坐鲸鱼背上。
那波光潋滟的尽头，称作远方。

一万年太久，只争朝夕。

### 菩提树叶

殉诗的火堆,捆紧我的骨殖。
那城门下悲哀的人像一地羊群。

### 菩提树下

本来有三物:我,和你,还有世界。
无处惹尘埃:世界,你,接着是我。

### 心　愿

穿州走府
提灯还家

### 希　腊

门楼下一堆童子军昏睡不醒……

### 耶　稣

孩子他爹,出门乞讨。
一只破碗,大如天堂。

## 鸟的面具

飞,我要求所罗门王黄金的骨殖。

## 航　行

怀抱小船敲门的儿子
美丽异常。

## 萨　福

破壳而出的小妖精……,纵身入海。

## 俄罗斯

两根小白桦奔跑而去的……美丽山岗。

## 开　罗

无花果树下,我长饮的天鹅星座……

## 苹果树

大风吹乱了天空
我和你滚落一地……一对裸体拥抱的神。

## 黄　河

满河床漂走的哑子羊群——
筏子渡我，如渡黎明

## 儿　子

苍茫水面上扶住心跳和朝霞的人
多像我美丽痛楚的名字

## 夏　天

旗

## 夏季牧场

今夜抬起大地的栅栏。
今夜，在如歌的草原上入睡。

## 青　春

脊骨和屋梁……建筑我亲爱的祖国。
一对苦兄弟，两只羔羊。

## 马

合唱队里美丽的
天使长，像我早年失散的一个弟弟……

## 歌

青铜部族里
精角公牛的美妙姿影。

## 流　沙

鹰哨声中，十万羔羊静如细尘。

## 和　平

一把斧子上短暂睡入的新娘。

## 梦回唐朝

李白和我
十里相送……，送君。

## 太　阳

提住头颅我又一次深入人类最后
的挽歌之地

## 鲁　迅

父亲，一根脊骨秉烛而行。
大风吹你，如吹祖国。

## 父　亲

骑马的人。挖井者。高个青年。微笑之公社社长。
掌灯人及其呼喊。收割者。秋天的帝王。
童子军和父亲。城楼上朗诵的诗篇。大丈夫。

—— 一齐来到我家门前。

## 灰　烬

二十世纪的筐篮中，鲜花一朵。

## 敦　煌

藏于琴箱之上的嘴唇——剥落。
只有我，再一次试图说出。

## 太平洋

娶妻造房，生儿育女。
太平洋，一堆刨花中完全的赞美：叶舟的歌墟。

## 大　海

蓝色黄金的庙宇啊
暗藏神的基座——

## 航　行

现身大海的女妖犹如屋顶上爱人的一段笑声。

## 船　歌

骑坐鱼骨和风,众兄弟疾速靠近天庭

## 灯　塔

我在一片深渊的镜子前把守
谁领我走出一段时光?

## 埃　及

奴隶们洗刷马身的河畔……歌声不绝。

## 尼罗河

木排上运走法老的尸身和红旗。

## 金字塔

秋天的尸骸鹰的尸骸孩子的尸骸
在天空堆积

我在兰州的屋顶上投入朝阳……

## 狮身人面像

甚至人类
甚至最后的话语都被我秘密地遗忘

## 俄罗斯

我和叶赛宁表弟一同
牧羊的山冈

## 非　洲

豹子的领地
和我空空如也的谷仓

## 撒哈拉

沙之书……以及灯火中奔跑的白虎……呼喊不绝。

## 阿根廷，请不要为我哭泣

深处的马匹。旧书中的武士。三根弦。
一口袋刀子。情人。泪水一筐。

阿根廷,三个姐妹,远嫁他乡。

## 潘帕斯草原

博尔赫斯村庄,更像是叶舟的一片歌墟。

## 黄　昏

黄昏的豹皮子
扑住夜晚

## 秋　天

"死就做了王。"

## 美　神

那骑在马上的,名字叫"死"。

## 麦积山

歇下手脚
打开干粮的口袋

## 洛　神

高悬水中的筐篮有银灯一盏。
是我妹妹丧失的嫁妆。

## 云冈石窟

围住天空，谁骑住
羽毛故乡里一段青铜的歌声

## 悬　棺

我伸手摸见的心跳逐渐成为一堆灰烬……

## 龙门石窟

壁立千年
我在时空中拥有谁的走动、流泪和生命？

## 朝圣路上

我仆倒在一片阴影里，徒然念唱。

## 草　原

大风吹散的羊群捧住爱人的心脏。

## 爱　人

一把盐藏于水中
像那个赤裸的女仆倚门而立

## 苹果树

私奔的花朵……哦,我在春天热恋过的一伙羊群。

## 梨　花

酒杯中现出仇人的羊群和女儿。

## 天　问

虚空的虚空……唯有灵,运行在渊面上。

## 屈　原

首先的人于鱼腹内颂诗朗朗。
半个月亮
　　落水为舟

## 个人写作

"那样做，准是出于骄傲！"
　　　　　　　　　　（叶芝《三支进行曲》）

## 灵　旗

田田莲花上冥灯为谁骤亮……看守今世

## 世　界

这口大钟里，谁将灯火击哑……

## 婴　儿

一张血红的牝羊皮
抖落的朝霞……

## 美　丽

废墟上的歌声,是我叛军中九世单传的诗卷。

## 鲁　迅

"我将人类这只药罐子失手打破
……毒死自己。"

## 故　乡

两只乳房
一只是母亲,一只是痛苦中喊叫的你。

## 黄　河

一口袋迎风而立的马匹,多像是中国的夜晚。

## 诗　篇

四根木头——
那是埋人的井,姐姐的井

## 诗　歌

"黑夜已深,白昼将近,我们就当脱下暗昧的行为,带上光明的兵器……"

黎明的公鸡和人,唤醒柜子,和我

## 希　腊

迷失的诗歌船队
沉没于大海的中心……那只蓝色天鹅的众乡亲。

## 爱琴海

女妖们的歌声像一捆光芒
抬走神的尸体。

## 荷马时代

挑烂双眼,我摸见了世上最初的颂唱。

## 海 伦

瞎子的女儿乞丐的女儿
执法者荷马的女儿

——牧羊姑娘,你是我世上最美的女儿。

## 米开朗琪罗

采石场上喊叫劳动号子的红发奴隶

## 俄罗斯

干草浮动的天空
和红色手风琴中深藏的诗卷

## 非 洲

地下的煤炭以及一堆世纪的灰烬……

## 伽 南

蜜与流奶之地,仿佛我歇脚的郊外。

## 须弥山

我和世界一同滚过的……天上祭台。

## 西伯利亚

流放者、诗人或呼喊者的花园。

## 明 天

花瓣中落地现身的婴儿——
是正午阳光中微笑不语的海伦。

## 波斯纪行

天上花园
以及滚滚消逝的公鸡和人

## 博格达山峰

黎明前举身,一只杯子
像一个亲爱的祖国

## 乌鲁木齐

深夜的牛铎声声……喂着
九只月光。

## 萨黛特

三棵芦苇草,
支起小木床。

萨黛特,一夜舞蹈。

## 青海湖

蓝色天鹅的埋身之地。
两个处女:马兰和格桑。

## 玛尼石

幼马高叫——
"鞭子太长。"

## 伊犁谷地

这长满雀斑的维吾尔族姑娘
一马当先
　　做了新娘

## 历　史

七朝王室
一卷歌谣。

## 北

一粒星光慢慢放大……北
北上加北，狮子和花，来到敦煌

北：床板和匕首，构成气象。

## 音　乐

空无一人的谷仓与地狱……随波逐流。

## 玉门关

万骨枯灭
春天破身

## 藏　族

吐蕃特……九匹哈达漫成江河
十万神祇
　　立地成佛

## 1993 年

大雪跑成了南方……一只旧船舱。

## 生　日

我是那抵达死亡的第一张
水上木床。

## 墓志铭

让一把盐藏于海中
让一座空空的羊圈在世上奔跑

## 一个青年

入城的人……满脸晦暗,腰挂诗篇。

## 鼓

梨子地里,更衣做爱。

## 致意——

秋水共叶舟一色,
卷帙与烟霞……齐飞。

## 雅 歌

练习曲中的
一堆羊头

## 哺乳者

担水的筐子下
爱情流布

## 歌 墟

洞开的石窟……破嗓子下
　多像一箱诗歌的残叶

## 信 函

语言的棺材
盛装美丽……你是世上最后的一份珍藏。

## 镇

裂帛之下的邮吏……说着风俗。

## 十万衙门

"狼的退步!"

## 高 处

这秘密的打坐、询问和翻身
像一位美丽的妓女走来……

## 儿 歌

十个白胡子
头顶药罐子

## 你的手

青年的追逐、歌唱和挑逗
像一勺子埃斯库罗斯的星斗。

## 深 处

旧书中的心跳、屋梁和传唱——
佛与处女们

## 灯

梦遗之下
女娲醒来

## 三首好诗

弄瞎了我……
……弄瞎了我。

## 诗 篇

黎明即起的,马。

## 水

吃着青草。
一口袋乳房
　　和我,作了叶舟。

## 敕勒川

一座空羊圈。
七层黑暗。

## 诗歌烈士

磨坊里的人,砍柴、挑水
磨坊外的人,砍柴、挑水

## 广 场

六月下马。
坟上开花。

## 第1001窟

诗歌战士
地久天长

### 寺　院

梯子追着
　　我和天空

### 箴　言

那黑暗中没落的国度，和你
像两只新鲜美丽的花圈。

### 伤

十八罗汉
拔地而起

### 神　明

三双靴子里走马观花
的生日

## 精 灵

飘飞的屋顶下
端坐二人

犹如两只春风里翻墙的门环。

## 刀 子

月亮哽咽不语……骑井而出。

## 麦 加

天房。
暴风雨中骑住人类最后一领屋脊。

天房埋我,啜饮双膝。

## 阿拉伯海

洪水泥版中珍藏的头羊。
挪亚船长。五卷书。口唤和拥抱。

圣光洗着,我和月亮。

## 马背民族

井底之下,安睡元朝。

骑马者
亮若神祇

## 摇 篮

木桶上飘过婴儿和村庄。
一个摩西,以杖入海。

## 妹 妹

一阵黑烟飞过,发辫修长、爱情嘹亮。

## 仓央嘉措

六世大喇嘛。
一扇红衣,推开西藏。

## 鹰

葬礼的骸骨,一如儿女的屋宇。

## 喜马拉雅

打马入羊圈
世界无边。

## 新　疆

达坂城的处女们……身挂箭袋。
新疆，半册烂歌本
　　　　　一碗心伤。

## 七　星

我埋头饮下的北方
七灯盏　七马匹　七印　七儿女
　　像一只空空荡荡的木箱。

## 南　方

一驾破马车
两尊帝王

## 献给北京大学

红衣主教们的传唱——大风吹开
　　　　　　　一座敦煌

### 午　夜

诵诗班里最幼的头羊……大汗淋漓

### 处　女

一夜哭水
像木塔之上的　深秋了
风铃

### 泪　水

上帝的天鹅脖颈下深埋的
大井。

### 倾　诉

隔夜的牛羊……一身风雪。
花朵杀掉，你和我。

## 钢 花

七星之下的女神……赤裸而立。
沸腾的羊圈
美如我的一身骨骼。

## 哨

半声呼喊
一生祖国

## 羊

我孤独忧伤的大琴
埋住二月。午夜出走的新娘
像一船舱雪花。

## 1994 年

你是,我的。

## 爱　情

半截身子
落井下石

## 女　儿

一把刀光
恰如其分

心上的一道牺牲

## 口　唤

歌中皇帝
双膝跪下

梨花像一阵断裂的刀声……生身父亲。

## 一个女人

三十二年
敦煌如天

## 漂

黑夜如病
顺水而流

## 二 月

十三匹马头
　　迎下了新娘。

## 爱 情

向日葵下
　　马羊同圈

## 黑 夜

半口袋想念　和刀子
　　　　兵变为王

## 马，以及羊

二月的琴师
有十八种唱腔。

## 漫　画

推开水
让鱼儿找见大海——

## 二十世纪的幻象

我看见一片废墟和王冠上
独存我的歌声——

## 大敦煌

最后的水井和盐
最后的歌本和一伙羊群

这时，母亲朝霞将我和头一份祭礼献出——

大敦煌
DUNHUANG

卷二

诞生

# 诞　生

我并不是第一个委弃于泥的。
痛击花朵的风双手合上，果园止步
埋下膝盖自此滞留
一只病痛的花朵——

我并不是第一个呈现于秋天的。
八月的花朵，命中注定的孩子
坐入火焰的银笛
这样我试图说出的话始终也找不到
一只黄金的嗓子，虽然我爱着
明净的水上讴歌的鱼群。
根，扎进内心
像羊群默念渡口上灭没的灯盏。
我并不是第一个捧出热血的。
鸟骸含住种粒，呼吸藏着闪电
少年的奔跑啊，来自一次惊心的梦遗。
嘴唇探向的夜晚

鲜血淋淋——

马匹深陷架起的是谁的屋梁？钟声为谁？
谁用花朵呼唤女儿？含泪的宝石握住怎样的消息？
秋天，伤口内深长的呼喊——


车轮站起
我并不是第一个抵达春天的。
开放只有一次，纯贞也只有一次
肉体开花
黑暗中肉体开花犹如镰刀飞临头顶。
车轮站起横挂永生的尸体。
花朵，在取火的路上
爱情揪下头颅
在这个弯曲的世代啊，爱情揪下了头颅。
我说要有光
疼痛便抓住我……


蜜。
纪念我饮血的泪水。
优美的衣服，只为蝴蝶拥有
小小的温热的心脏——
在这个世上我们相处了仅仅两天
甚至来不及一声再见。
曾经的触及，是一团空气

并且泥沙俱下的名字，多么不真实。
蜜：剖开双手我要说出的消息。
我并不是第一个见证了生命。
三瓣花朵
像三个破败而奔跑的帝王
坐在一起
坐入疯狂的秋天内心

而女儿在深夜里
暗喜
初次的红晕
像旧木箱提走的
一阵雪花

而旧女人藏于岛上
媚人的歌声因我而慌乱——
花朵啊，一次迅速。
赤裸的肉身再也召唤不了
一片船帆。
蜜，来不及点滴的甘甜
大海已含盐……

这时刻谁转过身去，谁就抱住了灰烬。

祭台高举

我也并不是第一个献身火堆。
愤怒的葡萄,以及焚毁的玫瑰。
于红色山谷高擎青铜的兵刃。
八月:缟素之人
牛角挑亮了明灯——
花朵啊,长天下无助的嘴唇
像一排列阵的坛子,叩击胸骨或潜伏的疾病。
这样我试图献出的舞蹈始终也找不到
一个美妙的姿影。虽然我爱着长袖之上
抱住门板的双亲——
第一秒钟是爱
第二秒钟两把绝望。那日临近啊……啊
我看见虚空的大地
花神降临


永远,永远远在谁的手心?谁在琴箱中提问?
第一位高声作歌的人是谁?谁是帝王?破土而出
　　的声音怎样?
秋天,鹰背之上彻人的光芒——


血。
抽出一把长剑。
祭台高举,自从我突然开始怀有
一种骄傲的心情。
花朵啊,秋天唯一的亲人

犹如藏于星辰下洞穴中小小的墓地。
我记住了这一时刻不是出自感念。
赤子走出
赤子在河道上步步高喊:"痛苦一刀砍下来——"
千年的诗篇翻开。
应声而落的花朵死于爱
得以在血上活。
血:两道大水得以包裹。


我和我命中的花朵
来到秋天


透彻寒冷和光
海上
有人架起木柴——


而黎明时我又碰见了看守火种的那只蛇
在东方的伊甸


泥。
打碎成瓷。
我并不是第一个丧失了方向。
奔跑,我赞美的只有两道车辙
大地的花朵
深夜中仅有我奔跑为了受过。

伤疤

挂住八月。

收拢吧,花朵。花朵……花

扛起红色的棺材

踏过雪地的福音队伍

白色的孩子,阳光会照亮……

阳光照亮。

我并不是第一个如此热爱我生长的河岸。

祖国:血或者蜜

心头的花蕊

噙住热泪的喉咙噙着话语。

秋天只有母亲如水,从婴儿的吮吸中

完全了赞美

大地如花……大地如花将我诞生。

大敦煌
DUNHUANG

卷三

# 敦煌的屋宇

（花环十四行诗抄）

# 敦煌的屋宇

## 一

灵息吹动。像心上人长久醒来
和我相遇在痛苦的心上
一见钟情于痛苦的北方
敦煌，落日下呼喊的葵花

像心上人的儿子奔走如风——
米开朗琪罗，光中逃亡的奴隶
只记得那是第一个早上
黎明仿佛井中的声音……说是敦煌

是谁在我的肋骨上隐隐作痛？
除了你，是谁抓住我的脚步？
诞生时我就梦见自己的身体

枯骨成石。那是长久的泪水之后

我爱着世上第一只母羊。
接着我听到的,乃是人歌唱的声音

## 二

我听到了人歌唱的声音——
结绳记事,于是出现了摇篮和诗篇
这黄金的世代啊身披丝绸
你蒙古　你秦岭　你天山　你黄水　你疏勒

像一团恩情将我包裹。
我听到了人歌唱的声音
云脚低处,闪现一个美好灵魂
消息说……那是敦煌

草原,风来风去的秋天
羊群护送的灯火仿佛真理本身
我不断下沉直至

人类的第一场大雪填满洞窟
我听到了人歌唱的声音
落地为唇,那夜晚的笑声也像哭声

## 三

落地为唇，没有人提起仇恨因为没有仇恨
洞窟住满小女人
四个先知飞来飞去说出预言
"这是第三日，这是最后的光芒——

熄灭成泪。"广大的心起始于一场爱情
骑上公牛和刀刃
只有残破的木桶藏下伤疤
模糊地说起……那是旧日敦煌

于是在我的手上出现了天堂。
神祇中只有你对我洁净如初
我埋头于一片黄昏，牧羊姑娘

埋头岩石的灯盏，沙漠的宝石
又一次睡在东方的长安——
一亩小麦　一户人家　一匹豹子

## 四

一匹焚烧的豹子，称作歌王。
我和我的诗，或者我和痛苦拆散的豹子

端坐诸神心中的岩石
我是和大地一起上升,风闻其名——

敦煌,只剩下心上人内心的粮仓
摇摇晃晃只剩下
我和水,和疾病坐视千年。开窟请出什么?
一根骨骸上我认出立约的牛羊

首先的人和泥
痛击双目失明的歌王,焚毁的豹子啊
深夜的母亲梦见蓝色的……圣地敦煌

靠近我的肩胛。失去的年代
像马背上奔跑而灭的女儿们云集秦岭
在这弯曲的世代,我爱着其中一份毒药和疾病
的手艺

## 五

秦岭,今晚美丽的月光
秦岭今晚美丽的新娘
骑坐屋领和鱼群的人
要碰到我的死亡

今晚我远在他乡,像太阳
手捧灰烬照亮美丽月光
迷途难返的人哪……散尽骨头
像你要拾起我的木床

秦岭,一万只羔羊
载来今晚我美丽的新娘
这是世上第一只心碎的母羊——

横泪挂在秋天胸脯上
我抱住腰身上疼痛的灯光
秦岭,你是今晚我美丽的新娘

## 六

疼痛灯光因花朵致命
多么韶美　多么迅暂　多么恩情
是我贴住岩石饥饿而失血的幻象——
"诸神呵,侧目,我要说话。"

洞窟开启仿佛肉体开花
诗歌:黎明即起的马
背负洪水挑亮灯火高歌平安——
而又摘取第一个男人的心

我不停地返回自己的喉咙
让洞窟开口……我在空气中流泪、坚持和朗诵
什么时刻我作了诗歌的立法?

而又成为自己的头一道牺牲?
风中打坐,我陡峭的歌唱和一组骨头
难免被击哑形成一块墓画

## 七

我明说,是九月将我击哑
伏在马上的九月
用热血将我击打
抱住火堆,我闯进秋天

我也说,是秋天将我击哑
诸神聚集的山谷
是我永远的伤口
一枝火焰中,我反复梦见残花

花朵呵,我是唯一的琴手
和敦煌作舞
我知道是诗歌将我击哑

排成一行——
在九月是我和敦煌出走
两个哑孩子把花冠一一编就

## 八

美丽花冠：好像前世的女儿，名曰飞天
今夜远在敦煌以西的草原
来到的日子，正是动手割大麦的时候
没有第一日甚至没有第二日

只有宁静的秋天果园
女儿，仿佛就这样痛苦地站在天空
期待我的每一个动作
意外的惊喜是多么劳累多么困倦

正如我的诗只向你吐露——
水井和果实，只向你吐露
一匹红色牝马飞出湖泊：是多好的酬劳

有十个孩子提灯，迎接新郎
我仿佛也这样痛苦地升上天空——
眼望两手空空的远方

## 九

远方是我扛起的一架脊梁
聚拢光芒,因什么而辉煌,而遗忘?
我坐在诸神心中的岩石,像一根膝盖
这秘密的囚车上是谁驻足?

不过是一块腐朽的壁画,石匠
在水底的火焰上镌刻嘴唇
　"远——",我肉体中囚禁的诗歌
伸手抓住疼痛的虚空——

我不断地下沉直至昨夜的一场大雪
埋死人类。敦煌……远在蓝色月光下的敦煌
就要再一次梦见我

点亮洞窟和春天的油灯。
吹笛人其实是蛇,像是孤独心上人
在春天长久醒来看见那是什么——

## 十

那是打井埋人的声音　诗经的声音
那是楚国的歌声四起

红色的海歌子，红色的渔歌子
你病痛之花你两道河水靠近我靠近我——

北方的丧队和遗址　烽燧满地
我遍布大地的手抓住秦岭
取火的路上，马骨带来了消息
谁看见灯火谁就留下死亡或爱情

两卷圣书：北方和南方
血和夜晚扑打琴上
奔跑之中我早已放弃了朗诵

背负诗歌的人，这是我们共有的疼痛
和天空——汉语的天空——
穿经千年，这是我们共有的泪水和诗篇

## 十一

穿经千年的草原，马头挑烂这琴弦
盲目的歌王知晓的一切
遥远了，穆天子的马和火焰
秋天，我再一次目击了青春的劫难——

灵柩或琴箱，这幸福的归还啊
堆积了鹰的尸骸，孩子的尸骸，诗歌的尸骸

那夜晚的笑声都是哭声
像爱情安睡在末法的世代——

盲目的歌王知道这一切
哭声……敦煌……沙漠……诗歌和墓地
穿经千年的草原被谁洗劫一空

现出真相。
秋天哪,劫持消息的马兰
巨大的山川上谁在允诺,谁大声提问?

# 十二

井中的马兰是人类的处女
和我合二为一,手执最后一份经卷。
苦难的只是生活,同样我爱着这弯曲的世代
我为人类保存言辞而备受伤害

又怎肯一遍遍长诵不止。
井中的马兰是我的骨头,只有敦煌生长
敦煌如歌将我珍藏
……经卷:黎明照亮的先知和儿童

丰收女神的胸怀——
生命是死亡唤醒的梦,只有马兰是我至爱

母亲马兰,怎样的圣杯和泥

使你成为敦煌。我在乳房中梦见葵花闪现
嘴唇朝向故乡,梦见一段从前静静的美好时光。
而母亲,你又远在秦岭之上的天堂。

## 十三

横挂尸体的秦岭,远上天堂
光芒中有人颂唱
鼻息之中出现了爱人——
拾走我,如同拾起雨水的口袋

秦岭:肉体中明灭的九月
今夜远在敦煌以西的草原
横泪之中出现了爱人——
诞生我,就像羊群护送的灯火

美丽花冠:
或者秦岭和敦煌
我在同一个夜晚反复将你歌唱

我不是歌唱
在大地的花盏中刻下爱情的真身
我是用一生的泪水请求

## 十四

请求血泊中的麦穗
请求我的诞生和首先的哭泣
请求青草环绕的双膝
请求平安的亲人和一万年的油灯

请求丰收人的女儿
请求十二月的新娘
请求雪花抱紧的婴儿和我的长大
请求忧郁或仇人的眼睛

请求伤口的花朵
请求贩盐路上远远的灯火
请求村庄和浪子的情义

请求光和今天的马车
请求穷人的轻轻呵护
亲人啊,请求众人举念的大诗:"活命而不敢质问。"

## 十五:副歌

穷人敦煌,像一万座恩情的村庄
将我带到中国的北方

我在马厩中学会开口、饮水和方言
我在一个普通人家懂得了守望

穷人敦煌,我被祖先亲切唤醒
从墟烟里回来靠近一阵美丽月光
我在井台上学会原谅、遗忘和感恩
无拘无束为了复活

一个简朴的愿望。
穷人敦煌,传说和一支谣曲
扶住我一路踉跄的歌唱

敦煌,和我相遇在痛苦的北方
一见钟情于痛苦的心上
灵息吹动,像珍贵心上人在春天……长久醒来。

大敦煌
DUNHUANG

卷四

抒情歌谣集

（节选）

# 抒情歌谣集

（节选）

## 醉卧敦煌

杯子中，雪花砸落
遍地鸟声——


杯子中，一麻袋刀子
和两匹骏马
真像美丽爱人——


杯子中，风吹草低
夜晚我和一头母羊
难忘你——


杯子中，一驾马车和火堆
站起扶我
像扶起亲爱的父亲——

杯子中，秋天破碎，万物归仓
胡天之下只剩一盏银杯
灌满泪水——

杯子中，姐姐你手执诗卷
像洞窟中酣睡的女神
美丽飞天——

如今杯子已破，豹子逃离，主人成土
敦煌，我和你像一对孤儿，无人收养。

## 敦煌谣曲

敦煌　蜂箱内的一群女儿
抬起春天的奶桶
一副好身坯　采集和歌唱——
姐姐，暗藏刀刺的母王
黄金堆里爱情的
真身——

为了让我在今天死去
为了使我在夜晚梦见

## 敦煌帖

旧书中的灯火,像一伙石头的羊群
围坐秋天的小井,默默无言
敦煌:牧羊的姐姐
两只乳房即将熄灭　就要瞎掉
黑暗中的鞭子——
比黑夜更黑,比爱情美丽而遥远

唐朝的九月　李白的九月
更像是叶舟的夜晚
三个人,抬起敦煌的马车,举步维艰
星空是一则漫长的诗篇,来自姐姐
高处啜泣　惨然微笑——
月亮和我
像一对爱情的耳朵

热爱四方——

我和少年李白爱你,爱着敦煌姐姐
奶桶中敲落的雪花　埋葬千年
初见黎明——

敦煌:一架屋领或埋我的大井

## 敦煌的三首诗

### 一

敦煌的水声,是四只耳朵
提住的木桶,梦见我,像一口大井。
井底直落,我和一堆霉乱的卷帙
是丑陋的羊群。
水,冲开我,而且更加冲开我。
半个敦煌,在草原飞动。
旧情难忘,石窟中十三朵格桑
扶住迎亲的花轿

水声,像一堆风断的发辫。
沙漠中远道而来的九个男人,翻过山冈,旧情难忘。

### 二

敦者,大也;煌者,盛大也。
黎明中起身的敦煌——

真像我失散已久的小妹妹。

### 三

庙宇。三匹爱人的牝马。宝石木箱。飞天。嫁妆。

这河水上漂来的村庄
究竟是不是一首,灰烬的,诗篇。

敦煌,破水而出的声音。
城堡下一堆童子军……千年不醒
围坐当年。
千孔洞窟像合唱班的果实,就这样
大水滚来
一万年向我滚来

敦煌,马背上苏醒的乳房。
婴儿落地,更像十三朵红色格桑。

敦煌的三首诗,和我,在琴箱中静静爱你。

## 谣　唱

半口袋刀子是光。
三匹大马,亲爱的只有我俩。

半个羊圈是敦煌。
离我不远,仿佛女儿格桑。

半个洞窟是屋梁。
美梦如昔,睡在马头琴上。

半个菩萨是心肠。
一半归你，一半还给远方。

半夜里坐着月光。
草原之夜，一支酒歌将我击伤。

半途中抓住村庄。
两匹豹子，爱情飞驰山冈。

半个身子交给你。
背负灯火，半个中国，我爱我的北方。

## 月光大地

月光大地，一万只羔羊静坐山冈。
美丽如你，今夜使我难忘。

月光大地，这月光不像黎明。
提住门环的女儿，比黑夜更黑、更温暖。
木塔之上三只风铃
像三匹大马 饮下
草原之夜的牧歌和泪水。

月光大地，十三根鞭子上奔跑的爱情。

我和你坐在羊圈中，像两朵鲜花。
这美丽月光是不是一捧灰烬——

月光大地，马头琴内，井底无边。
骨哨之下，九个男人睡入杯盏。
一口袋刀子与酒
难道仅仅是一则好消息？双膝跪地
怅望七星的人就是哑巴父亲。
你看着我，甚至不会开口言语。

月光大地，这世代呵，像一道呼吸。
乳房中的两姐妹，两只痛苦相爱的蝴蝶。
一枝马兰，一枝格桑
秋风吹鸣，一片空虚——

月光大地，九匹豹子围住敦煌。
篝火跑成了泥泞，歌唱变为废墟。
黎明的主人
破门而入的主人，一如细尘。
脊梁上的呼喊，是谁
在这秘密的举意中驰越灯火。

月光大地，在地为马，在天如鹰。
除了源头，你还是我世上的一只药箱。
今夜坐在水上　坐在

人间的州府和屋梁。
我爱上你，如一把刀光，逼上船舱。

月光大地，叶舟和半个敦煌。
只有我独自一人，试图再次说出——

## 九匹马的草原

九匹马的草原，一望无边。
九个秋天，像心上人深藏的一只筐篮
打水来到我家门前。

九只口袋里迎风伫立的马匹，面向水面。
青海：七颗星子　九座寺院
九道车辙真像美丽人间。

九盏灯台下，牛羊归栏。
今夜你是否仍然爱我如初——
九位女神，你静默如钟的最小雪山。

九顶奔跑的乳房，九座帐篷。
我抱住鲜花坐入八月的伤口。
九道诵念，高如天堂。

九只鹰，围住天空。

秋天的废墟，像一座荒凉祭场。
九根鞭子上爱情的屋梁——

九匹豹子的呼喊，酒杯中
只剩下我独自一人，手提马灯。
九个夜晚，半个身子为你而眠。

为了成为一道牺牲
为了在心上复活。青海
九匹大马的草原，九次梦见。

## 一只旧奶桶

三匹哈达上飘过旧奶桶。

斧子开花。圆木成琴。
一只旧奶桶在草原飞动。
乳头下，半个石窟和壁画——
与我跪于马下。

天高地远，旧奶桶。
黑夜的女儿，三根羊拐骨喂大。
贫穷美丽的姐妹，营地之上
三匹豹子骑住猎手还家。

三匹哈达上飘过旧奶桶。


长天万里,筐篮中一条大水风平浪静。
打奶的歌声,像我睡在心上人脸上。
这埋锅造饭的石窟
生儿育女的石窟,神祇如泥。


哦,敦煌,羊皮口袋的经卷和药箱。
马兰和格桑埋进岩石。
飞天:一只旧奶桶
三堆篝火奔跑而去的嫁妆。


三匹哈达上飘过旧奶桶。


推门的声响,像羊脂灯上的毡帐。
骨哨声中,眸子擦亮。
而坐于秋日的头羊,在刀子上呼唤——
"好伙计,快把琴声拨响……"


敦煌如床,长星照耀谁要睡入?
这秘密的消息和翻身,真是黎明太长。
哦,敦煌,胡天之下有你——
说是一片旧日故乡,睡在山冈。

## 我在马背上埋下双膝

那是运回我尸骨的一次正午。
那是我长跪的一眼石窟。
水声四溅,一团阳光随我睡入。
荒凉的,四散的羊群。
摔碎的,流血的马灯。
十二座新娘
分头在草原上下雪。
三匹白布飘飞的雪山,比黑夜明亮。
一次正午,旧木桶运回了我的心脏
像是一批亲爱的强盗。

一队花朵。
一队格桑似的姐妹。
这个时辰梦见我,头枕药箱。
可你还在一堆火畔吹嘘。
穷苦农奴走出了毡帐,今年的羊膘肥体壮
今年的大风吹散了马群。
半个集市上,阳光太亮
背靠新疆
一次正午,阳光太亮。

我在马背上埋下双膝。

泥土封门，我在唐朝的酒肆里
丢下钱袋和心跳。
草原：流放或归来。
羊皮口袋里，我沉入经卷和长鸣。
大雪太黑
阳光太亮。

我在马背上埋下双膝。
三只锅台，好似前定的村庄。
一次正午，飞驰的豹子内部
谁是一截牺牲的木头？
我不愿长久地醒来
跪着
　　我饮下了光明的星宿。

我在马背上埋下双膝。
十月的牛羊，我埋下了第一次仆倒的心情。

## 守窟人

十万母羊载入的湖泊王位。

藏下兵器和部落
的石窟，像秋风中一只筐篮。
一条大路埋我

戈壁尽头，埋下豹子和我。
春天的门开启哪端？
一声长嘶中，敦煌离家出走。

刀口上大雪纷纷。
十三朵格桑，腰斩途中。
马背民族——
鹰眼下万里长空。井台上的客栈
一道箭光，裂帛之正午。
十万母羊载入的湖泊王位。
青铜枝下，成吉思汗。
这麻脸青年
像黑暗中叫关的十只灯盏。

敦煌与我，活在心上。
飞驰的羊圈
犹如月光下一群入梦的女儿。
风暴溜进了洞窟。
马蹄下，一把旧三弦破门而入。
八百谷仓，七十飞天
一根鞭子啊——
与我和草原作舞。

十万母羊载入的口唤和顶礼。

木箱。卷册。吹呜。干粮和丝绸。
我在一只车轮上
端出两碗水——
神祇如花,带刀的北方
睡在一根青稞上的是谁?
满脸敦煌的神采。
踉跄的敦煌,两片嘴唇——
一桶带刺的蜜糖。

我守着自己,骨头的粮仓。
十万母羊,载入了泪水敦煌。

## 眺 望

### 一

部落青年王子。沙漏。婚礼庆典。三匹豹子尸体。
红色喇嘛。盛装舞步。处女们。张大千溜进来。

一马车刀子。井神。羊圈埋下的马灯。小风。
烤黄羊。门板上的强盗。法号。半个胸脯。

高跟鞋。三根青稞和酒。博尔赫斯的拐杖。
"敦煌"一词。帛道。牛皮下的飞天姑娘。谢谢。

羊肉粥。三个矮石匠。旧奶桶飞走。临摹。
半筐宝石和肝子。酒歌。鹰标本。黄昏的马尾。

佩刀。日本鬼子冲上来了。敕勒川。骆驼吃沙。
星体陨落。净水。格桑妹妹。八百洞窟如泥。

举个大乜贴。木马游戏。新疆的城楼。童子军。
敦煌艺术院的值夜老王头。庙宇。柏烟袅袅。

哥舒夜带刀。野鸡如云。诵唱。三泡牛屎一堆火。
拐过街角。三弦。神祇醉卧。一辆长途班车驶过。

## 二

旱码头。牲口市场。半个山体发光。醉。鞭长莫及。
徭役。跪迎佛骨。铁匠铺。掀起你的盖头来。

三桶斧子。民风淫荡。采石场。流放伊犁。
红发奴隶米开朗琪罗。第854窟。一担井水。盲。

筑路。卷帙和药箱。头羊在山冈呼唤。明修栈道。
一扇牛肋骨。图纸。义军首领古斯曼。尘嚣。

倒淌河。唵。嘛。呢。叭。咪。吽。兵器生锈。
午夜偷牛之人。高跷。马可·波罗归来。草库伦。

水准。转世活佛。白牡丹破了。女。凿下坟墓。
雪在烧。第二梯队冲上去了。奶茶的手。脊梁发光。

神的屁股。花枝。一将功成。圆木剥下了床。
皇帝。在那遥远的地方。长安烈火。十二道金牌。

敦煌无门。菜人。集体自杀。草原上的小姐妹。
婴孩。丝路花雨。20世纪的黄昏羊皮。一座蜂箱。

所唱……

在这空空荡荡的草原上
羊圈飞奔
野花成草
就像十三根绛色经幡下
马儿不在
牧场

在这空空荡荡的草原上
搬运自己
这一只陈腐的木箱
星辰灭下
丝绸燃烧
一根鞭子上睡入多少难言的牛羊
在这空空荡荡的草原上

秋天深了,石头吹凉
谁又顺手拿走了
最后一根
　青稞的木床

## 敦煌十四行

那秃头歌王黎明将尽时死去。
秋深了,十二张黄昏的豹皮把天空吹凉。

旧日的奶桶挂在心上人脸上。
萨黛特,一个牧主的女儿如今失去了荣光。

羊圈里走失的花朵是一架马骨。
门开启,一万根鞭子将井底照耀。

一双旧靴子分头寻找母羊。
小叶,敦煌如刀,七座星辰长眠山冈。

帕米尔之歌,三只筐子运来的水上屋梁。
迷途难返的人,对幼马高叫:"阳光太亮——"

就在路上,经幡们把石头吹凉。
三个喇嘛犹如处女,梦见,脊梁发光。

深夜如窟,埋下头颅的大水走向新娘。
一段美丽的清贫,使大雁回归,这神伤的北方。

## 半个羊圈是敦煌

半个羊圈是敦煌。
春天推门,不见了月光。

一个萨黛特在深夜的奶桶中歌唱。
世界大了,剩下一个新娘。

头巾里的二月,像一只白羊。
拐过石窟,来到传唱中的半个山冈。

大鹰睡在了天上。
消息呢,如丢失的飞天姐姐的衣裳。

半个羊圈是敦煌。
一把刀子,插入北方。

牛铎阵阵,一地格桑。
一把破三弦带走了屋梁。

照见了谁的面庞?
跪着马兰,犹如一伙英雄回到了故乡。

牛皮口袋里的霞光。
是儿子，美得像十匹哈达上的木箱。

半个羊圈是敦煌。
狗声破入，胜似阳光。

仇人啊，一桶生蜜糖。
大路上的风雪，远在新疆。

井底的鱼儿村庄。
马鼻子下，青草吃着乳房。

十万灯笼的渡口。
北呵，一扇神祇的木床。

## 神祇飞动

让黎明退尽，在洞窟开启之前
让破嗓子趁夜色返回，空空荡荡的羊圈
让世界的双膝抵近——

骑上马背的人，毡帐下爱情缠腰之人
上路的人，粪火里打坐之人
让一个时辰流下热泪——

刀子剔净的羊骨
迎住月光。在一阵秋雨的掠夺中
高歌马肚子下三尺神明——

而婴儿在马槽中醒来
双脚踢踏。使者，壁画之上的吮吸
打开了四方的栅围——

黎明中打奶声声。
黎明中，朝霞妹妹吆喝羊群。
黎明中野草飞奔，经幡飘动。

但是让黎明退尽。在敦煌苏醒之际
让旧木桶围坐，灯火打灭
让一个草堆里的人触及井底——

鹰笛之下，十万石窟
跪伏于一条明净的大水。花朵埋掉
让一寸山冈起死回生，深深爱上——

看，七层黑暗下的北方
多么宁静。长饮于星辰的某人
脱口而出，满脸神迹——

一捧灰烬的包袱
让春天打开，一阵夜晚丢失的牛铎
只能让梨花听取——

神祇飞动，一个人
在源头上呼喊。一船舱木头
剥落成黎明的屋宇，和儿女——

但是让黎明退尽。在刀子深入之前
让牺牲成为头颅，亦步亦趋
让歌唱驻步，变成美德——

看哪！有人溜出了羊圈
诗篇上的绳索，换取了
市场上的粗盐——

而这一只最后的花圈
来到敦煌。神祇飞动，你打开我
犹如打开最后一卷歌册——

让日光清晰
让一匹哈达跑尽千里，当黎明来临
让谷仓堆满颂扬，一个敦煌哽咽难语。

## 飞 天

三马车哈达献给了北方。
一座敦煌,迎向了石窟上飞天的女王。

灰尘的金身哈,拍打着格桑。
一队玫瑰的好日子,站在鹰翅之上。

姐姐:牧羊的姑娘。
爱情再好,偏偏鞭子不长。

今夜的草原上睡着一群远方的牛羊。
喇嘛如铜,身体发光。

娶下一位处女的只是琴箱。
他已不是童子,但是马头在上。

三卷壁画上的毡帐。
一尊金盏,是传唱中的屋梁。

有七个英雄归乡。
三岔路口,走失了六只箭囊。

羊脂灯下的山冈。

半截捻子,收拾起刀光。

一个少年的额头带伤。
洞窟开启,仿佛成吉思汗的粮仓。

哈,酒桶飞扬。
十万神明,坐在床上。

塞然古丽的身材修长。
三只靴子,恍如两只乳房。

斜入山坡的钟声撞响。
墓穴空着,马灯照亮。

让强盗们运走宝石和废物。
让婴儿抱紧了奶桶,生长。

飞天,公鸡唤醒的姑娘。
一阵月光,摔倒在井上。

草原之夜的一只筐篮。
长袖之下,不见了咱俩。

三马车哈达,献给了北方。
一座敦煌,迎向了石窟上飞天的女王——

你一只心碎的母羊。

来吧,今夜你是我突然的新娘。

## 春　天

春天了,在这破败的羊圈里
水洼闪亮
鞭子更长
春天了,一万匹羊群中
只有你更像——

野花成王,多少爱情的毡帐
端坐于石窟
春天了,在这琴箱般的草原上
马蹄四溅
经幡飞扬

头羊在冰河下高喊——
春天了,一麻袋诵念和刀子
捧住我的心脏

春天了,大风吹乱山冈
草原上的双姐妹
发辫修长

歌声嘹亮

春天了,一双奔跑的靴子

安睡神明

夜晚是多么宽广呵

一嗓子春天——

春天了,寺院来到了北方

我伏在你的桶中

黎明前打响

春天了,一堆酥油的格桑。

## 草原深处

草原深处的白羊

像一座寺院

金瓦高悬

顶礼举念

一匹奔跑的豹子和花

打扫着庭院

草原深处的寺院,马尾巴下

更像一只粗碗

埋住马兰

两片嘴唇,一把三弦

栅栏下的夜晚

草原深处的粗碗
多像是三座乳房
抱着羊圈
青草跪下
一双木桶里的姐妹——
香气扑鼻，身体无边

草原深处的乳房
最像羊脂灯盏
哑巴新郎
提住草筐
一整个夜晚的星辰，漏下——
不见了马鞭

草原深处的灯盏
是一眼石窟
忽明忽暗
吹动门环
马蹄下的格桑，肩膀颤抖
梦见飞天

草原深处的石窟
就是敦煌
十八匹白羊站着

手持箭囊
推门而入的人,是我——
仿佛一个婴儿落地
做了新王

## 起风了

起风了,羊圈里的风
像三亩青稞,撒下。

九座城门下叫关的人
是一只白羊——
起风了,他坐在马头琴上,敛尽夜色。
起风了,这个红铜喇嘛
　　　　带着忧伤

九座城楼,朝向高高的北方。
起风了,漂亮的萨黛特——
一个昙花一现的羔羊。
起风了,木头上的鸟群
栖入刀鞘
颂诗朗朗。

而三双靴子还在草原上奔跑。
起风了,两扇神祇的门环

挂上经幡。
起风了,九眼石窟里
藏着双亲
背起灯盏。
起风了,一座井台是我的敦煌
　　　　　窗子们打开。

起风了,月亮飞走。
起风了,洗净双手。

## 九座敦煌

月光下深刻的大鸟是一堆石窟。
门开启,雪线之上的豹子仿佛主人。

九户人家,骑井而出。
辉煌的全身呀,是梦中的一块岛屿。

剩余之下的日子是草原之夜。
旧有的传唱,好像船舱中的一次生育。

而花楸树下探询的儿女,坐在渡口。
一段秋日的吹鸣,止息于细沙的打击。

让我内心的谷仓空着,不见一人。

## 马头琴下

那门槛下抱琴的人是一堆燃烧的红铜
风掠过马头,世界大了——
而夜晚漆黑的传唱
像日复一日的奴隶们坐在黎明的水上

噢,这一座破败的羊圈
这一只无地自容的琴箱——
风掠过石窟,世界大了
就在那闪电中,拾起诉说中的毡帐

破嗓子的八月,以及
藏红花下高叫的头羊——
"十万雪花,埋住天空……"
风掠过舌尖,世界大了

而一地格桑追问,一根是刀刃
一根是马尾之下飞驰的井口
蝴蝶跑上了琴头——
就要灭下灰烬中爱人的白骨

噢,难道这就是秋天
成吉思汗:一个老去的青年

一只空洞的心脏在深处砸响——
风掠过肩头,世界大了

让石匠们起身,让马灯下
一堆酣醉的大神长饮了星辰
风掠过心头,世界大了——
而草原,一座想象中的金身

举下什么样的大意?
风掠过蒙古,世界大了——
当我抱紧了北方
一次念诵呀,如今眼看慌张……

## 草原之夜

鹰笛之下,豹子和花纷纷麇集
一截黄昏的木头缠挂着黎明

夜晚的金身哈——灰尘拍打了格桑,那奔跑的
石窟们坐在火畔,不问生死——

骑马来到的大神,一脸锈迹
是在那神示的传唱中,秋风渡人

一处草原的码头,当月亮归入

一辆鲜花的马车带着新娘和光荣

……说着风俗。塞然古丽的哈达
十八根长辫子下——跪领的羊群,犹如细沙之下

遗漏的经卷和吹鸣——当寨门打开
一座敦煌像心上人的嘴唇

草原之夜的银杯
一阵草原之夜的神秘忧伤——

噢,琴箱熄灭,那门槛下熟睡的羊圈
梦及了幸福的牧鞭和一座乳房般的祖国

在飞天的身上,在牛粪火堆,在主人家中
以及经幡下滴落的三颗星辰——

当马灯下的敦煌
当一次心情和致意由此开始的夜晚

青草涌入了天空,举礼的身子
像是一座寺院之下的红铜,美不胜收

我接下了这道口唤
我仰承了诗卷上空无一物的举念——

当大地一片粗糙,那引领的屋宇
和城楼上端坐了世界的血和肮脏

## 女儿敦煌

坡上的诸神,当春天漫下了山冈
当一只格桑的筐篮探入了星辰——
这时刻洞窟开启

噢,马背上长成的女儿
一对胸乳推开的,两只二月的门环
犹如月光之下清冷的斧子

端坐羊圈。而幼马仍在高叫
而秘密抵运的粗盐
在一片旧日圣地的边缘

坡上的诸神,让井口飞移
让一束传唱的荆棘恩情地记取
在沸腾的草原,在一处心底——

持续的女儿,一匹哈达下
纪念的羊脂灯盏和指南
噢,当爱情不再,飞天的秋千上

一如低首诵念的寺院——
那天光中飞行的大麦、刀刃和水袋
那走上祭坛的花朵

坡上的诸神,一根骨哨
堆积的马车和火畔——
一只琴箱孤独地沉浸

像女儿敦煌,穿戴一新
在黎明的毡房上吆喝羊群
一阵朝霞,胜过春天

凭着更美的应许——
雪山驶离豹子如花细沙吹鸣
而女儿,像二月奶桶中破水的婴儿

## 马背上的洞窟

砸向马背的雨夜,青铜驭手
歌声茫然。哦,那旧有的传唱
以及一个缄默者的枝头——
怒放着三朵漆黑的玫瑰

那是敦煌:依次打开的石门

伏于星辰之下——闪逝的树木——
抵达马背的秋天，只是一场风
触及草根的马灯不是欢乐的人


就在路上，那涌入的山川和星空
骑上屋脊和逐散的马骨——
开窟为你造像，而十八支谣曲下
的女儿升入了天庭，唤你飞天姑娘


三只问询的羊羔，作了牺牲
而一只飞动的琴箱里酣睡的强盗
梦及天光。砸向大地的雨——
洗着月亮和归入的七星


哦，马背上的洞窟——
钟声熄灭。也使仇人相恋、车轮站起的半匹哈达
预备了众神的黎明
当一再的口谕和引领成为灰烬


当甘心的斧子埋下匠人
诗篇燃烧，圣地敦煌的福祉空无一字
那马背上奔突的洞窟是一种意志——
跪接了我的灯，和神明

## 敦煌的月光

奔跑而去的月光,照着今夜。
今夜的羊圈和粮仓
在高高的玉门关下
称作敦煌。

月光照耀,马头带走的新疆。
今夜的一座村庄
今夜一把锈蚀的刀柄上,烂银闪亮。
如水的天命下
一队举意的羔羊历史地捐献
仿佛身处伟大的异乡。

这月光,马厩之上深深的井台
多像一束艰难的格桑。
经卷打开着,复仇和爱情的故事
照着今夜的毡帐。
篝火熄灭　琴声决绝　七星无限
萨黛特:我美丽而忧伤的新娘
犹如一堆漆黑的月光
顺水流淌。

就在歌谣声中,迎向飞天,这只小小的母羊。

月光,劲照千秋。
鞭子尽头,那微笑和幸福
以及城楼下依次睡入的石窟,多么久长。
月光照耀十三省
月光:强盗和主人秘密的珍藏——
今夜的更夫和邮吏
今夜的人间、码头和村镇
空空荡荡。

看这奔跑而去的月光,只照着敦煌。

让众人走开,带着杯子和肮脏。
让我爱戴、目击、跪领和敬受——
今夜月光照耀,一行诗句,十万敦煌
而黎明的村寨里也只有月光照亮。

## 敦煌小夜曲
### 献给常书鸿先生

一

骨哨声下,十指难忘。

吹动。

秋风吹动。
一位裸露的飞天,静坐石窟。
黄昏骑住鹰隼
玉门关口,推开城门——
那集市的篝火早已熄灭。
那羊皮口袋里的婴儿已经长成。
而游移的更夫像爱情的小马驹
脊梁发光。

## 二

十万细沙,集体吹鸣。

看看,像是麻脸的成吉思汗
刀剑归仓。
月光照临,这个青年。
月光照临一个草原帝国。
马头琴断
一堆豹子,和一场悄然的质询尚未来到

就在泉边,一只经卷的木箱
敞开了歌谣——

## 三

"北斗七星高,
哥舒夜带刀。

至今窥牧马,
不敢过临洮。"

## 四

午夜的羔羊,犹如一个真理。
他接下了牺牲的灯笼
走向黎明。

这是一个需要举意的时代。
午夜的羔羊,怀揣了
祭品和光荣——
梦见刀刃
梦见七枝饱满的青稞。

以及月光大地,经幡浩荡。

## 五

风的深处
谁人?在高声作答——

"历史是民众进入了天命的工作,
开始其历史的捐献。"*

## 六

所有的指针都停在心上。

所有凿试,所有的工匠
都死里逃生。

只有敦煌洞开。
一千零一洞只向你颂扬。
当弯曲的世代成为灰烬,当凛冽的诗行
归于万籁的寂静——

但大地依然美丽。

## 七

"说出你,最热烈的愿望吧。"

羊脂灯下,这七印封严的书卷
——葬你于亲爱的北方
——葬你于月光
——葬你于故乡的敦煌

*海德格尔语

## 自然的香味

风之正午。
裂帛之下,青铜之正午。
半个集市上英吉沙刀鞘漆黑不定

新疆之正午。

壁画之上神祇如泥,飞天正舞。

格桑花朵的乳房——

膻腥之正午。

秋天,半扇黄羊排以及睡梦之正午。

石窟开启

——一千尾长星照耀之正午。

阳光下经卷翻晒之正午。

青海湖上,经幡扑面法号高悬

马匹诞生之正午。

西出阳关,羊皮水袋的正午。

阳光刺眼

世界之正午——


于古老的医箱内,我要遇见你——

生命敦煌

  寒冷之正午。


## 经　卷

藏经洞中

王在打更。


生命的羊皮上,秋天来到。

秋天来了,在一卷刚刚打开的生命的羊皮上。

琴声熄灭

万物归入。

大风吹凉天空，埋入马背的洞窟——

王在打更

鹰在怒吼。

秋天了，在这深深的草原上

马兰四溅

歌声决绝。

当生命的午夜泪水高悬

当甘心的斧子，一再抵运了八月，秋天了


只有生命的羊皮上，愤怒和青春
　　　　　　　　字迹全无。


## 丝绸之路

大道昭彰，生命何需比喻。


让天空打开，狂飙落地。

让一个人长成

在路上，挽起流放之下世界的光。

楼兰灭下　星辰燃烧　岁月吹鸣

而丝绸裹覆的一领骨殖

内心踉跄。

在路上，让一个人长成——

目击、感恩、引领和呼喊。
敦煌：万象之上的建筑和驭手。
当长途之中的灯光
　　　　布满潮汐和翅膀
当我们人生旅程的中途
在路上，让一个人长成——
怀揣祭品和光荣。
寺院堆积
　　　　高原如墙
　　　　　　大地粗糙
让丝绸打开，青春泛滥
让久唱的举念步步相随。
鲜血涌入，就在路上
让一个人长成
让归入的灰尘长久放射——
爱戴、书写、树立、退下
　　　　　以至失败。


帛道。
骑马来到的人，是一位大神。

## 流　沙

只有流沙，只有遗落的星辰
只有秋天小小的王冠——

奔跑、破碎,内部黑暗。

只有空虚的丰收,只有马上的废墟。
当生命的雨夜大浪淘尽
当敦煌如门,万箭齐鸣。

我所不能面对的是一粒死亡——
面部清晰、游刃有余
在秋天的建筑、梦想和歌喉中

在不朽的阴影下,只有
这世代的灰尘和杀机
只有黝黑的脊背上,万物凋零。

只有九月高挂,大地如铜
那在整个夜晚哭泣的孩子
拾取了美、脚印和内心——

并且以生命为乳,与光明共饮
只有大地依然归入
只有十指的盛大节日,触摸如初。

哦,我还记得那只细沙的筐子
那本流失的旧书
那罐爱情的净水,那柄刀刃

当心灵的船队启碇，当风之破晓
当十万细沙集体吹鸣
告诉我，这敦煌的城镇、黎明和诞生

是不是重归？告诉我——
是不是一束恩情的格桑正在记取
青春大道，灯火摇曳。

但是只有幼神高叫，喊出你的名字
只有石窟贫瘠
只有这幻象的大海翻卷、世界堆积

只有一座敦煌
只有一个人类秘密行进——
用血，用燃烧，用这秋天最小的一颗沙粒。

## 领　唱

麦捆的腰身
蜂箱的腰身
羊圈里头抱住了妹妹的腰身

奶茶的脖子
一个夏季的脖子

就是你怀里折断的鞭子

酥油花的嘴唇
羊脂灯的嘴唇
就是红牡丹破了的嘴唇

羊毛的乳房
刀尖上的乳房
半个天空剩下的乳房

靴子里的爱情
漫歌的爱情
就是这个黑夜里吃青的母羊

## 阴山下

头枕药箱：这古老的经卷和吹鸣
坐在高高的北方。

长星吹动，我是你永远向阳的山坡
挂在飞矢和骑射之上
映照千年。
世界，这座空空如也的羊圈
梦见我作了头一道
羔羊的祭献。

阴山牧我，于这高入的祭坛，云朵的祭坛
马之祭坛——敕勒川前
胡天之下泪水无边。
当石窟开启，雪花沉入
当羊脂灯台佛光闪现神祇飞动
当一把刀柄镶刻了可能的歌谣
噢，阴山下——
这最后的运灵人，像十个儿童
一道抵及了马头的琴弦
身着缟素。


(歌谣：敕勒川，阴山下，
　　　　天似穹庐，笼盖四野。
　　　　天苍苍，野茫茫，
　　　　风吹草低见牛羊。)


阴山牧我——
牧我于马蹄四溅的敦煌
牧我于十万可汗刀光飞舞的金帐
牧我，于鹰哨之上心上人腐朽的脸庞


阴山牧我——
牧我羊群遍地的乳房
牧我青铜枝下悄然生长的女儿

牧我,于深处的故乡和一枝离别的格桑

## 玉门关下

万物归入的秋天,风吹不定。
风吹高高的城楼
风吹玉门关下——
　　　　　牛铎黑暗
　　　　　夜晚明亮
就像十三只恩情的大雁
挂在天上。


就在这万马驶离的深深的草原上——
风吹敦煌
风吹一座粮仓
一张黎明的羊皮,刚刚诞生
而秋日的神祇们坐满了天堂。


风吹千年
石头冰凉
风吹新疆
天山流淌


当生命的笑容镌刻风上
当秋天的寺院飞行、吹鸣——

一道神明的功课，丰收且空虚。

永远风吹。
永远是血，内心激荡、奔跑与破碎。
永远是云之祭坛，生命的天空倾倒弯曲。

风吹秋天
大地美丽
风吹羊圈
歌声无限

风吹
风吹在叶舟的故乡。

## 十万雪花

十万雪花载入的敦煌，远若马匹。
十万羔羊，十万今夜美丽的月光
风吹草低漫上山冈。

十万红铜寺院，静静燃烧。
玉门关前，十万只灰烬的灯笼——
像爱情之下的婴儿，美不胜收。

十万刀光点点滴滴。

十万洞窟,只向你开启
草原:银饰之下空空的羊圈。

十万神明奔走相告。
十万飞天犹如果园,秋天坠地——
一个村庄归入寂静。

让我醒来,吹气如兰。
十万歌喉身披丝绸,十万星辰
睡入天鹅的尽头。

井台高悬,十万雪山灿如琴弦
十万沉默的嘴唇,瞧瞧
好似公鸡唤起了栅栏。

十万经卷字迹全无。
那隐隐约约的大路,十万脊梁
以及十万鹰头的低低怒吼——

当黎明万丈
当十万雪花载入了敦煌。哦,其实只有十指之下
一腔热血疯狂归入。

## 一个黎明的诞生

一个黎明的诞生显得突然。
在积石山地,破败的神祇们撒手功课
一脸锈迹的人照亮自己

"我只要一束青稞。"上升的坡道上
一匹辉煌的豹子如书卷打开——
是谁嘹亮的文字?

冬天是鹰
秋天是刀
理所当然的夏天高入寺庙

一个黎明的诞生过于突然。
当幼马洗净,当一份祭献的心情走上讲台
开始了青铜的布礼

一个草垛中苏醒的少年将视而不见
他梦遗、踱步、叹息、自命不凡
细小的腰肢上缠挂着经幡

歌声多么粗糙
大地如此荒凉

谁爱着？却又带着仇恨的意志

一个黎明的诞生因为突然。
村庄锈蚀，那午夜来临的人
归入了一只石头的内心

朗诵将留给过去
正如一把刀子，此刻正含笑无语
目击众神杳然的人间一派狼藉！

花朵熄灭
剩余之下的只是一眼光明
快乐的井蛙，背负了圣徒的谣言或使命

一个黎明的诞生必需突然。
太多的黑暗，被我书写
太多的逐散，命令我遗忘——

必须修改一道重归的背景
仿佛一只酒杯，使我彻身破碎
当万物驶入……

当一场渡人的秋风由我肇始
甚至一次微笑，甚至羊圈中
栖满了天堂的鸟群——

## 功　课

神在凿试。黑暗之中,神在凿试夜晚。
伫于荒凉高原的油脂一盏。一头雄牛的歌哭
言之凿凿,疏于黑暗——
一道高入天庭的功课。一堆粪火。一个闯入者。
一幕枕戈待旦的杀伐。一场青春。
细听刁斗之下的辞藻、土风与失败
一个人已被秘密修改。

神在凿试。

我将面目全非。亲爱的人也将起立、颓废与黯淡。
多么别扭的世代,你在聆听?
那一阵为风吹开的裙舞。那三个嘹亮的草神。
没有天籁,尤其没有干净的字母。
一个人,一块燃炽的红铜——
不久也将熄灭。一麻袋刀子饥饿。一柄斧子。
以及整个夜晚的器官与生殖。
哦,我将面目全非。
这样的记录过于草率。

黑暗之中,神在凿试夜晚。

"谁在淌血?"黎明的鹰在说。
剖于内心的犄角。石畔中的长饮。一截鞭梢。
一个满脸冲突的人双手肮脏。
我不会在羊圈中遇到你,我不会一见钟情——
一件银饰的乐器正在弯曲。
一匹大马形如废墟。
一道天命的功课,正被慢慢
　　　　　　　铭记
哦,可资讥讽的单纯。我已面目全非。
伫于双肩的造像形同落木:那么多的灰烬
　　　　　　　　　那么多的鲜血。


我将遁逸。
或者附和于你的洞悉。亲爱的人穿戴一身黎明
一个辗转的口唤,带着光荣的痕迹。


## 灯

挑灯守望的主人,把琴架在高处
高处的精灵之地
雨后辉煌的城啊——


一队夜鸟即将飞临
骨头上刻着命运,像三个儿童所唱
一队夜鸟啊就要飞临

风的深处,让呼吸明亮
让幼小的儿子梦中发光
当它一旦逃避,谁的半个身子

惊心地失去?
把琴架在高处,打开箱子
那痛饮于星座的人——

是否将神的秘密传递?
灯:看守羊群
夜晚的包袱抑或有一捧灰烬?

光中逃亡的奴隶只是心中遍失光明
把琴架在高处,牧神
骑马驰跃屋领的人——

会不会再一次错失良机?
一个女儿就要出嫁
一块冰说是拒绝融化

灯啊,世界的一席之地
当生命聚集,赴向神圣的舞会
当鱼群于海底重筑黄金的庙宇

谁悄悄打开栅栏
谁在杯子中仰息不止
挑灯守望的主人，又去哪里安息？

夜在夜的尽头——
穷苦的人磨亮利斧，交割黄金
——绕过花枝，水域，活着便来到黎明

其实灯光已很难定义
一队夜鸟即将飞临，把琴架在高处
手中的诗篇又从哪里开始？

## 风

哦，又一次来临，你无上的风
你触摸的大神
当我起身跑过旷野
当我再次收拾起自己的骨堆——

谁于高处打坐、伐木、抚弄膝头
尘土上两朵鲜花
像我和生命俯身人世
又是谁？在开口说出的刹那一败涂地

沿着我灯笼坠地

沿着我羊群趁黎明还家
沿着我，幼小的儿子即将破水
沿着风，偏偏是我目击了泥泞的恩情

最后的圣典翻开，朗朗笑声
像天堂的一片废墟
哦，那周而复始的真理，会不会
于我的传递中熄灭为泪

又一次来临，1992年无上的风
1月6日新鲜的故人
透彻的门，其实为我敞开
在我的言语中遗失的又是从前的谁

痛击世界的风伫立
提示什么　发问什么　晓谕什么
屋顶上天鹅灯火远逝
心灵的船队沉落黑暗的一隅

让我在诗篇中醒来吧，犹如
病榻之上的花园醒来
但是首先诞生的应该是你
村庄啊，我心中布局的一片辽阔风景

风，或者风

谁在对面倾听,大路朝天
除了你是谁预备了众神的黄昏
——当我再次掉转头去

## 光

熄灭也是一道光
当行刑队再次举起手中的铜号

第一页这样叙述——
那是遥远夏日的一块冰

架起的木柴
世纪啊,谁在世纪的心坎上点燃

通常在光的核心
你最寒冷

(像孩子们疯狂吞食玉米
打旧年代的广场走过)

那最高的、天上打坐的人
那在兽皮中窃笑的人

光:一堆红铜

抱着淡水走来的井和马匹

收拾的鲜花——
这是某个黄昏兰州的背景

我逐渐退下、躲开年代
如何才能看见那万劫不遇的你

散尽青春。熄灭也是一道光
像追逐着三个荷马

（心脏在天空奔跑
一捆荆棘，来自黎明的屋梁）

那在城门下朗诵之人
那在骨堆中叠下纸鸢之人

"请驻步，我是你最爱的人
像这个世纪独存的——热烈的冰！"

## 一个人死了

一个人死了，像宫殿收回了乌云
天空藏住了钢铁的暴雨。
一个人，一朵迟开的花，错误的印刷

请到此为止吧——他溜出了羊圈
在黎明里叹息、踱步和抽烟。
一个旧年代的戏子
一处街角的阴影。
一个人死了,请到此为止吧。


或者踢着树叶,咸阳道上回家
他视察了墓地、兵俑和风俗。
有人送着寒衣。泥土封井。清明将近
冻伤之鸟。青年们用身体取暖。市场沸腾。
可一个死了,他躺在松柏间
一桩旧有的阴谋或爱情
不曾发生。


一个人,死了。死是一只动人的花圈
于暗夜里燃烧。一捧灰土——
呼喊、失散、埋入,以至冰冷。
他站在街上,四处打量。
热情的花圈,为童年时光引领——
一队娶亲的车队。三双新鞋。水勺子。
黎明之神。蔬菜的粪汁。情人们
都被光亮,楚楚动人。
灰尘的帷幕流布,像露水
一样没有挽别和消失。
一只花圈,坐在世上的州府和屋梁

一个人,死了。

一个人,死了。而众鸟还在高歌——
他寂静地走过大街
他听取了打奶的叫声
他背着泪水和干粮,路还很长。
一个人,死了。像夏日的秋千
突然回到了门槛。
他更衣、沐浴、吃酒和言谈
深夜的造访者
油灯下翻出了书卷。

一个人,死了。他抱住灰烬
坐在世上。
筑城的人,他打下粗糙的红砖
像一位七朝的帝王,嫔妃三千。
一个人,死了。
静止、埋葬、迎头痛击,然后死了。
而时光之下的羊圈
   鞭子更长——

## 入城的羊群

午夜入城的羊群
顶着大风雪

穿过广场。

午夜入城的羊群
反穿皮袄
像一堆灯火中的小先知。

午夜入城的羊群
东渡黄河
来到兰州。

午夜入城的羊群
迎着刀子
走向肉铺。

午夜入城的羊群
像一部圣经
随便摊开。

一阵美妙的童年时光
雪山下着
雪山埋住奶桶。

午夜入城的羊群
脚步踢踏
仿佛十八个儿童。

午夜入城的羊群
提着筐子
拾走门板和床。

午夜入城的羊群
让城市空着
接下牺牲的灯笼。

午夜入城的羊群
是人，是群众
是一伙失败之后的义军。

午夜入城的羊群
是一次拯救
祖国：一个孤儿的双亲。

一阵美妙的念诵
让赤子目击
让赤子走出、跪下、敬受。

午夜入城的羊群
合唱队员们
精神抖擞。

午夜入城的羊群
名叫"死"
骑住人间的屋梁。

午夜入城的羊群
一半黑着,一半白着
像黎明之下的爱情。

## 致昌耀

万物把手散开。而高于青海的诗篇
即将成为埋身之地——黄昏的书写者
让石块筑满了大地
而最后的房间,又在哪里?

再一次迎送的日子已经到来,一阵诵念的光明
使世界黑暗地沉浸。你,提前的校对者
在内心歌吟,在汉语深处哭泣
而让命运的诗卷不着一字——

从来也只是一种优美的牺牲。
青春的离异者,徒然的手
将纪念和回答作为一种饮用——
在西宁的街道上,成为追问的呼喊

是的,万物把手散开。素朴者的光辉
以及神性之夜的井台
悬垂大地,你让我看到了金属的乡愁
或者如水的天命下苦苦的赠送

佛塔。柏烟缠身。高地的白马。
雪。逝川。圣地的合颂。吐蕃特女人。
比死亡更为高尚的是一种彻底的照亮——
甚至怀着无奈和爱情,以及朗诵之下的

飞行。诗人,象征的鹰
从门到窗子是五步,从窗子到门还是五步
这小小的囚禁和嘶鸣
——带着一种什么样的坚持的举意?

但是万物把手散开。沉陷的世代
和它最后的荆棘已经到来——
你用鲜血止渴,用泪水捐献
而这最后的守灵之夜

是不是唤作黎明?颂歌的牧羊人
今夜的青海大地经幡浩荡——
但是请求一份诗歌的功课,请求
一道天庭的圣洁举礼

凭着内心最初的辞藻
凭着允诺之下的第一份敬意,优秀的匠人——
哦,你看这万物逐渐把手散开
而光明的书页在内心堆积

## 月光归入

月光归入。
这暝色如铁的爱戴,以及遗漏的
耳语和初始的呵护——
如今,都为鼓号吹卷。
月光归入,并且使花朵弯曲。
哦,我倾心而去的一人,一节乐曲
一领高入的屋宇
月光归入,都成为一捧沉重的灰土。
在金石的故乡
在奴隶脚下　在墟烟　在更衣如水的
秘密的热爱和珍藏,月光归入。
一个预言的世代即将结束。
在词语的光芒中,那悄然抵运的斧子
那消逝如泥的神祇
一半潮湿,一半放射。
哦,月光归入,我所寄寓的枝条
大块云朵以及青铜之马
于深处

于一种举意之下的祭献和光荣，月光归入。
月光归入，两手空空。
而晚来的疼痛，坚守的荆棘
一次颂念之余的火畔
奔走相告。
月光归入，正如眼下的风琴水波不兴
但生命的久唱才刚刚开始。
天空垂落，月光归入——
谁在心中打坐？
谁参悟、奔跑、退却和失败？
在一卷神启的诗篇
在此刻，万象敞亮的正午
月光归入，也使大地依然归入。
而我在吹鸣中
细细梳理，唯与罪恶的共饮中
像一个赤子目击了危险的
　　　　　　月光归入。

## 寒冷的光

寒冷的光必须生长。
必须有一次烈火的清算。这不是
一个炙手可热的词语的推翻、重筑——
这是寒冷的光直入。
　　　这卷世界的旧书

### 这只玩具和遗漏的心跳

谁生存！谁牺牲！谁捐献？
为了一场灿烂的微笑，一幕青春
一次枕戈待旦的书写——
寒冷的光必须生长。
必须有一道谶言的睡眠。
光荣者走来
全美的只是一次，搭救。

## 谶　言

并不是时光使然。并不是一颗彗星
古老的宿命。
颜色使人黯淡，春天怀抱荒凉——
当我心中神示的灯火豁然。
并不是一枚钥匙的锈迹，并不是
细雨与呼喊：让众人走开
让笑容熄灭，一场期待的泪水多么无辜。
并不是青铜枝下的
　　　　　爱戴
并不是一只银器使日光破碎。
如此泥泞的四月，剩余之下的一番追随。

哦，我与你如此相像——

我。我的我。我生命的煤。我欲念之荆棘。
我的灵魂
　　　　和它秘密的罪恶。
并不是一个集体。并不是焚烧的玫瑰。
并不是劫后的弯曲。
在这空空荡荡的世界上，我持有
静止、美丽、正义和隐忍的辞藻。
我看见她饮水、爱情
奔跑与哭泣。
我看见她像一把刀子镶刻了内心的文字。
哦，并不是一个帝国正在尘封。
并不是天桥之下，白色单车粗糙的阴影。
谁爱着？
　　　　谁就说："天使在花瓣滴零。"

我热烈于最初和最后的结局——
一颗改正的液体。一次诉说。一粒
不容置疑的种子。一个风中的婴孩。
哦，并不是源头，并不是一匹大马的神迹
也并不是羊圈之下怀腹的伤情。
鸟群光亮。
歌声中止。
当我繁华散尽，归入了月亮与你——
并不是这个夏天的书卷，并不是药方和香草。
我这样的，伸开双手。

我说:"最小的快乐,如此轻易地
使天堂松懈。"

并不是纪念。
并不是个人的暗许。

## 马

要指认最后的家——

马。
马和马。

先知和孩子
坐在马上
马是大地劈开的木床……

留下骨头
马要退守秋天

一团大火照临双肩……

这是有关马的诗篇
灯盏开花
灯盏开花中

马要交出女儿……

秋天的诵唱者
长发披肩

马啊……马和马。

从蒙古来
从天空下来
要指认最后的家——

含着宝石
含着星辰和女儿
一九六六年二月,我属马

## 胡天之下

雪落大地——
典籍和药箱的村庄睡得多美!

  乳房内的婴儿,像一滴泪水
  红花和草籽抱走了谁的黎明

雪落大地——
看梨花漫天,果实和女儿在夜里相亲

羊群扔下了绳索，羊脂灯台上
　　两个小姐妹被亲切唤醒

雪落大地——
敦煌的石窟，是梦中的一枝玫瑰

　　草原：马头琴内谛听的心脏
　　止息于一段新娘的歌唱

雪落大地——
旧书中的灯火，以及幸福的酒杯

　　黑夜和毡房围坐一起，父亲
　　八匹马的父亲连夜回家

雪落大地——
七颗星辰的雪花，默默无语

　　哦，今夜，我和北方认了兄弟
　　两肋插刀，我和我的敦煌酣醉一场

## 春天的三首诗

春天的三首诗　　三座村庄

和一树梨花——
三只爱人的天鹅,美丽而愚蠢。
三口村头埋人的井,荒凉中
和我深深地相恋

三月,大地放逐的动人羊群
涌上心头的山冈
三个姐妹,牧羊姑娘的乳房
像六顶蓝色毡房
手执牧鞭
轻轻敲响——

我在北方的深夜,出落成
一个孩子
身披哈达,站立灯中
迎接丑陋的新娘——

春天的三首诗,像三个爱情的敌人,楚楚动人。

## 山南以远

山南以远:狮子和雪的领地。
世袭的王后是一枝格桑。

有闻必录的小吏篡改着经典。

稻米熟了,人们争相传念:"稻米裂,鸟肥耶!"

山南以远:恒河之沙藏于书籍。
莲花宝座沾染了婴孩的尿迹。

贸易的手语,不绝如缕。
一座红铜寺院的香火濒于凋零。

山南以远:靠近亚东和琼结的区域
亚热带的黄金在谷底流淌。

三个前世的公主浑身锈迹。
一个美丽的游神,是我自己。

山南以远:有关神祇的传言近乎荒诞。
雅鲁藏布江畔,羊群涉河入林。

有一段漆黑的书写难以归还。
牛铎的光斑,恍若一片梨花的金顶。

## 青海湖

心灵的继承者!这野花沸腾的水面多么宁静。

这野花沸腾的水面一如往昔。

深蓝色的钢板，挂着人类之巢
一炉深入的孤独
像热烈飞行的煤炭。
青海湖：上升的女神——
大地粗糙的养育是多么神圣。
扑天而起的鸦群
我纪念最后的信使
一再推迟。

心灵的继承者，天空的经册苍白无字。
寒凉的码头
使日光沉入的鱼群，醉生梦死。
哦！如果八月是一道谶言——
我要洗净我的罪恶
我要赞许，人的劳作。

野蜂凄艳
蝴蝶呼喊
一阵阵高入天堂的狂雪引人入胜。
所以青海，以及你美丽的正午
像十万散失的马群——
披挂了精神的经幡。
哦，我内心的气象和海拔
将毁于一旦。

青海湖，你野花沸腾的水面多么宁静。

曙光初现的女人传递了繁殖之事。
神祇的筵席，必是
鹰击之下一场功课的结局——
如果没有人咯血朗诵
我将如何收拾起爱戴的泪水？
所以青海，一次遥远的眺望
多么痉挛。

心灵的继承者！请继续了悲痛
继续了坚持的体温。

世纪垂照，在每一个黄昏，请让我想起青海之青
这野花沸腾的水面多么宁静。

## 哲蚌寺的鸦群

七只或者八只，细数最初的夏天降至
哲蚌寺的鸦群延展着宗教的吹鸣

寺院飞行，佛光隐遁
红铜喇嘛们忙于喑哑和驻步

阳光中的斑点

如果一炉钢水倾覆,谁是人群中热烈的煤?

哲蚌寺:藏语是山坳里堆积的白米
只有仓库中物质的法铃锈迹斑驳

梁木和乱石投筑的台地——
不见幡动,只见心动

过于殷实的谷仓,是一种罪过
过于短暂的瞩望,分明是一种获取

哲蚌寺的鸦群
天空燃烧之后的,一捧灰土

带来者、赠与者和安慰者
收拢的翅膀像一架完美无损的钢琴

锦衣夜行的使者
——使一个传世的婴儿在马槽中嘹亮地苏醒

让天堂在上
让一阵野花的痉挛更加深入!

现在我看见了拉萨河的女神
看见了桑烟和一个集体的背影

在最高的旷野
必定有一团最美的神迹

哲蚌寺的鸦群，七只或者八只
还有更多出人意料的仆役，缓缓打开

如果没有人教诲
就随口颂扬，高声赞美——

## 街景：拉萨八廓街

### 一

神圣之人的脚步从何处起始？时间滴落着
一场青春的热情和散步将无法重复。

银具存放于暗处，一幕大光明
亦将成为一场秘密的呼喊与追逐，踥蹀街头

灵魂之器如一座废弃的棚圈。
谁打开？谁呈示？谁枉然？

俯瞰苍茫。如果此刻有人喊出我的名字——
那只是震惊之余的一份荣光。

## 二

仓央嘉措。卦辞。美。一把青稞。膻腥醉人。抚摩。
绳饰。青铜枝下。土耳其弯刀。血肠。游客如云。

嚎叫。十三世纪的游神。幡帕。光。肋骨。野蜂缭绕。
镜像之根。速写画家。筑居。双膝如铁。长头。

半个集市。荣赫鹏的孙女。香。经卷之草。祝念。
雪顿。一根酥油脖颈。藏餐。黄河啤酒。一线鸦群。

金顶。顺时针的水银。亚东在唱。法铃的耳垂。
扎西德勒。金刚手。睡眠。狗。央金或卓玛。人浪。

## 三

我要赞许一种眼前的世俗。

我需要氧气、宁静和阴影。

我要在绢布上，写下一个妓女的芳名。

我浑水摸鱼，随波逐流，一副人样。

我需要缓慢的爱情和高速的正午。

我失却方向，内心如辙。

我转世，成为强盗或佛主，出没昼夜。

如果可能，我还要歌唱一捆蔬菜和它的营养。

## 四

醉。醍醐灌顶。市场上的疯子。情欲。康巴红缨穗。
桑烟阵阵。JVC。三只破靴子。羊皮的锈。嗓门。

北京的金山上。哈达飘飞。走私货。挤。红铜喇嘛。
鸟语。真神显圣。拉萨在上。遗址。酥胸。藏红花粉。

流言。或私语。奶桶丁当。梵乐。下午的犄角。宝石褪色。
公共厕所。岔口。木刻。一堆洋妞如马。孕。火堆。

欢喜佛。虚构。神秘的枯叶。七粒字母。前牧主的牙齿。
传颂。琴。瞎婆婆。赝品。印度神油。一场复仇和伤心。

## 五

你见过玻璃深处的一只鱼
一只名叫叶舟的鱼。
你手抚花枝
往往不会有破门而入的爱情。

你在黄昏中枯坐
分明是一阵头痛和分裂。
你深切的朗诵
其实是广场地带一种公开的出卖。

## 六

一个化身。妖精。碧云天下。鹰羽。讨价还价。米。
信徒。羊拐骨。仆倒。牛粪铁炉。呔喝。闪光灯明灭。

刃。在那雪域的高原。齿白唇红。首饰匠。发辫。
葬仪的行进。几何帐篷。舍利子。龛笼。钱包丢了。

三米开外。马头。泔水车。敬畏。弦箱里的格萨尔老爷。
乞丐。逻辑的窗扉。夕光。神明闪烁。藏医处方。

朵拉。转经筒中的内容。吻。格桑姑娘。钟鸣。
耳光。美国水果。牛鞭和锡杖。妈妈。笑意浮动。

## 七

凋零的脚步使人生黯淡。
如果花开两朵，生命将如何转移？

灰尘的收集者，尤其
当你三十以后便感到一种凌乱的速度。

风吹千年
花开不败


多么神圣的经上谎言！倘若
我顺从了一种铁石心肠的拒绝——

## 八

迷宫的墙。法座。孑然。情人如麻的傍晚。头盖骨。
圣迹。夸张与祷告。赐。贵族姓氏。六字真言的项圈。

小活佛。地理图册。咳嗽。沙之书。异乡人种。灯。
尕肉肉之念。捐献。八千里路云和月。灾情报告。

泪。洒扫庭除。大昭寺亮了。酒吧。肉布施。喘息。
海拔。密宗高手。一块骨殖。绸缎。打烊的灯笼灭了。

消防队员。风景。一阵哽咽无语。雨。跪拜之道。
露宿。削食肉干。塔基。未来断想。鞋子磨破九双。


# 与维色在八廓街饮茶

凄迷的夜景，有雨在落。
迷宫中的一杯甜茶，正被悬置。
可以设想在这样的夜晚
拉萨进入了一道谶言。

"打烊的时刻到了
……打烊的时刻,就要掉在地上。"
一个红衣的尼泊尔小厮推移锣鼓。
你却和睡眠与方言一齐到来?

   维色:藏语里"光明"的孩子。
八角街口充满落叶。
经幢之下,狗声入耳。
如果可以高声祝颂——
一个人怎会仅仅止于一场散步?
宗教的村庄,信笔涂鸦的纸张
是一只羔羊的距离。
你说:"在一个奇迹的黎明,早起者
其实是一粒需要铭记的字母。"
火畔,一次拾粪添火的细节宜于勾勒。

   维色:藏语里"光明"的孩子。
羊脂灯台上的一番吹嘘。
在暗处,一盏沙漏奔走相告。
邻座的人是一尊半人半兽的希腊
她剔牙的动作——
仿如一场文明寂灭的微笑。
这一口幽深的街景,并且
陈旧的筑居像一次饮用。
你敲击着银器
却收集了夜晚的灰尘,
"如果草原以远,灾祸行进

……一个人的心跳将无助于记忆。"

维色：藏语里"光明"的孩子。

## 对小说家马原的一次虚构

寓言的修改者。小小的
谎言却没有人戳穿。我窃笑。
我还要进一步引以为耻。
西藏往事：最后一次的鸟兽散
我积攒下落羽
　　　　　享受时日。
我拆解、变形、夸张和毁灭。
字母的大师、游刃有余的书写者。
黄昏太亮，而书卷太黑。
我浪迹于寺院、街景、流言和私语
收集故事，买卖货物。
我乔装打扮深入现场，慰问女人，倾听酒事
寄托黑夜的飞翔。
一共有三个人：我。你。他。
我拒绝清澈的供词。
我游说辞藻，典当时间
像一个没落的贵族。某一个早晨
或某一份心情之下，我需要世俗和圣迹
我平白无故，缘木求鱼
洗刷着一块煤炭的疾病。

我说:"信不信由你!"

我是,那个,叫马原的,汉人。

我承认一种泥泞。
也并不否认远方是一种假想的预定。
小说:一种干净的犯罪
我可以做得异常完美。
灵魂的考古学,悬念的泥水匠。
我筑砌。我居住。我幽闭。
神圣的细节
往往沾满了尘索的吼叫。
我熟知肌理,却又仅得皮毛。
在西藏,我和夜半的亡灵遭遇——
化身于传说、谣唱、诗篇和交媾的人群。
我指示图案
　　触及了海拔以上葬仪的规则。
晕眩是一种命运。
我的体内埋藏着一只
逃亡的、发锈的钟表。
这时,在晦暝时分的朵森格街口
一头豹子正展示着谜语。
我答:"其实上下真的,都很平坦。"

你们知道:我就是,那个叫马原的,汉人。

## 柴达木之星

羚羊出没的地带,在纬度之下
靠近盐和盆地之鸟的一方
心灵的露盘开始鸣响。柴达木之星
此刻正照亮了荒凉的人世——
矿石的马厩,金属呼啸的羊圈。

我在北斗的窗口中眺望,双目饮血
一场疼痛的命名将是确立的光荣
并以此赠予贫苦牧民的女儿。
她健康悠远的笑容正在生长,并影响了
夜晚和一枝历史寂灭的花朵。

西北以远,方言和谣唱中运行的
诗歌码头。天鹅嵌入了高空
她弯曲的脖颈慢慢滴入,仿佛雨水的传唱。
茶卡的湖泊,察尔汗的元素
我所持有的辞藻是一枚千疮百孔的徽章。

祖国在上:柴达木之星
新鲜如歌的血液正在沉积
盐的发育,婴儿的蜜糖
粗糙的黎明领取了突然的食粮——

相信吧，一条正直的道路不再是锈迹缠身。


你高挂
你颤动
闪烁的春天里易水之畔的七位荆轲。
牺牲的意志是为了一块美玉的破碎
天下缟素，其实是盐工手中锹头的闪动。


一个黑铁的时代破门而入。
宗教的歧途，往往蒙覆了咸腥的灯光。
我的兄弟们是一批真理的贩子
顺流而下的水面上，江河生成
——纯洁的心跳已经腌制成亡灵。


柴达木之星
一个少年的梦遗、初恋和创痛之美
如今在页码中流失。鹰在光芒中打滑
沙器家族众叛亲离
你这神圣的奠基，究竟是谁的演义？


星光灿烂，我真的有一种七月的恐惧。
昭然若揭的哺育
野生动物的面具——
大风吹散了天堂的马群，柴达木之星
在青春无限辽阔的西北偏西。

## 布哈河畔

七月里布哈河畔的一个早上
三个喇嘛在洗脸

湟鱼肥了
青海湖上,神在呜咽

我的阿姐背着一张牛皮大鼓
她过去的美貌,犹如一只母羊羔

三个喇嘛在洗脸
埋在水里头

我的阿姐走在路上
她敲着一张牛皮大鼓——

"唵嘛呢叭咪吽
唵嘛呢叭咪吽"

三尺高的天空,铺满了
七米厚的油菜和野蜂

我的阿姐

锈迹缠身,一年到头

## 大地平安

大地平安,愿大地今夜更加平安。

从黎明到黄昏
我的生命一尘未染。
这里是青海的天空、西藏的山峦
我唱起一首无辞的歌谣
便感到内心的晕眩。
我知道大地无恙
大地今夜更加平安。
但一阵阵野花又让我看见——

秋天破了,让我和一座红铜寺院
一阵爱情的膻腥
三群牛羊的会师看见。
秋天亮了,让我和一根念珠
十万经轮
以及喜马拉雅的炭火看见。
秋天高了,让我和格桑姐妹
一片自然的香味
一尊酥油歌手清晰看见——

今夜大地平安
亲爱的,你更加平安。

## 在那遥远的地方

在那遥远的地方,秋天坍塌。

活在如水的天命下,
歌唱是多么徒劳。
海西草原:青海湖的新嫁娘
今夜迎娶的队伍
举起缟素。

只剩下歌辞,只剩下桑烟与祝颂
只剩下挽歌的马——
目击知义与感恩的人间灯火一片
怀揣一把刀子
美丽的!我与谁作舞?

在那遥远的地方
不见了卓玛。

隔着法号和吹鸣。
遥远,只是一道神圣的课题。
不见了卓玛:天空倾斜

　　　　　　生命弯曲。
抓起一把野花
犹如内心逐散而逃的一地亡灵。


众神离聚的草原
夜色未定。喂养我的——
一阵羊肉的腥
让十指凄迷。
我的膝骨剥落
我的嗓子，总是这样醉意沉沉。


在那遥远的地方，羊脂灯下
碰见卓玛的卓玛。


## 拉萨河女神

如果歌唱高原，就请到此为止吧。


河水忧伤地沉醉
丰收的过程中，我坐在河畔。
大地无限的飞翔引我走入了边疆。
人民的诗篇、宫殿、节日和孤独
此刻都与我无关。
在漫长的道路上
如果你歌唱高原，就请到此为止吧。

我和一座黄金酒肆，相互搀扶
坐在拉萨河畔。
要把一捆青草交给乳房
要把一只羔羊，交给天堂的祭坛。
女神，我在水上叫喊的
咒语和真言里议论纷纷的女神——
既然你拾取了弓箭和火种
也请你获得
我这只人类的器皿。

请求你，把我交付给一副皈依的心情。

雪山放射　谷底沸腾　宗教高筑
拉萨河水情深意长。
生育的马和繁殖的表妹们
正洗着一件世界的血衣。
她们双颊饱满、嘴唇乌厚、爱情满腔。
河水打开了，病痛和一场人生的伤寒
取自一只古老的药箱。
醉。
醉使一只荒凉无端的月亮
也成为拉萨河日以继夜的新娘。

你见到了么
那在两岸高大的树林里闪烁的翅膀

你见到了么
那在水中的村庄、鱼群、蔬菜和家庭

黎明和人
像一船舱仓促的岩石。

如果你投入高原,请和我一起歌唱地饮用——

## 一个漫长的罗布林卡的下午

一个王朝的背影踽踽远行
它叹息、踱步、顾影自怜,形成了公社和集体。
在永远的旧地,一捆旧日的书信

将要被翻晒。而旧有的心情
也要成为梨子枝头一树的凋零。
经年不息的主人,混迹于庸碌的人群。

一个漫长的罗布林卡的下午
我一再缄默无语。时间缓荡
陈旧的灰尘亦将蒙覆宗教的银器。

一行流亡的诗句在阳光下凸现
他说:"雕栏玉砌应犹在,只是朱颜改。"
不改的,只是鸟喙之下心跳的运行。

狮子的传奇以及野花的传递
在一处人生的街口
我遭遇了十万口衔刀刃牺牲之下的羊群

黄金与钻石的摇篮
一个婴儿的成长，带着出乎意料的命运。
公园深处，卖唱的女孩可能叫尼玛或者央金。

一个漫长的罗布林卡的下午
运水车破裂，三个宫廷的衙役
钻进了墙下的阴影。

亭榭歌台上的一出戏剧
戛然而止。我脸上青铜的锈迹
正宜于一位未曾出场的弹拨艺人的角色。

信念的经筒需要一块酥油。
玛尼石堆，需要一颗鲜红的心脏。
高寒地带的树木往往带有意志深刻的年轮。

在下午，在稀薄广大的建筑之上
风的朗诵转入凄凉
一块树荫犹如徐徐打开的羊皮地图。

罗布林卡：宝贝的园林。
如今这里是劳动人民游玩、散步、吃茶的场所。
一个漫长的下午时光——

我枯坐如石。仿佛一捧盐粒
一只被心上人悄悄收藏的药箱。
我的伤口上，栖息了七只饮血如歌的蜂王。

## 听文群说起日喀则

"去意已决，这才恍然——
诗歌是一件可以奢侈的奇迹。

"那些出乎意料的黎明、夕光和盛大夜晚
往往伴随着狗的传唱。这是在日喀则。

"鳞次栉比以至鳞次栉比的
金色屋顶预言了精神的牧场，流泻一地。

"或者当你醒来，
僵硬的肉体已成为'不朽'一词的剩余。

"在日喀则，正逢雨季
面影模糊的人将时间磨砺，五体投地。

"在一条石缝中,我好像看见了命运,
它游走、嘹亮、闪烁无定。

"就在这个秋天,尤其当你去意已决,
退出了群众和集体。在日喀则

"你又遭逢了更多的废墟、旷野和流言
你将变得无处珍藏,抑或空空荡荡。

"街道上一匹老马心脏爆炸,
最古典的缄默也是一条可怖的法则。

"在日喀则,形迹可疑的异乡人
成了一阵深沉的虚构:你是谁的来临?"

## 夏天的巨石

夏天的巨石建筑在头顶。
一场生命的追逐必须在光芒中苏醒。

如此浩大的工程,我指的
是这个夏天秘密的布置。

多么热烈的朗诵。
多么深刻的泪水。

哦，断裂的七月——
全美的只是大地的盛景。

青藏高原：夏天的巨石
埋着花朵、公主、刀和湖泊。

剩下一个瞎子，弹着三弦
边走边唱歌颂着这个夏天。

夏天的巨石光亮一片
漂泊着、飞行着，像一座爱情寺院。

比远方更近。
比我的嘴唇更远。

开窟迎接你的到来，心中的马——
仿如炭黑一团的神祇。

朝圣路上，夏天的巨石
其实是一块红铜之冰。

那雪线以上的故事，珍藏了
酒和豹子的尸骸。

这时刻我终止了书写。
却获得了敬畏的抚助。

夏天的巨石：这个伟大的几何存在
在一粒青稞上我看见——

一个是青海。
一个是西藏。

## 西宁的一截钢轨

西宁的一截钢轨，带着
热爱的锈迹，冰冷沉默。
这时你捧起了灰烬——
其实是捧起了这个夏天的核心。

郊外的青稞熟了
积石山区雨雪推进。
西宁的一截钢轨，收敛了
宗教和最后的钟声。

一截废钢轨，坐着
法显和文成。
今夜故乡的灯笼灭了
谁又能忆起马上的亡灵？

在最后的驻锡地
你必将遇见一头豹子和经卷。
在西宁的街道上走过
你必将错过一个半兽的神祇。

夜色堆积,在这个七月也寒凉的码头
一个孩子背起了断裂的钢轨。
草原以远人畜兴旺——
一个黑铁的时代又有何用?

一截废旧的钢轨
等于一阵止息的心跳。
而地火秘密地奔突、运行
一个黎明已无人问津。

## 格尔木之夏

格尔木之夏,一个藏族男孩
发育的梦中落定的尘埃。清晨的细雨
始自一只纪律的法轮
上学的路途上,觉悟之神嘹亮
讴歌着七粒饱满的字母

在街道晦暗的拐角,废品收购站的

玫瑰正在独自开放。鹰的骨骸将被收藏
羽毛用来装饰了天堂
宗教的班车,昼夜不息
而颠沛的灵魂遗失在公路一旁

格尔木之夏,降水量
仅仅小于一个人信念的血浆,遗址荒芜了
但野生动物的喘息依旧响亮
秋天慢慢建造,迎面走来了
印度洋的姑娘和喜马拉雅的铁匠

没有人怀疑一只大雁北上的秘诀
细雨呼喊相告,仿佛一座沉浸中的小城
拾取了钟表。现代化的村庄,在刮雨器
拭亮的银盏中凸现出劳动的迹象
一只手修改了畸形的脸庞

格尔木之夏,郊外的客栈灯笼垂灭
于一阵颤栗和徘徊的交接中
心灵攥紧了票根。朝觐之马循环往复
一座人生的山口岂能夸口一渡?
昆仑之下,牺牲者的花园犹如真境之谣

在医院宽大的产床上飞出婴儿的笑声
一场命名的仪式,将要提前泄露。

细雨漫歌,黄金如泥
辗转而至的爱情适于此刻的朗诵
窗外,清真寺的新月铭记了细节的更替

格尔木之夏,欲望和繁殖的戈壁旷野
河流栖居　骆驼含沙。
木材场的铁锯,犹如
一只鼓吹之后走形的法器
污染的天空象征局部的工业新新顿起

从黎明到黄昏,细雨飘拂
一个夏天的距离近在咫尺。
人充满劳绩,却又对自然充满感恩的诗意
青铜密布的枝条下
一页被雨水打湿的经书吐露芳香。

## 香日德

种油菜花的人闻不到周围的香气
他比蜜蜂愚钝,双手无知。

孔雀的胆囊下,正午缭绕
高寒的村庄里法号归仓。

一具新造的杨木棺材横陈街头

自行车的新娘，来自格尔木以西的金矿。

七个，或者更多的璎珞男子
围拢了肮脏的台球桌面，凿试着命运。

翻晒虎骨的妈妈，热爱生育
她晴朗的身子拐进了羊圈的草堆。

我要路经一个香日德小镇。
此去尚有803公里，心中却有一份如铁的心情。

让我摸摸新鲜的风俗
嚼着砖茶，用一把盐引开青海的猎犬。

"我中酒太深，我的方向太多！"
顺着经幡滴落的是一地亡灵。

藏式餐馆里爱情发生……
一卷红色的羊皮书，被人低价收取。

而午夜出门的人看见了星辰
一张幻觉的床榻四处漂零。

他溺尿的声音多么响亮！
他的哭声又半途而废。

一个名叫"疾病"的姑娘健康丰满。
汽油灯下,喇嘛的抒情如此突然。

我其实行走在遥远的古代
南辕北辙,充满了背叛的快意。

香日德:缠挂哈达的村落
　我的方向太多,我又是什么奇迹的例外?

## 离离原上草

众草嘶鸣,鹰在堆积
当第一阵秋风光荣地驾临。
粗糙的、秋风腰斩的大地
使人生成为一桩奔跑的灰烬。

突围之声,历历在目。
众草哀嚎,月光归入了传唱的内心。
最高的聆听者——
一个时代的俊杰们销声匿迹。

黄金化为粪土
梦想归于尘烟。众草伤离——
十万牛羊身披缟素
十万法号吹熄人心。

（歌曰：天留下了日月，
　　　　佛留下本经；
　　　　人留下了子孙，
　　　　草留下了根。）

骑马来到的人
是一位嘹亮的草神。
众草低泣：唯有那么多的灰烬
唯有秋天的太阳成为铭刻的遗迹。

经卷打开了：字迹全无
爱情饱满了：体温寒凉。
夕光遁入了一颗真实的内心
凭着什么，来到一片集体遗忘的阴影？

离离原上草，多么灿烂的过江之鲫。
剩下一个短暂的世纪，倾听——
深刻的泪水如竹篮一场
鞭梢之下，找不到羔羊。

（歌曰：天留下了日月，
　　　　佛留下本经；
　　　　人留下了子孙
　　　　草留下了根。）

## 青海的天空

青海的天空下
埋葬着鹰的族徽　云的遗址
蓝色玻璃的水晶体
陡峭、光滑、欲哭无泪
充满弧形的大地——
青铜色的面容
好像众神啸聚的羊圈
青海的天空下
高原：一种伟大的几何存在
让人误以为看见了上帝
九座寺院历历在望
江河在望
西藏在望
一道精神的经幡，引人折腰
青海的天空下
一个人类刚刚苏醒
进入了铁器的时代
湖泊飞驰　宗教醉人　爱情直率
十万酥油灯前
站立着祭司和头羊
秋风一渡，十指连心
挽歌的艺人们窥见了佛光

青海的天空下

半兽的父亲走在路上

一本细沙之书正被艰难地忘记

村庄敞开着

灾难和狗隐入黑夜

在峥嵘而起的群山中

一个牧主的女儿开窟造像　花容失色

祝颂了一颗强盗的首级

青海的天空下

夏天刚刚建立

冬天在远方坍塌　废墟一片

众草揭竿而起——

抬举着神示的草原

鱼王含腥　牛羊劳作　星辰弯曲

只有乱石筑砌的山冈

堆放着黎明和诚实

在最高的地方

最伟大的美只是一种常识

这时我走进了青海的大天空下

我保持着由衷的沉默

在一处崖壁，我渴望碰见

一头健康的母豹——

　　风传她代表着一种消失的神迹

## 山高水长

灵在渊面上运行,大地粗糙地上升。
生命的繁昌和荣誉代代传递。

因此我歌唱一种海拔
地理的高度,人类精神的狂飙之雨。

在白昼,我仰承一种光明。
在黑夜,我领取一份忠诚的敬意。

就在世界的中央
须弥山下,我穿行在古老的西藏。

佩挂着羊圈、酒、传奇和谣曲
一次深深的致敬,仿如人生的转移。

我要碰见我的命运。
当祭献的桑烟燃起,我将迎头碰见——

春天闪烁的鹰群。
它努力的轨迹,鲜花怒放。

灵在渊面上运行。在这个时刻

他说:"理所当然,是一种神圣的恩情……"

岁月峥嵘而起。
人充满劳绩,麇集屋顶。

山高水长。
凭着什么样的爱戴,我也山高水长?

## 喜马拉雅之歌

万象归于海拔,精神的光芒不可颠覆。

精神的光芒不可颠覆
喜马拉雅:陡峭的歌唱
和刀锋上舞蹈的群羊历历在目。
牺牲者的花园
——围绕着纪念的指南。
秋天灭亡在即,一张沉痛的羊皮上
我和我生命的诗行
     前仆后继。
如果不能仰望
就请放弃光荣、漂泊和梦想。
大地游动
   气象凋零
     灵魂寒凉

只有喜马拉雅
这一块世界的煤,独自奔行。

让我燃烧。
让我在炉灰的余烬中扶正天平。

## 拉萨的雨季

虚与委蛇的雨季,远上拉萨。
一片在晨光中上升的塑料怎么能忽略不计?
街道上漫漶的灵魂像一块废耕的园地。

雨,掺和着日光。
在一家藏式餐馆的门前,面目模糊的神正在乞讨。
浮动的天堂其实是一串绳饰的挂像。

布达拉之侧,自行车和婚礼的队伍
情投意合。在一阵秋雨的合唱中
鹰的轨迹将被洗涤、凸露。

虚与委蛇的雨季,如果石头发白
如果一首诗将被淋漓地展开——
首先的人会在一块砸碎的玻璃中复生。

世俗的街口往往会有奇迹的剩余。

时间臃肿的雨披下,是一堆羊群的法庭
事件省略了人心而使刀刃锈迹。

现在进行时中的拉萨,以及
它无往不在的抒情雨季
一份凝注神情,再加上一份霉变的戛然中止。

虚与委蛇的雨季:
雷电的炸药。日光灯下翻卷的靴子。
墙石中秘密的生长。泥泞的法器,和一阵清洗。

你不知行走在人间,还是天堂。
坡道上伫立的羚羊
是一道牺牲,还是一场救赎的念想。

哦,心灵之器
需要一幕狂飙的突降——
使水成为水,使世界再次成为世界的美。

## 酥油歌手

带你到蜜与流奶之地
带给你一坨酥油、三个歌手。
在一本西藏的红羊皮书中——
一句神圣的歌辞被这样叙述。

然而秋天流泻一空
断裂的马头琴下，人丁传布。
我来到的时候正值宰牲季节
一场生命的捐助，有始无终。

草原上的希怀旺姆
一身爱情的羊腥。
瞧瞧，黑夜深处的三顶毡房
偏偏有七位英雄含刀还乡。

你在羊圈里点亮
你在粪火里歌唱。
美丽的香日德小镇
一尊面色潮红的酥油女王。

我和一千只狗声缠绕
锈迹的村庄，丰收女神的一阵守望。
谁继续了痛苦
谁就领受了搭救、和婴儿的光亮。

"带你到蜜与流奶之地
带给你一坨酥油、三个歌手。"
——一本传说中的经卷
正被我披沥而至地书写。

## 青海湖以西

有一种手印,掐在佛的指尖。
一场诵念,掩埋
于历代的经书之躯。
一条寒苦的鱼,记得那一幕
踉跄的感情。
一种觉悟
发生在青海湖以西。
在盛大的草原,我和
太阳这个汉子,提着打铁锤
寻找夏天的烧炭。

那么久了,在朝觐的路上,与你相见——

一群鹰隼,记挂
云端的巢穴。
一捧沙,驶离洞窟,留下幸福的真身。
繁星密布的夜晚,内心的律令
拥抱了风之法则。
一次追逐,一匹
银色的幼马,犹如奇迹的经幡。
持续的举念中,我和月亮,寻找着一块冰
世上唯一的盐

去疗治痉挛的思念。

那么久了,在来世的途中,与你相见——

## 在那曲

我蹚过银河,将湍急的星群
挂上灿烂的雪山。
我带着坡地、鸣禽和牛栏
将思想引入寺院。

碰上罗汉,我要追问
世上的好姐妹。
如果迎面而至的是菩萨,我情愿
作一个弟弟。

我知道有一架风车
缄默无语。藏北的佛印下
一场热烈的青春,火中取栗。
今夜,众神诵唱的那曲——

有一块酥油慢慢融化,一个人
迅速交出了内心。我将一本经书
藏进天空,其实所有的爱戴
缘自一只晴朗的巨鹰。

缭绕的翅膀下,一定埋着
怒放的黄金。那么繁复的怀念,必定
植入了青铜的韵律
——谁爱着今夜,谁就是今世的果实。

## 口　诀

羊在天上飞
青草多爱戴。


鹰在地上跑
天空还追随。


经在手中念
黄金不变色。


爱在心里埋
沙石也枉费。


僧在山中坐
菩提四五棵。


佛在天堂走
门庭对人开。

——没有你,我要这歌声做什么?

——没有你,这一场今生今世,对谁诉说?

## 姐　妹

青草不爱你
羊群一定会爱上你。
春天不爱你
夏天一定要爱上你。

坡上不爱你
山下的英雄会爱上你。
老鹰不爱你
天上的太阳要爱上你。

不是央金
一定是你妹妹卓玛。

鞭子不爱你
骏马一定会爱上你。
昨天不爱你
今夜一定要爱上你。

喇嘛不爱你

念想一定会爱上你。

经书不爱你

下一世一定要爱上你。

不是卓玛

一定就是你姐姐央金。

## 谣 曲 (19)

放下花朵的是风

扛起棺材的是爱

花朵埋下三首诗

诗里有我——

棺材里跑着白虎

黎明再来——

## 谣 曲 (20)

上坡时看见了马兰

下坡就遇见你

坡上的马兰是秋天

心里的疙瘩不见

秋风是一座空羊圈
走来走去,不像昨天

一头母羊生产
奶水下,跪着三枝马兰

三个美季节,唯独
不见花开——

上坡时遇见了春天
下坡就抱住了灯台

## 谣　曲 (22)

竹篮打羊,羊不叫
月亮饮水,水不响

豹子拉车,车不走
姐姐回家,在后头

竹篮打羊一场空
月亮饮水是梦中

豹子拉车泪水尽

姐姐回家草海东

大雪从东刮到西,不见我的毡房——

## 谣 曲 (23)

月光里埋下蹄铁
重,还是不重?

羊圈里挂着绳索
疼,还是不疼?

水洼里藏了嗓门
唱,还是不唱?

琴箱里磨快刀子
泪,还是不泪?

骨哨中背起姐姐
飞,还是不飞?

举念中割下头颅
血,还是不血?

——迎着美丽往前

——你我一边，大路朝天。

## 谣　曲 (24)

提三桶月光
净身子。

夜起了
光亮新娘子。

七星灭下
马肚子。

秋风了
吹散羊子。

门板倒下
是儿子。

马兰破了
挂鼻子。

想哩想哩（者）……
旧嗓子。

一夜秋水
送日子。

九片枯叶呀
埋身子。

## 谣　曲 (25)

秤杆上
七星子。

刀尖上
挂肠子。

奶桶中
酒歌子。

十座牛圈
是石子。

一个夏天
好脖子。

井底埋下
旧靴子。

羊脂灯下
白妹子。

走哩走哩（者）……
杂嘴子。

## 谣　曲 (26)

雪花抱大了白羊
青草是娘。

奶桶飘落歌谣
银碗是娘。

牛圈里推门
鞭子是娘。

后半夜遇见了格桑
月光是娘。

马尾上挂着琴箱
喊叫是娘。

石子咬破了鞋帮

脚趾是娘。

三匹豹子,九驾马车
死亡是娘。

风吹草低
看娘。

一个蒙古,十万山冈
草原是娘。

## 谣　　曲 (34)

羊脂灯上
花朵熄灭
一个喇嘛
双膝带蝶

酥油歌手
春天如蛇
大风吹嘘
早做功课

三道诵唱
形如高墙

半个轮回
骑住屋梁

狗声像一只空刀鞘
牧羊的格桑,月光下的半个乳房

## 谣　曲（36）

桃子打下地
小羊开花
三月爬上坡
洗净幼马

九只神明灯
风吹门下
一座旧津渡
尸骨还家

靴子里漫歌
迎送生涯
牛铎挂门环
仿佛梨花

奶桶飘走了
野草是妈

天空如故乡
把头割下

## 谣　　曲 (37)

月亮里头是羊圈
大风吹斜。

三个红喇嘛
挖下一眼泉。

葬台之上是天空
牛皮口袋飘走。

三条处女身
挂上马尾巴。

大风吹断是雪花
梨花饮下。

细沙洗身是猎人
豹子要娶亲。

瞎子姑姑的乳房
干瘪又甜美。

一队野草是格桑
去往新疆。

洞窟里埋酒
袖口寒冷。

月光抽刀见故人
为你而睡

## 谣　曲（38）

三尺扁担是秋天
一副空筐篮。

缰绳之下看羊圈
羊脂灯前

大雁落山冈
尸骨未寒。

冰河之下有马兰
睡入长鞭。

九个丑婴儿

分头失散。

一卷羊皮抱月光
酒袋飞远。

乳房啃花是黑暗
不见了马鞍。

敦煌敲门
半个中国难眠。

小叶,小叶
谣曲里梦遗的少年。

## 谣 曲 (39)

白马
白得像一个儿子。

石槽里的白马
藏红花下。

施洗的河,坡上——
月光剩下的白马。

一匹白马
成吉思汗的白马。

半个星座，翅膀悄掩
十万带刀的哑巴。

草原凉了
一只刀鞘里开花。

雪地上的四蹄
大汗淋淋。

一匹死去的白马
七颗红喇嘛。

一腔子热血
元朝灭下。

白马，时光的白马
一个词被众人糟蹋。

白马
一具北方的骨架。

举念之中，哦，一匹旧日白马

双眼浇瞎。

## 谣　曲 (41)

月光是一座空羊圈
不见花开。

三尺马下有神明
身子洗净。

洞窟上漫歌
风是门环。

一麻袋绸子和酒
妹妹是前定。

刀子饮下乳房
牛羊肥壮。

堆绣下的大鹰
婴儿光芒。

酥油里睡醒了豹子
喇嘛成王。

谁把头巾戴上
像一只琴箱。

月光是一座空羊圈
十里相传。

远来的客人呀
油盏开花。

## 谣　曲（42）

草堆里爬出来的是羊圈
羊圈熄灭。

大风吹散了马群
歌声倾斜。

刀鞘上的一阵月光哈——
坐在乳尖。

世界深了，一道秋天
三十里外的敦煌是一束马兰。

有人的日子里无限
而剩余的，只是一位飞天。

鞭杆子长不过神明
一道灵息，正把细沙吹卷。

旧日的主人呵
十月开花，山冈埋入了井边。

看这一只打坐的巨鹰——
天空开了，举念之下的弯曲。

十二只空碗
一匹豹，砸上马头琴弦。

世界深了
……世界深了的一番爱戴。

一道秋天把寺院堆积
却使诗篇慌乱……

## 谣　曲　(14)

木塔之上
月光敲响
十只小羊
笑声朗朗

邻村新娘
梦我成长
手执牧鞭
轻轻敲响

## 谣 曲 (13)

月光如铁
破门入井

三只小桶
提住星辰

水上漂来
鱼的婚礼

乳房吃草
养我儿女

老大马兰
老二秦岭

大地如水
今夜美丽

穿州走府
都是亲人

## 谣　曲（12）

半个月亮，爬上来——
半个月亮是萨福

一只耳朵，掉下来——
一只耳朵叫凡高

出村十里是希腊
抱住月光是葵花

## 谣　曲（9）

打破旧奶桶
寻见小白羊
小叶，小叶
深坐井中央

两张大丑脸
抬一架船舱
水是什么？

去问问乳房——

## 谣　曲（1）

花朵是你
北风是我
疾病是你
药罐是我

马灯是你
羊圈是我
你做你的新娘
我抬我的花轿

## 拟民谣：牧羊姑娘

我擦亮第一盏马灯
我摸出爱情的牙齿
夜晚开花呀——
牧羊姑娘，你要回到我的新房

门槛上两只口袋
是我唱歌的双亲
夜晚开花呀——
牧羊姑娘，你要打开饮水的井盖

马儿在干草上跳舞
仇人就要到来
夜晚开花呀——
牧羊姑娘,花是草原最美的马兰

## 情　歌 (1)

河里的鱼身子——
抱的是水

天上的鸟身子——
抱的是风

草丛的蛇身子——
抱的是琴

妹妹的肉身子——
抱的是灯

灯耶,烫手的果身子——
拴着我的命根子

我呢,剩下个泪身子——
搂住夜里的枕芯子

## 情　歌 (2)

抓住你蟋蟀——
又蹦又跳

扑住你蝴蝶——
又飞又闹

缠住你草药——
又喊又叫

噙住你泪花——
又腥又潮

搂住你妹妹——
又哭又笑

爱上你一个妖精呀——
又烦又躁

# 情歌 (3)

## 一

大路上跑过的云朵
嘴唇里一阵干渴

花朵里飞过的蜜蜂
舌头上压着苦涩

井底里长大的妹妹
手指头捻着绳索

## 二

马厩里埋下的草籽
是身上的蹄铁

老鹰叼走的经幡
是怀里的包裹

心畔上跌倒的妹妹
是我一生的罪过

## 拟民谣：心上的罪过

天上的雀子哟——
飞过一群又一群

坡上的韭菜哟——
割了一茬又一茬

地上的妹妹哟——
长成一堆又一堆

心上的罪过哟——
拾起一个又一个

可我一生唯一的牡丹哟——
究竟是谁摘下？

## 拟民谣：马兰花

马兰花，你为谁盛开——
羊群高歌中在把谁想念
在这个世上我只见过你一面
秋风到来，甚至来不及一声再见

马兰花,又为谁倒下——
一根鞭子上在把谁折磨
在这个世界上我只爱过你一个
花神降临,善良的百姓在草原呼喊

马兰……马兰
马兰花。

## 拟民谣:对答

最小的舌头——
也取不走蜜蜂的甜

最小的手指——
也打不开水的火焰

风吹草低的是谁?
大麦饱满的是谁?

最小的耳朵——
也拢不住风的诺言

最小的嗓子——
也吐不尽哑子的怀念

心呀！是哪一只夜晚开花的心
拿走了我一生的折磨

## 拟民谣：想头

想哩想哩（者）想到了秋……

梅花现身，为着世上的好风
天鹅高远，取走人间的福分
秋天哪——两手空空
两只口袋里是我的想头
想哩想哩（者）想到了秋……

缟素的羊群呀围坐草原
一棵冰草上燃亮灯盏
秋天哪——越走越远
留下一副热心肠是向谁说？

## 辞　典

天空藏住一部经
说："燃烧！"

大地攥紧一把草
说："修远！"

太阳这匹狮子,飞出了喀纳斯月亮
说:"奔跑!"

秋天,一群白桦树走下山坡
说:"吹动!"

鹰王端坐北天山
说:"晴朗!"

在四序的泥土中,在源头
一个黝黑的孩子说:"成长!"

高挂于北方的星宿,我和纬度
齐声说:"辽阔!"

## 祈　愿

将一块酥油,喂给大地
将一枚露珠喂给早晨;
将一只巨鹰,喂给天空
将太阳喂给疼痛的理想;

——如果可能,还要将美、青春和脚步
献给真理。

将黑夜喂给青铜灯盏
将一次短暂的眩晕,喂给寺院;
将婴儿喂给哺乳
将一卷古老的史册,喂给荒凉的人间;

——在甘南草原,也要将信仰、爱意和追逐
当作烈火和祭献。

## 在路上

蝴蝶是自由的。
一条鱼怀抱盐,寻找着水
因此大海是自由的。
在甘南,那是上苍的云朵
信仰的牛羊
所以牧歌是自由的。
——在路上,我碰见了你
心灵是自由的。

犹如宗教的人群,走上了坡顶
夏天是自由的。
谁的梦里砌筑了爱?谁的诗篇里
埋下了刻骨的转折?
像革命遇见了领袖,像

一堆凌乱的辞藻
邂逅了它光明的逻辑。
——在路上,风是自由的
因此,真理自由。

寂寞的十指
　　　手捧灰烬
所以,火的回忆是自由的。
一本遗忘之书被翻开,唱读是自由的。
多么黑的夜,比黑夜更黑的蝙蝠携带了体温
它的青春是自由的。
要相信一个广场
　　　和呐喊的群众
因为,世界是自由的。
——在路上,我们的一生遭逢了真相
眼睛是自由的。

可是一场辗转的爱情,一次倾诉
被捆缚了锁链——
共产主义是自由的,思念却不!
艺术也自由,但滚烫的嘴唇却不!

## 万物生长

坐在正午,坐入

今天灿烂的日光下
我比天空明净，比云朵坚定
比一切过往的爱恨
更加温馨。大地生长，青草葳蕤
世上的好儿女们
　　　前赴后继。

爱上每一寸光，爱着
无限的大气和苍茫
我比一本古籍悠久，比一堆
暗夜的篝火响彻
鹰隼告诉我的每一个好消息，我也将
传递四方。我放还了马，它黝黑的脸
仿如世上的奇迹。

鲜花怒放，时间吹袭
在人生的海拔上，我比一捧雪
比一炉时代的钢铁
更加热烈。我劈下内心的柴，
取出沸腾的心跳
因为，并不是我孤身一人，马不停蹄
走在锦绣的春天。

## 春　日

谁在风中淘金？谁将一树梨花
作为灿烂的姐妹？谁掩袖，在崎岖的天际
写下四月？谁用一个词
包扎诗歌？在春日浩荡的教堂下
谁秘密地哭
转眼间，又湍急地笑？

哦，我知道一块玻璃，如何走进日光。
它转身的刹那，吹动
一根神圣的芦苇，带上卑微的思想
奔跑的鸟群。
我还知道一张封面在慢慢苏醒，用一生的努力
去洗净一粒单词。

## 祷　辞

心在高处，恰如
一截沸腾的青春正值中途。

心在高处
一股电流，插在天空。

心在高处，一个人
没有理由犯下春天的错误。

心在高处
比如一座寺院，为黄金遮覆。

心在高处，有一本经书
被日光催问。

心在高处
十万青铜之马，在针尖上起舞。

心在高处，将悲痛的北方
和爱情一起砌入。

心在高处
易水之畔，刺客与英雄同驻。

## 坚持的体温

冷下去的秋天，鹰在发烫。

大地无恙。
我知道，心上人的脸上
今夜无恙。

那曾经离去的一人
手持爱意
遁入天山。谁在此刻带着灰烬的笑容
谁就站在
冷下去的秋天。

可是,鹰在发烫——
持续的举念,掉头走在
旧日的路上。
在伟大的边疆,我拾下骨笛、茶碗和药方
风从四方吹袭
　　青春尚在
　　只身前往。

鹰发烫,所以
天空发烫。
云朵发烫。一座思想的天山
坐入大地
宛如坚持的血,燃烧在冷下去的秋天。

## 找一个词代替

找一个词代替。

找一缕深沉的矿脉,一桶黄金

代替阿勒泰。
找一个秋天
街巷中
一领被遗忘的头巾,代替
坚持的天山。
找一炉沸腾的液体,深蓝色的钢板
一匹湖底的巨兽
代替喀纳斯。
找一捧热烈的雪,一条辙印
一枚罗盘上的指针
代替边疆。
是的,还需要找一个词
神圣且陡峭的段落
代替上帝。

找一个词,代替。

找一片落叶、一根松针,敛下
青春的骨殖。
找一车滚烫的沥青
一个音符,拾取
星辰的棉花。
第一场霜悄然落下,找一部分的爱
一部分的悲愤
表达布尔津的海拔。

找一匹伊犁的马,一支鹰笛
踏破天山
越过戈壁。
找一卷废旧的地图
半个驿站,传达河流封冻的消息。
找一位打渔人、牧驼者、税吏
坐入落日的朝廷。

## 在新疆南部

南疆的小镇上
我碰见黄昏的葵花
妖娆的葵花
但,我并不打算说出我的名字

我的名字是一片水
在南疆的小镇上
只有你
担桶汲取。
要是你也能碰见,那群黄昏的葵花
你该知道
我是多么想你

那群疯狂的葵花,奔跑在边疆
我也明白

其中一株是你。

## 情　景

八月的松鼠
守着天山，和一座村庄

八月的小松鼠
比蜜蜂还甜蜜
的小松鼠
像孤独的心上人勤劳持家，拖儿带女

我记得树叶遮住的
一双眼睛
我记得蘑菇、野花、鱼和鸟的山上
跑下来的
一盏灯笼

红色的灯笼，像一卷丝绸裹住的八月的小松鼠

——给

葡萄架下的
菩萨
穿着草裙，戴顶花冠

葡萄架下的菩萨
是我的母亲

有时候,我像一堆泥土
坐在地上
我盯着村庄的炊烟
与黄昏
安安稳稳,不许自己晃荡
我知道有一颗葡萄是你,被菩萨
照亮

你们是我一生爱上的女人,像一幅神像
挂在
我的厅堂

## 秋　日

顺水而上的那些芦苇
迎着秋日
村庄的门,为你敞开
我也敞开

我们像一群羊
沿着河流
在无限的边疆,有一座秋天下的教堂

就这样,我松开了
风的手
有一亩棉花大病初愈
一只鸟,刚刚疗治好
崴坏的脚

弧形的天空下
我握住
你空虚的肉体,写下一组
明亮的诗

我的诗穿着一双鞋子,跑遍了国土和你的全部爱情

## 天　山

天山如马披挂而来,青铜枝条
星宿的枝条
弓之枝条。
七星之下,它们多像黎明即起的敦煌
架起一道神示的屋梁。

天山如芒,新疆的城楼下
打奶桶中泪水飞扬
童子军们,高声作答

羊脂灯下，刀口饮血如歌——
阿娜尔：新鲜而美丽的母亲
像一卷遗失的壁画
挂着石窟　水　乳房　和羊群——
而大雪抱走了北方
一个成吉思汗的蒙古，弃甲逃亡。

天山如芒
大地生成。
只有生命的飞天久唱
只有杯子，这一身破碎的秋天照耀。
刀子埋住了心。
天山：这一根神圣的枝条
睡入十三经
二十四史和中国。
雪莲开放，千秋长鸣。
因为我的眺望——
它们在古老的药箱中满脸惺忪
如回故乡
它们在今天诞生、成长
像女儿和马匹坐在门槛之上——
天山如水
将我喂养

## 天山论剑

我和长春真人,天山论剑

我想叩问一下蒙古的灵魂
马蹄下的鲜花
是否疼痛?
要么,我想打问一下骑射和弯弓
一枚理想之箭
能否装订出一册史书?
马背上的宫殿
饲养着所有的猎隼、大雁和梅花鹿
一个人怀腹的伤感
无药可救?
是的,我还要询问一下成吉思汗的散步
在北方
一群先知般的渡鸦,能否
涉河入林?一卷福音的地图
是否标注了一腔热血滚烫的高度?
一个辉煌的帝国
站在草长莺飞的季节,一只鹰
是否失落?
我在天空寻找一枚图钉,挂下
心上人微醉的笑脸

——那么久了，她从来也没怀疑过我的双肩
是的，我和长春真人丘处机
天山论剑
我对着雪山、草原、牛羊和秋天
想问一问诚实的大地
说明了什么？

风，怀抱雷霆
——我所目击的大地，缄默不语。

## 葱岭以西

疏勒河上的监狱，空了许久

但并不说明民风质朴、饮食细腻。
骑马的僧侣
在烈焰下查找经书
而一匹浪漫主义的骏马，梦及了
古代的黄金
我还明白，有一片水
不需要波涛
有一盏塔吉克人的草帽，安顿下
鹰巢

葱岭以西，在佛教的羊圈里

一个喷火的怪物
买卖神器
我站在三岔路口,其中一条
会通向印度和埃及

在晦暝难分的大气中,一座村镇
像《天方夜谭》里咆哮的狮子

## 暮色隐忍

佛教的黄昏
在一把斧头上
读出奥义。
在《南方伽蓝记》里
读出货币
和湮灭的信仰。
一树桃花下
读出部落纪事
与神经。
在一根拐杖上
认出荷马
和他失败的记忆。
在一束麦草上
接纳下爱人、礼拜、赞美
和舍利。

在法号的鹅毛中
走近吹手和鹰笛。
在一堆干粮里
找见水、葡萄和真理。
是的，在深沉的黑暗里
含着耐心、隐忍和光
穿越边疆。

## 在喀什噶尔

那些露天的剃头坊
离瘟疫、饥饿和无信的慌乱
最远

喀什噶尔的大巴扎
一颗灵魂
走私入境
而一册吐火罗文字的古卷
萌发了火灾
四季的牛羊在轮回转移，而一首
穷人的诗歌
如此艰难
那些露天的剃头坊，要卸下
心灵的胄甲？

他说,在人生的每一个关节
剃度的内心
仿如黄昏下,一道举念的圣餐
要积极领取

坐在肮脏的街道上,我像一座历经
七个朝代
的烽燧,问天打卦、扑朔迷离

## 克孜尔石窟

一路上拾取丝绸,一路上
和鸠摩罗什
拾取了龟兹乐舞和偈言
《大唐西域记》里的鹅毛大雪
充塞于途
一个内心毁坏的皇帝
病于长安城中

有一枚钥匙
藏在克孜尔石窟
骑鹤的人
守护着桦皮文书和婆罗米文
一路上,拾取了
奔殂的心跳,一路上和鸠摩罗什

梵音高唱

在水泥厂的招待所
我们安顿下来
一本飞行的《金刚经》,在午夜的天坑里
发光

## 你的脚

你的脚
像春天的草莓
开在天山

你在黎明晾晒的衣服
让唐突的蜜蜂
迷了路
你在馕饼店前丢失
的芝麻
像一幅神像
走上了坡顶
那些雨中的黄昏,山里的黄昏
有一股风
钻进了帐篷
三个朋友带醉而归
他们赞美了你

还留下了一桶冰糖
我们流浪至此,亲爱的
在一棵树上
安顿下温暖的家
白昼漫长
而在夜里,我明亮的诗
被你一行行哺育

你热烈的嘴唇,犹如两盏白天鹅,飞掠了我的脸。

## 民　谣

在一首谣唱里,看见了那座镇子
一只母羊的腹部
　　找见那个姑娘。

在风力发电机下
看见堂吉诃德的蛇矛
和一匹瘦驴
在湖上,找见咸腥的盐,和
一群右倾机会主义的鱼
拐过那些错误的曲谱
篡改的夏日
看见了那座发光的镇子
打一碗酒

称一根牛腿
结识酒馆里一个名叫王洛宾的伙夫
我醉也——
爱情扶住我
　　像扶住了一只泔水桶

在达坂城，我要娶下你，和你的妹妹
绝不许他人染指

## 翻卷的草原上

没有一种风
能将羊，吹灭。

没有哪一位天使
带着钢铁的翅翼。

没有任一的光
点燃美，和脚印。

没有什么秋天
按下慌乱的心跳。

也没有鹰
投下琉璃的阴影。

是的，没有一双手
殓下青春的骨殖

没有爱，纵使真理
也流失。

在这翻卷的草原上，坐在亲爱的上帝身旁
没有一截马桩，拴下漂泊的心灵。

## 土风谣

那些混乱的语言，像一地斑驳的日光。

汉族的丝绸
突厥的弯刀
吐蕃的经幡
波斯的大蒜
埃及的小丑
麇集的集市上，有一种手势
带着荫凉。

对了，那些混血的眼神
罂粟般绽放。

我挽着形形色色的宗教和长老
穿过广场。
我年轻且幼稚,指给他们
风和鹰的方向——

在边疆无限的高地,神坐在一截陈旧的木头上。

## 追 问

风中的遗址,被
时光弄废的一步险棋。谁
腾空了羊圈
掩埋下经卷
接着,把一段历史交给了秋天?

我看见了陶罐上,破碎的纹理。
蒙古的铁蹄
游移于西域三十六国
的正厅
一条灰白的沙蛇,枉费内心
而湍急的庙宇
举刀自引。
谁的手,搅乱了河流和鸟群
焚烧丝绸
弘扬僧侣?

混沌的章节中,一个倔强的娘娘
回忆了后果前因。
是的,谁留下一盘寂寞的
流沙残局?

我来到时正午高悬,离去
将它们在夜色下
　　　隐匿

## 小献辞

无花果树下
谁最寂寞?
银饰的刀鞘中
谁热泪双流?
在一册旧课本里,谁碰见了
采摘药草的佛?
一挂旧日的破马车上,谁
带着疾病?

暮霭垂临了北方,夜色杂陈
孤苦的掌灯人,亮若神祇——

我知道有一片
芦苇迎向你;

在异乡,一支约翰·列侬的《想象》
囤积下月光;
鸽子飞越葱岭,而
山腰上的动物园
少了一只马驹;
是爱情吗?为什么那一亩
晴朗的棉花
带着泪水的锈迹?

用一根鹰骨,在边疆的青铜器上
刻下你发光的名字——

## 伊犁河谷地

打点一介税吏
用块鸦片;
扯一纸官府的度牒
蒙混过关
需要一口袋青稞;
路遇土匪,暗号不对
赔笑之外
还要交出银圆;
对一条唐突而至的蛇
鞠躬致意;
遭逢婚礼,讨一把干果;

落雨的傍晚
听清风中的门环；
胯下的驴子发怒
尽可能地讲出真理；
借着鹰翅下的凉爽，望见
蒙古的王陵。

在伊犁河谷地——

对油菜花田上的蜂群
缄默不语；
路上，要扶正一只危险的轮胎
一次车祸
和善良的人民；
肖尔布拉克大街上，一个
醉鬼询问云朵
请他听一听时钟的意义；
经过博物馆，对犀牛、银印、木椟和楼兰美女
把脉问诊
擦拭一新；
一个哥萨克的后裔酷爱诗歌
但韵脚的背后
其实，是普希金的玄虚；
加油站的女孩胸脯饱满，目光频递；
吹手向西，如果可能

恰巧能望见故乡的一个街口
白发的母亲。

在伊犁河谷地——

## 一个人的边疆

醉倒在地平线上，醉倒在
虚弱的云
一块波斯的地毯上
醉啦，一只出土的沙瓮
手扶门环，像一匹理想主义的瘦狗
怀念背井离乡的
骨头

我醉了，像一副吮净的鱼骨
退出了碟子
一块石头拒绝发芽，鹰
也退出了崎岖的天空
醉了，像一块黑板溜出了课堂
空旷的采石场
奴隶们讥笑着公共食堂
一个喧嚣的时代，衣衫不整
迷失街头
我抱住一挂马车，在麦草里醉了

在秋日的门槛上醉了
和壁画上的观音
钟表的心脏,一起醉了
恍惚的月亮
摇摇摆摆的地球,我被挂在
北方的纬度上

我醉了,像一扇半生不熟的羊排
一块发酵的酥油
驾着一顶膻腥的帐篷,念叨
仇人的姓名
繁星飞渡的街道上,我醉了
醉啦,像一本作废的书
页码全无
一双奔跑的鞋子,丢掉了趾头
我的身体像一口井
地火、阎王、流水和化石
统统醉了

就这么醉了,像一只
踉跄的麻袋
醉倒在心上人的乳房
我穿过了酒杯和敌占区,奔向
爱人的根据地
舌头醉了,嘴醉了,胃也醉了,脊梁醉了

十面埋伏的荒凉
我拧亮一盏油灯,照见自己,说:
看,这个半途而废的人!

醉了。让我带着酒精和燃烧
陪你度过
——这时代的晚上

## 询　问


是多少痛苦,堆积在边疆?

沿着那一排白杨,月亮
像一群野鸽子,挂在天上。
河流上的风,逶迤流淌
今夜,谁活在世间,谁就是国王。

和五谷杂粮,一道生长。
萧瑟果园里,让心上人睡在一滴泪上。
一盏天鹅飞渡星光
劈开了谁的内心,望见秋天下的教堂?

## 边疆辞

### 一

坐在夜色未定的南疆
抱膝坐在,这爱恨情仇的
世上

屋顶上,暮色苍茫
骑住木梁的神
令人难忘
今夜,塔克拉玛干以西
有一束荆棘独自盛开,一匹骆驼
死于高潮
沙漠深处,那奔跑的
夜色女王
戴着黄金面具
坐在金字塔,抽搐且慌张

我央求着你
一把斧子
一只琴
天鹅
和云层下寂静的村落

坐等黎明——风吹开你寒凉的身子骨,照彻曙光。

## 二

还有那暮色中展开的
渡鸦
像一行神秘的标题
被黑夜饲养

还有丝柏树上,混乱的星群
还有走下神龛的一枚钉子

像圣徒一样高贵的夜里
还有帕米尔高地
埋下了竖琴
和青铜器。
还有麋鹿自敛,而三只斑鸠
掠过了湖泊的双肩
还有草原,还有盐
还有一个哽咽难语的人类
钻木取暖
顾影自怜

悲痛的夜里,我守着人类和篝火
失去什么?

获得什么?

## 风中的衣服

那是一件风中的衣服。
那是一个卑微的灵魂,深藏着健康与孤独。

如果衣服也能隐秘开花
一定是由于爱情抱住了它的角度。

是的,像一本受伤的书
一段晴朗的细节被内心模糊。

那是我的衣服。
那是我抛别人类,走在神圣的黑夜中。

卑微的灵魂如同一盏灯台。
我放下自己,像放下一筐秋天的土豆。

是混乱的淀粉,是细若游丝的
疲惫和信仰的水分。

## 翅膀上的雪

翅膀带雪,一道神启的光芒

从内心垂降。

这是海拔与雪山。
这是一幅世界麇集的棋盘。

一粒字母飞行
犹如青春带着它火热的信仰。

在神圣的黑夜里。
在丧失了体温和思考的人类中间。

翅膀带雪,像上帝
忏悔着他的缺失和无助的茫然。

但是灵魂如风,吹动——
在一片迥异的高地和未来的地图上。

是否寺庙的光斑?是否
有一本完整的语录可以书写下生命的战栗?

当大陆睡入了深沉的夜晚
一个人类,被轻盈的羽毛注解。

翅膀带雪,一团乌黑的精灵
突然抱住了天空的骨骼。

挂于北纬之上的诗篇,挂于
一只巨鹰心脏的只能是失败和怆然。

太阳,当你熄灭的一刻——
谁在高声颂扬着夏日的冰块?

就在今夜,让我们爱惜自己
就在今夜我们抚摩生平和现在。

那是一堆翅膀上的雪。
那是海拔、爱情、温暖和丝毫的怀念。

## 吹 动

让一卷古籍吹动历史
一只微弱的蜜蜂,吹动花朵。
让刘家峡的电流吹动日光
一组发亮的汉字,吹动中国。

流沙之中的坠简
吹动敦煌以及丝绸尽头的埃及。
半座楼兰的废墟,吹动了
一位探险家凋零的骨殖。

那一阵芳香的芸草,吹动着
辽阔的新疆。
一只从岩画上走下来的黄羊
吹动了篝火之畔的宴饮。

让拥挤的银行,吹动丛生的欲望
一户破落的子弟吹动着泪光。
让云朵吹动一位女神
爱情,吹动了它难以遏止的热吻。

在西北偏西的风中,吹动
一座寺院和午后的苏醒。
在海拔与回忆之间
吹动一件成吉思汗的盔衣。

大地如此安详,吹动
一篇自然主义的散文。
那束寂寞的芦苇走出了羊圈
吹动它空虚的思想。

像风吹动着风
倾斜的天空吹动了星辰。
如果此刻,我走过额济那齐的夜晚
谁吹动了我的心跳?

让一面旗帜，吹动奴隶
沧桑的法器吹动了神圣的纪律。
让一场疾病吹动草药的荆棘
一个人，吹动了他潦草的内心。

## 本命年

从这一年的身上
我卸下粮食、爱情、水和蔬菜；
从这一年的土地上
我取出煤炭、诗篇、美和温暖——

在清晨的露珠上
我要看到日光、昆虫和世界的面孔；
在黄昏的屋宇下
我要遭遇婚姻、炊烟以及一位女神的微笑——

骑在这一年的马背上
走过神圣的人类；
在一本流芳的书卷内
一匹马的到来，仿若光亮的神祇——

我已经老大不小啦
每当我穿过这个奔跑的地球
我沉默的内心

就会花团锦簇——

## 偶　遇

在晦暗的黄昏，偶遇
一只内心毁坏的蝴蝶；
在一枚冰冷的钥匙上，偶遇
通往宗教的小径。

在遥控器上偶遇战火中的阿富汗；
在枕头上，偶遇一对酥胸；
在一挂奔驰的拖拉机上，偶遇愤怒；
在一张黄榜上，偶遇失败。

一个打开的手机，偶遇色情的问候；
拐过银行的街口，一定
要偶遇一位上帝差遣的乞丐；
落日已熄，请求偶遇一个破产的银匠。

一只寒冷的金鱼，势必偶遇梦想；
在晴朗的考场上——
一道简单的谜语偶遇了辞典；
爱情，难道不可遏止地偶遇了误解？

像一条河流，偶遇了它的干涸

人民一定会偶遇了领袖或头羊；
在一卷潮湿的地图上
诗歌，偶遇了今天淋漓尽致的诋毁。

一双破绽百出的靴子，偶遇了
狂奔和它恍惚的说法；
在一扇隐蔽的窗下，一场声情并茂的朗诵
偶遇了自由市场的喧哗。

那天午后，如果我和孩子他妈走出
一定会偶遇教堂的拆迁；
要是夏天，一辆寂寞的自行车
差不多会偶遇警察的指责。

一本小说，偶遇了篡改；
一段流淌的心情，偶遇了橡皮擦的到来；
一个颓唐的家庭，偶遇了分裂；
一个国家，偶遇了手术台上的幻灭。

是的，在一张福利彩票上
要偶遇一位名叫范进的先生；
在黄昏的大地上，要偶遇——
一只蝙蝠的质询。

## 成为背景

让河水剔除骨骼,成为液体。
让一幅风景画降临,留下墙上的钉子。
让鹰在大地上奔跑,仰望天空,泪水皆无。

如果可能,让一枚蚊子抽离躯体,留下热血。
一柄废弃的钥匙,沉入齿轮的梦境。
一扇门,敞开于天堂的阶梯。

也让夏天,归入了企鹅的内心。
一把剑,去舔舐《史记》潦草的章节。
一位美人中的美人,被照相机摧毁。

依此类推,让一块银子,疏离病菌。
一段谋杀的故事,躲避逻辑。
一张短暂的字条上,书写下模糊的话语。

也让一根梯子,追随信仰。
一个半夜跌落的家伙,误以为碰见了上帝。
晴朗啊,在煤炭的内部,残留下火柴的灰烬。

必须成为一道背景——
在错误的时代,一首诗在行进。

一段秘密的发育,饱蘸着毒药的恩情。

而一盒空白的朗诵,出现了圣迹。
在一个深夜的街角,你迎面而至。你说——
"在废品收购站,窝藏着一群羽毛洁白的信使。"

哦,让一部电话机里,传递出教堂的杀机。
一只鞋子,掉落了它美好的大腿。
一次辗转的抒情,出现了破绽淋漓的咳音。

是的,在荒凉的额际上,仙鹤止步。
一匹逼上梁山的头羊,逃离了肉铺。
昏暗的稿纸下,一只笔凿试着仇恨的砝码。

## 马兰谣

### 一

沙漠中的鼹鼠
成熟期的鼹鼠,带着精液和歌谣。

一束马兰
三茎以上的马兰花,吆着子宫和月亮。

谁在午夜高唱

——"善良!"

## 二

那一年柳花在飞,麻雀高叫。
一个前朝的书生,放下了背囊。

他脑门发亮,唾星四溅。
袖口里揣着一本《房中秘史之调查报告》。

## 三

大地绿了,丝绸之路的两岸,马兰嘹亮。

马瘦毛长
人穷志短。

一个少年在缓慢发育。

## 四

嘘——,形式主义的夜晚,一堆马兰,围着篝火。

当我从坡上下来
我承认,我丢了天堂的斧头。

## 五

罗布泊的墙上,挂着一滴水

一滴致命的水。

比如让一条鱼去说出大海的盐粒；比如曹冲这个孩子
碰见了印度大象。

## 六

草色遥看近却无。

那一年哥舒带刀，路过了临洮县城
卖杏皮水的姑娘
——其实乃汉朝的貂蝉妹妹。

## 七

当一束马兰花进入了诗歌，当一把天堂伞
躲进了杭州。

除却叹息，还需要另起一行。

## 八

他们在龙门客栈里秘密集会
他们：张曼玉、梁朝伟、张国荣、林青霞……

鬼子进村时
一束马兰花，就成了消息树。

## 九

青海湖以西：在核废料的基地，我目击了马兰花的疯狂。

那么多的蝴蝶。
那么多含毒的野蜂。
那么多的瓦蓝在天上堆积。

就在那年八月的一夜，哦，我梦见了你。

## 上　游

乃是洞窟中飞天女神的裙裾。乃是经卷上
锈蚀的汉字。浊浪排空
乃是羊皮筏子上的斑斑油腻。

乃是流沙坠简
一堆寺院和经幡在源头游移。乃是
三根鞭子上沸腾的马群。

乃是游方的僧人归入了夕照
半夜的骨头和酒碗，蜿蜒流淌。乃是一书包的清
　　规戒律
碰见了顺水而去的贫下中农。

乃是渡鸦拍翅,嘿,那么密集的唱读
当年的丝绸路过了兰州
乃是我爷爷,一个算命的先生回到了清朝。

乃是一阵羊肉的腥,我在水边
拾到了半本繁体字的《诗经》。乃是
1974年夏天的午后,我在课堂上遗精。

## 抒 唱

牧猪的少女走在风中
风健康
小小的蕨麻籽健康
甘南草原犹如一盏青铜油灯,告诉我
——真理健康

她掠过了我
坐拥十万朵白云的城池
——蓝色忧伤的天幕上
她像一只天鹅
露出了自己
　　弯曲的美丽

一颗心
需要领诵经文

一组晴朗的抒唱
也需要努力夺取

美好的一天
我勒紧内心的马头，朝向你——

## 甘南的常识

要确认一朵花，和她的爱情
鹰翅高悬——
要赞美她疼痛的影子
要理解一枚土豆
　　和她秋天的疲惫
在甘南草原
万物归入了内心——
天空深处
　　一个人要捧出无畏的真理！

要铭记下常识
与青草的根部——
宗教的蚁群，砌筑着寺庙和法轮
一个幽深的山谷
　　藏下了寂寞的灰烬
我抱着太阳、牛群、毡帐和夏日
追逐着一个词——

如果爱你，是一场祭献
我情愿变成一种朴素的常识
坐在大地的课堂
领诵经卷

是的，要熟知一条河的流向
一颗石子的美丽包藏
要理解一条金鱼，在源头的健康
与她宽广的笑声
——在人来人往的世界上
要靠近一根火柴
和她潮湿的发烫

像一根梯子，追逐着风
在晴朗的甘南草原，要热爱一匹母马
和她热烈的心脏

## 谁在山顶？

鹰在山顶
乌黑的顽石
——抓住天庭的衣领

风在山顶
一粒青春的字母

——植入了心灵

云在山顶
一册漫漶的书卷
——翻到了结尾

犹如日光凛冽,海拔威仪
其实你在山顶
——捧住热烈的心跳

你在山顶
等于爱情登上了她的王位
——养育下纪律、法度和臣民

因此,河流在上
源头的鸦群含着火焰
——神秘的使者,走过了信仰的荒原

因此,甘南在上
一堆寺庙和高入的群众站在山顶
——带着哈达与赞唱

一片辽阔的气象。
一盏灯,突破了黑夜和铁。
一线纬度,镌刻下回忆和纪念。

谁在山顶？
谁在天堂里打井？
是谁，写下了第一句潦草的诗行？

这是大地的课堂——
一根青草，需要问候
一缕崭新的阳光，需要扶助

因此，真理在上
比如一位美神走上了坡顶
——转身的一刻，我学会了祈祷与感恩

## 回望新疆

因为泪光，回望一束秋天的芦荻。
因为爱，回望新疆。

一卷感恩的地图中
让边疆去说：他有多么爱你。

一群鸟，飞出新疆。
鹅黄色的菜地里，埋着黄金的诗行。

我和你走进了悄然的村落。

高原、疼痛和青春，以及热泪盈眶的马厩。

是的，这么久了，我坚持回望。
在一首久长的谶歌里，两手含伤。

雪山滴落，所以大地生成。
在晴朗的午夜，一个人要讴歌真理。

那是天山的金矿、伊犁的风、喀什的信仰。
那是一捆羊皮里珍藏的方向。

请一座神圣的寺院沐浴。
如果灵魂是一件衣裳，我要披沥而上。

在你身体的祖国
让我砌下码头、祭台和海洋——

让我旗帜高悬、爱憎无边。
回望的一刻，一个人老去。

一束寂寞的目光也将成为灰烬。
但是新疆在上，弧形的天空绷紧了鹰的翅膀。

多么潮湿的书卷。
多么干旱的诉说。

你是我重归的一道背景。
醒来,我抱住了秋天漫长的躯体。

像影子,翻过中亚细亚的穹顶。
像酒,被火焰收取。

## 眺 望

秋天
点亮一条金鱼;
夜晚
吹熄一盏灯笼;

草原上的毡帐睡了
草原上,寺庙的尖顶亮了
青海湖以西,三匹寂寞的牧羊犬,阒无踪迹;

一家朝觐的人,到了山顶。

秋天
埋下一件法器;
凌晨
提来一桶黄金;

冬天要从坡上下来；
肥雪
养育了天堂的羊圈；
枯黄的是草地，繁盛的是羊毛；
唱读完毕的一本经
要款款放进；

我知道那些热爱生活的穷亲戚们，呓着酥油，
到了山顶。

## 今 天

今天，在天空筑一只鹰巢
然后吹熄——
如果灵魂如卵
我带着信念和努力，要去窃取

今天，我知道有一件旧衣
需要披挂——
它是我的《史记》
它跑进了广场后的一片墓园

今天，在一块巨石里点灯
照亮过去——
有一卷斑驳的绷带

去把内心的光线包扎

今天,从夏日的身上卸下仇恨
去给爱情施肥——
我了解一亩蔬菜的生长
同样,我深知一只钟表的无情

## 那么多的风筝

那么多的风筝
跑进秋天的深处,它们微弱的脊骨上
绑着凉爽和伤痕——
那么多的纸鸢、蜈蚣、蜻蜓和传说中的龙
都化为了灵魂的齑粉

它们是鹰
聚集在天堂的桌子上——
成熟的日子,成熟的泥土
还有一捧血,飞溅在深夜的粮仓

不是结束
而是一道苦行刚刚开始,一次辽远的功课——
有了唱读的心情

我知道,有一行文字需要去书写

有一个人需要去结识——
那么多的风筝
　　像吹熄的愿望
带着颤栗、彷徨和灰烬般的手指

在大陆的褶皱里潜行，穿经而去的书卷
竟然不着一字？

有一则深刻的谜语镌刻在天上——
那么多的风筝
那么寂寥的午后和目光

# 向　西

骑着青铜器、泥俑、秋天的落叶和敦煌
攥紧风的肩膀——
骑上一卷史书、沙漏和坠简
扶住鹰群的羽翅——

向西
一座热腾腾的葡萄教堂，赞唱不已
向西
一只黄羊，走上了篝火的支架

有一个意外的秋日

需要拾取——
比如,一个远道而来的客人
焦黑如神

## 秋天的青铜器

它们被埋下
带着余烬、草稿和秋天的灰
当脱去了火焰的衣服——
我看见大地,像一盏古老的青铜

我内心的法器
出现了锈迹。是的,它们被埋下
流失了抵抗、讴歌和灵魂的分子——
在苍凉的果园,谁把遗忘的苹果,称作爱情?

那是坡上的神——
青铜的容颜
脚步、美和一场追逐的暗喜
谁从天空的高处,撕下了理想的砂纸?

在晴朗的秋日
它们被埋下——悠远的光泽
类似于一场歌剧的停顿
而大地无恙,犹如虚构中的落叶

## 水瓶星座

大地提升我
我坐在水瓶座上，独饮——
我所爱戴的女人变成了星宿
像天鹅，飞度了她梦中的桥梁

是一幅缱绻的地理
她明净的喙，犹如别针——
世界的湿地
带着词语、伤害、美和无端的贴近

当粮仓几近空虚
青春空白无字
——我携具了云朵、爱和疼痛的指南
我在血管里调整了姿态

太阳知道
我有多么热烈——
我乘着一片汉语的月光
驰越了五湖四海

家乡的雨，家乡的田垄
墟烟里茁壮的村庄——

焕然一新的是我
像一卷史册,从秋日的封面上苏醒

## 马背上的寺院

那些弯曲的脊梁仿如宗教
它们支撑着奔跑,而又免不了跌跤。

在一个荒凉的人世上奔跑——
含着疼痛、盐、仇恨与四季的辛劳。

当它们缓释,鼻息喷涌
在哲学的马厩,归入了圣徒的行列。

我相信,有一种寺院
建筑在马背之上。

或红,或黑,或灰
——在唐突的奔跑里,丧尽一生的骨头。

需要将一捆闪电,藏进书卷。
用一声凄凉的嘶鸣,把斧头磨亮。

太多的日光,像殿堂里的念唱。
而内心的乌云,在生活里跋山涉水。

它支撑起了信念之巢——
却有几枚完卵，需要去讴歌辨认？

骑在马上的半神
面目黝黑。在驰越的奔跑中，有几茎花草吐露？

这是焉支山下的一日。
口头的风俗，被大地流转的历史。

那是马背上的寺院——
戴着镣铐、角铁，和一首古诗里的廉价韵脚。

我在马上煨下桑烟。
在一口井里，掩埋了成吉思汗的一手底牌。

# 听见了这个国家的语言

## 第1首

听见了这个国家的语言。
祁连山南麓——
  猎鹿人的语言
  伐木者的语言

熟皮客的语言

听见了这个国家的语言。
丝绸之路上——
　　打铁匠的语言
　　大脚农妇的语言
　　挡羊娃的语言

## 第 2 首

天空滴落
句号
使一只乌鸦
昼夜疼痛
又让一位诗人
仰首问天。
繁星密布的夜晚，银河
吐露
感叹号
那么漆黑无定的人世
将怎样保存
心跳？
一只巨鹰突破了引号
崎岖的天空，它挖掘
着道路——
　　陆海浮沉

长存光阴

一盏酒杯里

比鲜花

更省略的

是爱情的符号。

我用一支彩色的铅笔，画下重点

画下黎明的露水

画下颤栗

这样，秋天就来到了地平线上——

营火之畔

麇集了故事和书卷，而大地

一语未发

使一粒冒号抱头鼠窜。

问问经典

问问括号内的肉体，如何祈祝

心灵的继承者？

是的，我和一枚问号

驶停旷野

——胜过全世界

所有的庙宇，和书写。


我带着这样一群时代的俊杰们

心怀春天——

  永远年轻

  永远热泪盈眶。

## 第3首

接近一个人的真相
以花开的速度。

可是一些繁复的夜晚，将暴露
针的目的。

假如天堂里有血
一盏蝙蝠，会不会收回宿命？

我以街道的方式唱读
带着擦痕和泪水。

有一个人，背过身去
她炉灰的背影，接近了末尾。

袖里含云
猝然的诗章，徒存下迤逦的边疆。

## 第4首

缱绻的时光，总不会超过
一个夏天。
当乌鸦漂白了自己
当一个革命者，篡改了

档案和日记——
我是说,一个平坦的下午
能含有多少精神
的盐粒?

被这样的借口所忽略,被一阵
突如其来的风,擦拭一新。我所经手的典籍
像自己
空虚的肉体。

但是不能怀疑,一封
黎明时运抵的书信——不能对着天空
说出乌云。
一把图钉,补缀着内心。
尤其让一颗词分裂了
寂寞与抒情。

我的脚,踩在荒凉的地球上。
有一些山川,有一些沟壑
必须去致意。

## 第 5 首

而今即使诉说
也找不见
诉说的角度

悲哀的

门环

钉在曾经信赖的地方。

就算一只手

充满回忆

也不能走向心爱者

眼里的黄昏。

在下一页的纸中,我要

恢复鸣禽、牛栏、云朵和诗歌。

和泥水匠一道

砌下蝴蝶和乐器。

我要讲起

那与我有关的事物。

而今,像一只酒杯

寻找着水中的

醉。

有一些悲哀需要记取

犹如群山

停下周身的

颤栗。

## 第6首

给一张

砂纸

下午三点，把那些寂寞
打磨
拭亮
安顿在膝上。

递一束
羽毛
蘸上墨汁和春风
下一页
纸上
会出现乌鸦与月光。

等你醒来
火车
穿越了秦岭
你的背包里
忽然
钻出了一匹闪光的
巨兽。

泥土在暗夜里翻身，卷起波澜。
天鹅新娘
擎起
思念的灯。

## 第 7 首

但是，不在黑夜里
去触摸石头。
不在插图中
寻找雪——天空载运着
羊群。
我所唱读的段落，不为任何人。

一些伤害，保存了
过去的词语。
但是，不在今夜
祈祷。
不在痛苦的脊背上，去询问
政权。
我听见青铜器发芽，说出
我的名字。

我野兽一般的心，砍下了
冬天的柴
煨近你。

## 赞　辞

长天一夜，弦在弓。

从滴水的枝条上飞
从念想里飞
从一粒米、一匹花布中飞
从蛇和巨兽的缄默里飞
从风，从十二个月份的日历中飞
从掌心的纹路上飞
比铁更黑的是时代，所以
从铁里飞
从一只标本上飞，从蝴蝶
的叹息里飞
从饭碗、人际、因果和漆黑的爱恨情仇里飞
从肉体中飞
谁也比不上苹果内部的广场，因此
从乌云里飞
从一枚冰凉的牙齿上飞
从酒杯中飞
从地平线上的经幡里飞

哦，孤独这个家伙。

从一本废弃的经书里飞

从篆字里飞

从咳血的朗诵里飞,假如

世界都在打烊

就骑在寺院的扫帚上飞

从一匹马作为主角的戏剧里飞

从光中飞

从一颗土豆的身上飞

让秋天羽翼丰满

从一片颤抖的沮丧里飞,从失败

从天堂的低回里飞

从《离骚》里飞

从乱花迷眼的海上飞

有一只鸽子保持着剩余的体温,于是

从抬望的注目里飞

从一桶净水、一把盐、一束菠菜上飞

从今天飞

哦,孤独这个家伙。

从钟表的心脏里飞

从一块玻璃上飞

从幼稚园里飞,从寂寞的篮球架下飞

这么荒凉的人世,带着

复仇与伤心的故事

从午后的电影院里飞

从日光的炸药,以及内心的雷霆里飞

从拳头里飞

如果呐喊也能起步

从一片传说中的湖泊上飞,从一枚图钉

一只高挂的巨鹰上飞

我扶住了陡峭的天空,接着

宽恕了自己

是的,从隐忍的山谷、悲痛的平原上飞

从一柄斧头

艰难的笑

从一段崎岖的身世里飞

在孤独里飞

——但是,自从我突然怀有一种

爱戴的心情。

## I CAN FLY

去请教一根羽毛

怎样蘸满了风

写下潦草

的内心

去请教一滴坚硬的雨珠

如何卸下了乌云

和金鱼

请教一道闪电,以及天梯上

下来的王子

有没有面包?有没有爱情?有没有

一次致命的邂逅?

请教生铁

请教寺院

请教沙漠中一双被遗弃的

布鞋

那么久了,我回望着来路——

大海平静

岁月峥嵘

所以,去请教蜘蛛巢之梦

滴落的

诗篇

请教午后,一座马厩里

苏醒的昆虫

还要请教一阵醉意盎然的晚霞

如何完全了一只羔羊

的举意

请教发黄的月亮

半本经书

怎样缱绻着自己的隐忍与悲痛

从未说出

请教一卷波澜

一杯水
一粒被忘怀的字母
在这个漆黑的人间,请教一纸
疗毒的笔触
请教徘徊
请教胃
请教纪律的法轮
当弧形的天空,布满了道路
鹰翅闪烁的源头下
必须去请教一个人
神圣的背影

——以飞的欲念,我收拾下青春的衣衫。

是的,需要去请教一根铅笔
黑暗的心跳
它沮丧的书写,静候着
日光的擦皮
请教一则定律里,偶然
落下的苹果
和它的人民
请教贫苦,请教煤矿里埋下
的灯台
请教钥匙
请教天鹅绒的夜空

请教一枚种子里
早熟的婴儿
谁在山谷？谁飘零？谁带着纱布
走进了剧场？
我爱着，带着石头和天堂的血
持续的举念
也犹如一朵花，被剥夺了
春天
是的，去请教革命
请教生涯
请教一块黎明的黑板
当谎言
搭上了生活的公共汽车
去请教乌鸦
请教介词
请教流萤、农具和彗星
爱你的人，都这么老了——
可世界并没有馈赠下
粮食
和一帆远去的疾病
是的，去请教地图
请教晕眩
请教一束鹅毛般的情节
我知道一些十字路口，知道玫瑰为什么
挑剔

而凌乱的页码，自有它的
一番逻辑
请教大地
请教盐
请教码头上，一个突如其来的使者
留下的谶语

——以飞的形式，我带着铁、体温和空旷的泪水。

## 问　候

对大海说一声：羊群。
对黑夜说：勇敢。
在一个人即将到来前，努力
说一声：翅膀。
我坐在漆黑无定的人间，翻遍了
蜘蛛的地图。

是的，对一只蚂蚁说：雨季。
对河流说：岸。
有一片向阳的屋顶，它带着
祈祝的脊梁，说一声：方向。
为什么不？——我看见了全世界的向日葵
它们说：和平。

哈哈,太阳进城了,一个
黝黑的婴儿说:未来。
对天鹅的桥梁说:梦。
接着,对滚烫的爱情说:泥泞。
边疆的马,春天的马
成了我的右舍和左邻。

对锄头说:大地。
对一段逶迤的事迹说:修远。
我记得那些后果和前因——我啜饮下
灿烂的星宿,说:走好。
那么久了,一个人还在路上
因此,我知道有一堆骨骸仍带着寒凉。

## 风中的硬币

一枚抛别的硬币
翻滚
  跳跃
像一个垂头丧气的浪荡子,走在路上。
它带着一匹马
的心脏
让风产生了形式。
哦,要是鹰化身为警察
天空的倦怠

也将成了乌云。
我想说:那是另一种生活。

因为,风是秘密的。

一枚被遗弃的硬币
说不准
也是一只坚持的鸟
蜷缩着金属
的乡愁
试探着爱与哀愁的距离。
它轻于芦苇,但比整个秋天
多了一场无辜
的眼泪。
假如有一件馈赠的衣服,或者
感恩的角度。

因为,风是秘密的。

一枚微弱的硬币
仿佛钥匙,挂在
天上
这么黑的夜,有多少人
失却了记忆?
白银的言语,或者不!

——当心灵的生物
遇上了氧气。
那是海上的盐，伤口的花。
我只不过像闪电一样，保持着
缄默的品性。

是的，因为风是秘密的。

一枚丢失的硬币
要带着哲学的体温
咽下中心大意。
——它跑出了形而上的弧度
比一只蚕
更能吐出毁坏
的内心。
在凄凉的人间，一些唱读
将终止脚步。
我是说：我甚至赶不上一分钱
奔跑的速度。

所以，风是秘密的。

## 春天的鼎

如何使一只鼎

飞在春天？使一块生铁
带着羽翼
吐出鲜花？
那些埋在泥土里的隐忍、眼泪和爱。
甚至，那只走失
的天鹅——
我的心等待着
　　　　一只鼎。
使它，让天空多些镇静
让一条金鱼，死灰复燃。

鼎：一些从篆字里析出的时间
一堆孤独
一个悲伤的道士。
可是这周而复始的书写，却不能
叩响春天？

所以，使一只鼎去飞。

像一只意念中的羊，吃下
青草。像一桶水那样苏醒。
我知道布满伤痕的天空，以及
危险的朗诵。
我逐出了打铁铺子里的匠人，接着
熄灭了火炉。

请一个神圣的孩童,为这个春天
淬火。

要么,我就是那一只飞行的鼎。

我了解日光的笔画
鸟巢寂寞
与蜘蛛弯曲的倒影。
我知道——这漆黑的人间幻象丛生、爱恨莫辨。
而逼视的失败
　　马不停蹄。

## 十四行

一个人在坡上唱读,恰巧
说明黑夜还有容身之处。
你的心是一只鸟,要不
崎岖的天空,为什么隐忍不哭?

给一架天堂的梯子。
风吹来的时候,你要坐入。
一张碟片早已被日光划伤
有关未来的主题,对一枚钥匙说:"不!"

用我的名字

纪念。

而我,是春天的哪一根枝条?

在此之前。

在此之前,总是一座抽搐的粮仓。

在此之前,总是一尾金鱼,含着水中的火焰。

## 唱读:诗三百

\* 群山像伟大且耐心的

  佛

  一语不发

\* 去做一只卑微的器皿

  靠近故乡

  靠近爱

\* 大地,一如既往

  带着白昼与黑夜

  美、脚印和神圣的颤栗

\* 所有的道路与光线

  都是

  一种回答

\*纵使一只蚊子的血
　也点不燃
　太阳内部的湿柴

\*左手的答案
　需要，右手的翅膀
　来复述

\*给蜘蛛巢刷漆
　用空鸟笼——
　唤醒一个词

\*演唱者
　鞠躬
　而后攥紧拳头

\*像自行车一样孤独
　带着夏天
　的转速

\*蟋蟀的黑暗
　挂着
　一把失眠的银锁

\*十二个孩童，加上

一个妇人和乳牛
的春天

＊一根竹子穿过城门
它知道
它是一句成语

＊一只鞋子对另一只，会不会
谈及
月夜下的道路？

＊下午三点，雪落进了盐湖
一只白乌鸦
褪净夜色

＊而痛苦：那不过是
小老婆
所发的怨怼

＊前面的拐角处
天桥下
没有洪水和蝴蝶

＊从春天的水龙头里
接上

一碗，秋天的蜂蜜

＊风，吹入镜子时
　　月亮下面
　　万物生锈

＊揭开大海上的瓦片，揭发
　　一匹鲸鱼
　　与它晦涩的时代

＊阿拉伯黄昏
　　焚香之处
　　是一截雪松？

＊一个哑巴，拾到
　　一件乐器
　　不知怎么开口？从何说起？

＊一群人风吹草低
　　山冈上
　　蝴蝶打坐入定

＊雪在山上，并不表明
　　有一朵云
　　内心沮丧

*在乡间的社戏里，碰见你
　然后说起一阵
　肥皂擦过的心情

*烟村四五家
　出现
　在二月的早上

*月亮的麦垛里
　藏着
　北斗的七个孩子

*有一阵晕眩
　枕木知道
　那一阵晕眩

*井盖为什么是圆的？
　犹如乌鸦
　如何与天空黑白参半

*路上的行人
　方向皆无
　而路，亦被天空的岩石遮蔽

＊谁在说话

　谁在说一种语言

　谁？掏出了嘴里，一团破败的棉絮

＊铁皮屋顶上的

　轻骑兵

　挑灯，进入了秋天的巨石

＊沿着酒樽

　青铜醉意，和秋千架

　化身为泥

＊那只街角上酣睡的烤箱

　不是秘密

　而是，一次结社和起义

＊那些鸣禽走下了山坡

　寻觅着

　台地上，哲学的荆棘

＊而秋水的一段痛

　来自芦苇

　持有的思想和虚空

＊嚼着拌料与夜色

像持续的
泥土，梦及春日的天鹅


＊一卷江南
一卷熟牛皮缝纫
的水墨卷轴，被自行车吵醒


＊前朝的书生
咳嗽，而他的病灶
乃一盏蝴蝶标本


＊玫瑰被书写
二月的那天，一枝玫瑰
被猝然篡改


＊像北归的雁阵
一行乌黑的标题
在天空起火


＊如何运走
一块玻璃
在夏日的光线中？


＊那场歌剧式的
痛苦

不过是为春天出庭作证


＊针尖上，究竟
　　有多少位美丽天使
　　在舞蹈


＊被禁止回忆
　　在拉丁美洲的大陆
　　一只蜡烛头，被禁止回忆


＊她裸露
　　在一次晚餐前，她裸露
　　并表达出对饥饿的态度


＊演员表上
　　第一位是哑巴
　　第二位，是合唱队里哑巴的儿子


＊邮寄一枚蜘蛛
　　去往
　　这爱恨情仇的人间


＊没有胡蜂和田鼠
　　亦没有回忆
　　的夏天，是否值得书写？

＊一个白天，接着

又是一个白天

——这是单行道上的幸福时光

＊用一根鹅毛

去丈量，人生的幅

但一句转折的话，被猝然遗忘

＊一些过去的马

只能是

白马和黑马

＊那人叫卡斯特罗

大胡子的卡斯特罗

昨日，不曾染须

＊一篇《后记》中，布拉格

的月季遽然绽放

虽然，粉红色的夜莺尚未驶离

＊走来走去

都是一些旧路

谁，还能在一条胡同里放声唱读？

＊袖手
　走在春夜
　你的额头上，停着一只过去的鸟

＊的确，这一桶金鱼
　比白银
　更亮

＊为什么是蚕？
　9月11日，为什么一卷丝绸
　印刷了《国际先驱论坛报》的首版？

＊一群蚂蚁
　伫立山巅
　搬运春天

＊听蝉的和尚
　捕住了
　一只黎明的电锯

＊雪落进了
　玻璃
　尔后，带着疼痛融化

＊稿纸背面

逃逸的墨汁，乃是
　　一段中心大意

＊抚摸这个词，在
　　一段爱情的末尾吐出这个词——
　　"月亮！"

＊就算花瓶里有水
　　也不能
　　使一条金鱼，爱上生活

＊水滴
　　石穿
　　其实，那只是一阵夜半的蛙鸣

＊扬汤止沸
　　与釜底抽薪
　　之间，隔着半个夏天的距离

＊一个介词
　　携具了雪花
　　抵运春夜

＊在寺院的后面
　　一口井

并不用来止渴、沐浴和种植

＊《天方夜谭》里
　有一个人，忽然掉转身子
　没了踪影

＊抱病的你
　像一匹深邃的鲸鱼
　含笑吐纳

＊海岬上栖息的
　蝴蝶
　犹如，一对自然的乳房

＊谁在打扫墓园
　埋下了
　一些似是而非的落叶和哲学？

＊从矿井里奔出的一匹
　白马
　比煤炭还亮

＊一个崭新的黑人
　受了洗礼
　比如——那枚石榴，带着湍急的内心

＊天上掉下的每一只
　鸟雀
　上帝都知道

＊截至今天
　截止于一块钟表
　混乱的演说

＊海水中的盐
　需要一张金鱼的试纸
　去探问

＊午后的枝条
　报告
　青铜色的春天

＊一匹黑马
　使云朵
　——低垂

＊黑暗里的
　脚步
　像一簇开败的鲜花

\* 那一座云顶上
　的寺院
　是如何逆流而上的？

\* 一本翻卷的黄页
　注明：此号码
　——通往天堂之第三人民医院

\* 川里的杏花
　和狗吠
　是一种喘息的传统

\* 这些仓促的纸张
　静候一根
　潮湿的火柴

\* 太相似的
　是沙上的庙宇
　与雨中绽露的枝条

\* 沙蛇的午后之梦——
　影响了经堂中
　孩童的唱读

\* 窗纱拂动

暗处的鸽子
　　轻翻书卷

＊群山之上
　　是风的雕像
　　被云凿试——

＊1978年的W·S·默温
　　是伞，是一次致意，是
　　一本畅销的《健康食谱》

＊秋日的马鞍
　　如何卸下？
　　持续的风里，怎样葆有鹰的滑行？

＊日光雪崩
　　蝴蝶的手中
　　却藏着一块漆黑的玻璃

＊比如一只羊，进了寺院
　　带着举意
　　请求牺牲

＊一本被黑暗写就的书
　　类似沙粒

——不知怎么装订，怎么阅读

＊"茶叶"是一个词
　唱读中
　舒展开它的偏旁和部首

＊秋风中
　谁先表白
　谁就吃亏或失败

＊夕阳洒在哪里，都是夕阳
　不论埃及
　还是喀什噶尔

＊像苏格拉底一样散步
　向夕光和蜜蜂
　询问答案

＊巴赫的手也不明白
　——在琴箱内
　《羊儿可以放心地吃草了吗?》

＊睡在广大的夜里
　犹如一颗心
　睡入故乡

＊让春天像封面一样醒来
　没有句号
　和省略号

＊在抵运的书信里
　一个人
　提及了"印象"这个词

＊在故乡
　用一种怀腹的伤情
　思念故乡

＊一些地址、一些爱、一些名字
　都是
　午后的盐

＊乌鞘岭上
　有一匹转世的白牦牛，在黄昏里
　病了

＊谁拥有今夜
　谁就握住了
　一枚朗诵的钥匙

＊这些晴朗的墨汁
　喂养着书卷中
　的羊群


＊那些雪
　带着今生的爱恨情仇
　不忍消融


＊山的顶峰
　往往有伟大的事情
　如受诫一样发生——


＊我听见了钟声
　但不知是从哪座教堂
　响起


＊对现在而言
　学习生活，已是
　太迟太迟的事情了


＊鱼鹰
　在钢蓝色的玻璃中
　觅食光斑


＊大地

微微颤动

面向月球

＊让沙子留在沙子里

像偏旁

找见它的部首

＊春风拂荡

像一个人的黄金岁月

被忽略不提——

＊时光

亦是一笔横财

——在真境花园中

＊如何看见一只白色的乌鸦？

留住恋人

存不住的耐心

＊那么久了

全世界的凤凰

都销声匿迹

＊大马士革的城门下

一个信仰者

祈求暴雨

＊怎样的日光照彻？
　才能使一匹狮子
　进入诗卷

＊只有葡萄知道
　日光下，万物的血
　鲜亮

＊即使拿来巴格达的解药
　也救治不了
　一本受伤的书

＊坐在仆人当中
　一颗心
　坐在永恒的仆人之中

＊找一捧
　今生今世的盐——
　喂养天命

＊一片枯叶如青蛙
　跳下
　母亲的肩头

＊禅寺的钟声
　停在了
　三年之前

＊——和自己团聚吧
　如果夜色
　还在堆积

＊万物都在赞唱太阳
　有人却在书写里
　和黑暗触礁

＊黑脸少年
　数着星月下的
　牧猪

＊找一个字
　去代替
　那些个人主义的竹子

＊守护一卷地理
　犹如诗歌
　止步于沙漠中的雨季

\*与一块馒头、半卷诗集、一只泥碗
　坐上渡鸦
　进入西藏

\*谁在海上？
　谁将一尾白银的蝌蚪
　误作鲸鱼？

\*堆积的云
　听不见仓库中的
　闪电和奔行

\*万物花开
　是的，当一座绛紫色的寺院
　万物花开——

\*一个人在寺里
　姓叶的僧侣
　在一座酿酒的寺里，嚎哭

\*是月兔
　而不是青蛙
　跃过夏夜的诗卷，和田垄

\*请求一行诗

成为一片坚持的瓦

飞掠江南


*一个人奔行至他的边疆

玩弄爝火

吸纳阴阳


*在水上

点瓜种豆之人

目色苍茫


*一团滚烫的雾

在八百里秦川

吹拉弹唱，婚丧嫁娶


*杏花和桃花

又一次

遭逢在这漆黑的人世上——


*白昼为鬼

入夜做人

——谁写下这八个湍急的大字？


*什刹海上，那些

火柴头大小的嫩芽

类似于古罗马帝王吟咏的字母

＊蒙古的风沙
　落在北京
　的广场上，像末路的过客

＊无人记得
　尤其，无人记得那一根
　断裂的缰绳

＊在飞行的航班报纸上
　三版下方
　——惊现一只蝴蝶

＊水上的文字
　需要一匹青鱼
　认真析出

＊竹林内
　听见一个女婴
　的啼哭和成长

＊一匹马，走进
　西湖剧场
　停下——

＊杯弓并不理解
　蛇影
　是如何嵌进一个成语内的！

＊石马
　比"奔跑"这个词更快捷
　的一匹石马，突然立定

＊梅花邃然开放
　赶在邮差
　揿响第二遍铃声前

＊明天的化石
　在上海
　的金枝玉叶上

＊赤脚，走在海风里
　寻找
　一块宋朝的瓦当

＊三个人坐在海上
　先后掐灭了
　湿润的灯

\* 乌黑的瓦脊下
　一首诗
　酝酿庄严


\* 三道笔画
　写进池塘里，鹅小姐的
　脚下


\* 没有人知道，一只乌鸦
　在南方如何
　换衣


\* 黄昏的知了
　在起重机下
　群噪


\* 平原上的一对盲夫妻
　更像是菩萨
　转世而来——


\* 污浊的云层里
　一只鼹鼠
　默然打坐


\* 徐州的麦田上

一只三年前的风筝
尸骨未寒

＊一群湿润的鱼
攀缘在芦苇上
打望江南

＊桃花潭水边
不见旧衣，不见
那一阵温情的鸦群

＊鱼儿吐出钩子
遁声匿去
削发为尼

＊平原上的鸟巢
挂着一些
自然主义的完卵

＊谁把寒冷的星宿
当成了
煨心的煤炭？

＊梨花进入石头
寻觅

晚风和眼神

*夜色未暝的晚上
那暗处的巨兽
尚待命名

*浑圆的夜色
站在
狰狞平原

*平原上的坟地
和秦始皇一样
封存入档

*那一亩冬小麦
面朝秦岭
籍贯陕西

*向死而生
一些人，却永远也没有
技成出徒

*黎明之鱼
吞净了海水中的
全部墨汁

＊奔行于夜
　是穷人的胆
　以及一碗漆黑的口粮

＊所有灵魂的
　日子
　都是盲人的絮语

＊世界的苦涩，来自
　一只巨鹰
　陡峭的投影

＊或许，那一根
　牛栏上的木桩
　才是真的上帝——

＊所有暴风雨的姐妹
　像鸥鸟一样
　口衔鱼骨的针线

＊枝头的夜莺
　不过是
　春日对于饥饿的态度

\* 黑暗把王冠送给
　清晨
　第一位进城的乞丐

\* 立命于泥土
　且对四季
　持有日复一日的谦恭

\* 接续风、鸣禽、村庄和亲戚
　犹如领取今生今世
　信仰的赎金

\* 揭开大海的瓦片
　发现一辆
　重型拖拉机的心脏

\* 一只手发出的掌声
　仿如
　寺僧洒扫后的一把笤帚

\* 有没有可能
　用全天下的泪水，养活
　一尾接引的金鱼？

\* 两行白鹭上青天——

比杜甫

要多出一行？

\* 薰衣草的崖壁下

一群麋鹿

问询路途

\* 像一只空空荡荡的琴箱，活在世上

敛尽嘈杂

隐忍弹唱

\* 着火的老鼠

遁入森林

会不会是唱诗班的首席代表？

\* 蝴蝶

站在建设银行门前

的脚手架上

\* 从一株麦子里

取纸

写下"灌浆"这个动宾词组

\* 大海给金鱼

喂盐

并教会她吐故纳新的本领

\* 比昨天更远的
谈话中
一只沮丧的鸽子，登上了列车

\* 骑马进城的少女
遮掩着
乡村的丰乳肥臀

\* 另一些人
比一些更多的人
走进森林

\* 九鼎梅花
焚烧
一炷燃香

\* 一群人
坐在椅子上，谈论
葵花的命运

\* 屋顶上的蕨麻籽
比麻雀
更相信瓦片在飞

＊打扫一年的日历
　将扫帚寄存
　在"清明"这一天——

＊像一阵稠密的雨
　落进字典
　然后，去捡拾一些丢失的韵律

＊从石头里
　跃出的一只红狐，突然
　掌灯开口——

＊那件旧衣，那些
　过去的好日子
　如今藏匿何处？

＊是的，那一株麦芒上
　早已丧失了
　反对的针

＊有些正在消亡，而
　更多的却在建立
　比如诗歌，比如寺院的钟声

＊月夜下
　一个人耽于
　梨花漫天


＊辞典里突然跑出
　一堆零件：螺帽、保险丝、改锥
　锈钉子、一寸长的发条


＊把一只鼹鼠藏进
　黑板里
　然后，擦掉雪地上的足痕


＊一条时代的公狗
　被抽了脊梁的
　疯狗，站在公路上


＊火焰的背后
　是玻璃，是
　哭、失败和鸦群的仓库


＊在月亮里挖铁，葵花下
　诵经
　用一叶瓦，舀尽海水


＊从字典里查找那个人

他的音调
笔画和偏旁部首

＊风起的地方，乃是
一只春天的
鼎

＊在汉字的荣誉中
去寻求
一种神圣的庇护

＊从埃及的无花果中
可否析出
兰州的黄金？

＊谁走在德行的路上
谁就是
夏夜里的向日葵

＊牧羊神
站在山顶
——犹如，月夜下的一块白银

＊把芦笛吹响
在耶稣

的镜子里

*你是一盏乌鸦,凌空蹈虚
　是爱情的
　一块隐秘心病

*在每一次转弯之后
　未来说:道路
　依然存在

*生命和爱
　乃最高的快乐
　——写在伊莎朵拉·邓肯的希腊亵衣上

*经上说:
　不要因哀伤过度
　变成石头

*风
　穿过岩石
　又回到它的来处

*谁在试探
　命运
　这块白色的大理石?

＊一个幽默的老人
　被一把伞
　扼住了喉咙

＊从山上走下
　来到罗马
　的一群骡马，扛着劈柴

＊月亮的
　狐步
　照耀天庭

＊那些腰部以下
　的旋律
　病患高血压

＊北山顶上的
　文书
　叫"王世界"

＊梯田上的
　自行车
　载着女神的银杏

\*一棵青草跑出的距离
　不会去告诉
　鸽子

\*五月的青麦
　束身讷言
　酝酿精液

\*旱塬上的
　残雪
　大病初愈

\*青草
　修改着大地的纹理
　和一摞草稿

\*窑洞里的鸽群
　采集民谣
　渔读耕樵

\*午夜
　用一只泵
　犀净夜色和失败

\*那匿名的神

寄出了
一封短信

＊三年后，一位叫玄奘的
释子
成了一场奇迹

＊秋天，是一位女郎
完成了
她的胜利

＊这片过火的苇塘
乃是，阴历的
废墟

＊向太阳要井水
向沙漠
索取玫瑰

＊天空说：鸟
需要安静
正当大地分娩时

＊水中的玻璃，洗着
自己和幼年的

金鱼

＊青年的时期
　需要几个字，寄给
　水中的泥

＊在波光潋滟的尽头
　太阳，遇见了
　他的打铁匠

＊鸟鸣空旷处
　一块青铜
　褪净锈迹

＊水畔的羊
　吃着青草的倒影
　与名字

＊那座废弃的车间
　储满了
　机油和棉纱的亡灵

＊刘家峡畔
　一组机器
　比鸣禽和鸥鸟更轻盈如羽

＊那些入夜的天鹅
　卸下了罪恶
　与内心的炭火


＊一堆文字里
　驶出一列
　旧时代的蒸汽火车


＊风在旷野上盘旋
　卸下了
　《圣经》中创世的一章


＊蜜蜂经过了兰州，留下
　酿造的
　车间


＊"狮子老了，可它
　还是狮子！"
　——古罗马人，这样赞美太阳


＊驯马者的肩上
　怎么可能
　不留下鞭子的回声？

\* 蝴蝶的迷乱
　源于
　三朵花蕾里峻峭的教堂

\* 坐在正午的大地上
　抟土造泥
　烧制词汇

\* 那来自太阳的天鹅
　有着血液和盐
　的嘴唇

\* ——是的，大地说明了
　双手
　和一只可以居住的心

\* 自由，丈量着
　一匹马
　奔跑的阴影

\* 在一定的分寸上
　窥见
　闪电的痉挛

\* 多么好啊！

手捧诗歌的棉花
　　在初雪到来前,纺线唱读

＊合上这一卷书
　　鸟的目录
　　羽尖上颤栗的眷念

＊提着大海这一件古老的乐器
　　将残骸和月亮
　　收拾入筐

＊有一个地址,用于入梦
　　一块深夜的石灰
　　发酵成月亮

＊仙鹤,落进克孜尔石窟
　　像一把雨伞
　　被缓慢收起

＊在沙漠,埋下秘密的钟表
　　且听一个人的生命
　　何以成了不毛之地?

＊僧来不语时
　　夜

——放出了一匹漆黑的狗

＊取出泥土里的菩萨
　请求
　像兰花一样畅饮

＊一个澄明的夜晚，星宿
　滴落下
　佛的泪珠

＊她突然掀起了身上的羽毛
　埋葬了
　嘴唇里多余的词

＊安顿下黑夜的铁、天鹅、盐
　唱读时
　将一座寺院，安顿在瘸马的脊背上

＊拖欠下天空的债
　像大地
　一样喘息

＊这是一块东方的银子
　李白
　病愈后的一只药罐

＊当然，允许一匹燃烧的鲸鱼
　停在这首诗中
　刮骨疗伤


＊漆黑的树上
　挂着鹰巢
　——犹如一行错误的标题


＊用汉字和纸
　燃起一只火炉，放在
　北方冷寂的山上


＊那群疯狂燃烧的葵花
　仿佛带着
　成吉思汗当年的蹄铁


＊在手上植下一块墓碑
　使过去的雪
　降落


＊鸽子
　背诵着你的名字
　与傍晚的阵雨

＊秃鹫

在天堂的玻璃上滑行

——抓住风的肩膀


＊让一对尼罗河的乳房

触摸词语中

的毒药


＊从坡上下来

一棵树

走进了河流地带


＊谁给阴影

戴上了戒指？

谁给黑夜披上了寺院的外套？


＊将一群马藏进风中

让草原上的铁掌匠们，一无

所获


＊爱着母亲的手

像一生疲倦的劳动

波浪翻滚


＊在一朵云上

碰见杜甫
的草鞋，和拐杖

* 那些异乡的鹰隼
带着口唤
抱紧日光

* 迤逦的脚
像铁
转化成麦子与河流

* 人被大地许诺
接着，又被爱情
说明

* 一匹缭绕的豹子，暗夜中
梳开了
身上的纹理

* 买一块酥油
祈福
世上难辛的儿女

* 香草的腰畔，一座塔
被秘密

诵念

*那些沙,那些峻峭的字母
　被风
　吹向诗歌的高处

*妈妈,那只手心里
　的眼睛
　像鸟一样栖息着你

*石头里纺出的羊毛
　含着青草的
　汁液,喂养人世

*只有孩子
　才能
　生活在真理当中

*秋天
　像神一样
　超凡脱俗

*灯火里的鹅
　如裸露的
　神,走进了图书室

＊大地说："一束光，一枚草籽
　一个过去的地址
　应被记取。"

＊佛在太阳里，织着
　一件
　红铜袈裟

＊大地安详
　犹如一本经卷，被风吹拂
　芳香四溢

大敦煌
DUNHUANG

卷五

呼喊

# 呼　喊

消失了。就是这支火
雪花和衰草冻伤的红鸟
祭祀的枯果
淌过众人哀歌连天的秀发，众兄弟疏紧的长睫。
消失了，就是这支火。
当我重又悬挂天空
当我再一次远离旧地……新婚……甚至生活。
谁又跑出来
在旷野上喊出：

春天的灯　世界的灯　女神的灯
人间的三个儿童
目击了一个生命的始终。
我也是其中之一，像黎明
长饮了灿烂的朝霞之血。
先天的哑子痛击寒彻至极的火堆。
火：夜晚的马车

鲜花的马车
挽歌的马车
就要再一次深陷世纪的心中。
我是在最后一日的石窟中醒来
投入了道路
或者我本身就是一只心脏
秘密的琴箱。
我才华横溢抑或落花流水
迎头碰见了世上的头一场祭礼。
春天的灯　世界的灯　女神的灯
我运送的，为什么早已抵达？
我歌唱的，为什么早已唱出？

天空飞扬，像一万座遗址和歌墟
建筑在我身上。
生活，不就是一次喘息
　　　　　和
　　　　　　失却的歌谣么。
我悄悄地回到这个夜晚
接受私语、泪水和母亲抽紧的心。
灯：玫瑰的使者
在我看不清万物的时候同样看不见你。
在我重又背起诗篇和指南。
青春
像一根痛苦的脊梁

大地上
奔
跑。

伸手接我的
必是这死灭的日子和世纪的终了。
谁在渊面上提醒
谁叩击了胸骨,藏下
秘密的歌声。
我触及体内的黄金一路流失……一路散尽
青铜黑夜
又是谁在血液上筑起块垒?
手执草药的妹妹
来自一片澄明之地,依稀之中
像枫叶和羽毛抬起了灵魂的门扉。
火:木柴和治水
经卷和吹鸣
丧歌和绶带
我不由自主做出我活命世纪的抒情。
只有斧子的骨血
哭墙下的仆倒
只有。只有。只有。
只有枪支的花环和丧失的喉咙
才能将我珍贵的心上人唤醒……

活命在一条命上
失眠于诸个世纪
光芒馈赠的一部药典,是万有的诗人
在秋天明灭。
灯:一只筐篮
谁在时空中拥有生命?
像我在旧日黄昏,一堆蜜中
抱住孤独兄弟。
这是西奈山顶的泥灯
蒙古草原上第一只早起的长明之灯。
春天的灯　世界的灯　女神的灯
当我再一次来到敦煌的水井
当我再一次和你一见钟情
为什么——
我突然之间原谅了仇人的罪行?


消失了,就是这支火
九座宫殿上渐熄的火
秦岭以西的新娘
众姐妹的花冠,众羊在上的绳索。
烧在长安,噢噢
烧在长安
渭水弦断的时刻上岸
吞下这火。火……
从此世上关闭窗牖,人民逃往高原

瓦棱打上月霜

石块四散谷仓，坡道上散落经幡。

那是丝绸带走的火种、汗水、词和盛宴。

那是清水洗净的种子、健康与容颜。

细水擦亮的火

生殖和哺育万物的孽缘。

母亲们痛苦地裹紧后背

出穗的日子里热烈地野合

（靠近梦想和葵花闪现的地方）

凄迷中先是有了我

然后是乳名、脐根、家庭和墓穴。


像我不停地投入旧日道路——

废墟中作歌。

怀抱门板的儿子

从我的脊梁上摘取钟声。

我在灰烬中扶起马车

车轮站起就是这火……，火

痛苦灭绝的鸟群，不正是落英

缤纷于我背负的脚印？

谁在细数

谁立于光芒跑过的刃口

收拾鲜花和头颅。

灯：苦难情人

仿佛一万个秋天的早晨

重回我洞开的心中
当我从夜晚下来
当我又一次目击了天堂的桌面。


为谁歌功。
我爱着黑暗的失血
爱上一阵桃花起身捶打
的豹子鼓面
心上人,这时刻你就诞生在
青草填满的墓场。
丰收人的乳房
像思念和感激
　　一次次穿行火焰与呼喊
来到我的诗中。
火:飞蛾扑火
疼痛的人,又为什么疼痛?
秘密的人,又为什么秘密?


恍惚之中我碰见了那些灵魂
舞蹈或奔跑
仿佛一级级台阶,降自
地狱的炉口。
诸世纪伸出双手
……将我高架天空
花朵

以及无边落木。

是河流明丽地缠绕于指
是远方点点滴滴云絮低首。
村庄靠近心脏
"请求我成为你的第一道牺牲吧。"
灰尘光亮的檐下　属猪的孩子
口吐白沫打完三双麻鞋。
而今天十指覆盖的阴影
就是长安……
长安：
火中之火
废墟共歌声四起。
谁在朝霞中长久地拥有女儿
像我抱住新婚
仪式的马车上穿起桃符的衣衫。
谁展读旧信　谁横箫　谁为光明取走
那么又是谁去国离家。
伏向风群的孩子——
世纪的谷底，大哭如雨者
再生者
歌者
埋葬者
漂泊者，只有我。
尘封的大地　锈蚀的村落

像最后的包袱里一捧暗藏的灰烬。

消失了。就是这支火
三岔路口惜惜相别的火
洞穿我的眼眶，荷楫远去
留下九月天空下列阵的卵石
月亮

　　　草镰

寂静和颂歌。
我是众人托钵中露水一滴。
我是硕果仅存的黄金遗址。
一截朽木上
对了，一根马骨和羽翅上
我看见了火……火
瓦砾和横梁
旧日城郭，风吹神祇一片
这是埋我先人的秋天两岸
这是纸蛇和灯笼焚毁
的美丽正午
弯腰的时刻
留下一百首潮湿的情歌　带走光明
和炊烟以及快乐的呻吟
好让我痛苦地龟裂
成为灯光、洁净的河水、合唱队员
墓地的主人和麦粒的挥霍者

好让我成为盲目的歌手
说出应该说出的部分……

　　　　唯愿儿女长成、玉米果实、双膝开花
　　　　唯愿青草和根长驻人生
　　　　唯愿梦我的大水同样梦见人类
　　　　唯愿双手相亲默念一万年的大地恩情


负火而亡的人　背灯的人
就是我命上的仇人和兄弟，我洞穿
诸世纪的谜底和星辰
同样，我也为黑暗击穿
横挂千秋——
运灵人来自正午，像一道幻影
撞见新世纪的主人
慌乱之中："我渴，让我选择火。"
背灯的人负火而亡的人
"——我选择火。"
十指：流失的言辞
十儿女
　　　十马匹
　　　　　十宝石
离我漂零而去
灯：落地成歌
谁在我的骨堆中破身？

谁是子孙，于大风中
迎接了我来世的情人？
灯呵，我在诗歌中遍地盲目


执掌灯火
而今我要放弃一切
从头去做我自己生命的立法
柏烟缠身，长仆于车轮之前
我听见穿州走府的人
千里万里提灯还家
火：血中跃起的女儿
世纪的光真美　世纪的光黑暗
今夜我跑过心上人致命的秋天
朗诵内心　散尽钱财　结交义士
我抱住小船就是抱住火焰
我抱住火焰就是抱住两条大水
架起的祖国
今夜我跑过自己一生的尽头
取火的路上
　　　朝觐的路上
　　　　　爱情的路上
看见了消息——


消失的，就是这支火
敦煌的火　生命的火　神祇的火

一往情深的长安烈火

世纪飞扬，像一万册卷帙和歌墟

建筑在我身上

热血排空，我永远在众羊前列

无辜地吐露

——春天的灯

——世界的灯

——女神的灯

当我重又成为你手下的奇迹

当我再一次手执利斧……横身火堆……

作了新世纪的开篇

谁又跑出来在旷野上

喊出：

大敦煌
DUNHUANG

卷六

# 一座遗址的传奇和重构

# 诗剧：燃情岁月

## 剧中人物

**王道士**：敦煌莫高窟下寺主持，莫高窟藏经洞的发现者。据其墓碑记载，藏经洞发现于光绪二十五年五月二十五日（据考证应为1900年），这一事件被誉为"20世纪最伟大的发现"。

**斯坦因**：时为印度拉合尔大学校长，著名的考古专家和丝绸之路学者，犹太人，后入英国国籍，1907年3月12日进入莫高窟。

**伯希和**：法国著名的汉学家，1902年曾为法兰西远东学院搜集图书资料三次来到北京，1908年2月25日率中亚考古探险队到达敦煌。

**斯文·赫定**：被誉为"中国西部的最后一位古典探险家，第一位现代探险家"，他曾五次组织中亚探险队进行考察和挖掘，并以《亚洲腹地探险八年》《中国和叙利亚之间的古代丝绸之路》等著作享誉世界。

**华尔纳**：时为美国哈佛大学福格艺术博物馆人员、著名的东方学专家和艺术史学家，他于1923年冬天和1925年春两次进入敦煌莫高窟,剥离壁画共 23006 平方厘米。

**橘瑞超**:日本僧侣,1908 年奉西本愿寺寺主大谷光瑞之命,率"三少年探险队"进入中国西部,进行考古挖掘,时年 18 岁。

**守窟人**:常书鸿先生,被誉为"敦煌艺术的保护神"。

**测量摄影师**:探险考察队随队人员。

**抄经人**

**画工**

**木工**

**戍卒**

**土匪**

**新郎**:万里城墙上的戍卒,年代不详。

**新娘**:缥缈无定的飞天女神。

## 地　址

丝绸之路,敦煌的天空下。

## 第一幕

**第一场　一处倾圮的烽燧上。闪电与雷鸣。夜。**

**戍卒甲**:大地在颤抖,秋天滚滚而来,鹰在世界的深处悄悄堆积,万物沉入,我们被遗弃了,在这时间的边疆,任凭闪电和雷鸣与我们出生入死,我们守望了有多少年了?从秦朝开始，还是从汉代的那个早上，时间本身已经有了疾病，它已经车轮打滑，锈迹斑驳了。看看，我手中的这一杆铁枪，昨天还是浑圆一体，今天，就变成了一根绣花针，怎么？蓝色的闪电下，好像有蒙古人的大军在袭来，马蹄四溅，杀声震天。你赶快醒来吧，燧长。

**戍卒乙：** 我的心脏在流血，我的心脏和天空一样在流血，我们守在这个烽燧上已经有几千年了，从来就没有什么功劳奉献给朝廷，所以朝廷也把我们给遗忘了。难道你真的看见了蒙古军队，让我们因此立下大功，受到嘉奖，得以重返故乡，认祖归宗？士兵，你回答我的问题。

**戍卒甲：** 燧长，难道你忘了在宋朝的末尾，那个朗诵宋词的晚上？蒙古军队也是在一个"雨疏风骤，浓睡不消残酒"的时刻，突然来袭的么。哎呀，我又听见了蒙古军队的马蹄声了，如果是成吉思汗的话，他现在也有一千多岁了，我的腿肚子在哆嗦，我的尿也滴答下来了，我想换哨，可是步战兵去墙城下拉屎去了，到现在也没有回来。

**戍卒乙：** 手搭凉篷，你看看咱们的岗哨下有什么动静。

**戍卒甲：** 芦苇太密，看不清楚。

**戍卒乙：** （站起）这波涛汹涌的芦苇丛，在蓝色的闪电下，仿佛一个让人心碎的海洋。我们的这个岗哨，这个即将坍塌的烽燧好像迷茫的海面上一叶穿梭的小舟，我们看不见彼岸的黎明。奇怪，我闻到了一股西风吹送的臭味，可能是步战兵凯旋了。

**戍卒甲：** 是的，我还记得自己身披戎装的那个美丽黄昏，我刚刚站在这个烽燧之上的时候，我看见岗哨四周，在绿色的芦苇丛中，有老虎、雪豹、野猪、大头黄羊、黑熊、野马、猞猁和成群结队的狼、猴与石羊。那时候，天空中有天鹅、莺燕、雪鸡、鹰、鹞子、鸢和蝴蝶，那是一个夏天的黄昏，在秦朝的中间，皇帝在送我们离开家乡的时候还哭了。

**戍卒乙：** 闭嘴吧，我现在已经厌倦了回忆，去打开门，步战兵回来了。

（叩门的声音，戍卒丙上，冲向乙）

**戍卒丙：** 我有十万火急的情报要给你诉说，即使让我等待一锅烟的功夫，我都会觉得那是在迫害我的心情，请求你给我机会，燧长。

**戍卒乙：** 你擅离岗哨，到墙城下拉屎，你听听吧，蒙古人的军队就在这个节骨眼上杀过来了，你怎么对得起皇帝？他老人家把这么伟大的使命交付我们，我们不能有丝毫的麻痹大意。士兵，将他关禁闭。

**戍卒丙：** （挣脱戍卒甲的胳膊，脚下踉跄几步，面对戍卒乙，很神秘地）我梦见自己成了新郎，一个喜出望外的新郎，在拉屎的时候，我居然睡着了，在我悠长的梦中，我不仅没有看见闪电雷鸣，也没有听见蒙古军队的马队，我只是梦见了一个从壁画上下来的飞天姑娘。她毛遂自荐，做了我的新娘。你看看，我都有几千岁了，还是一个尚未破瓜的童男子，我的伤感大于快乐，你怎么会关我的禁闭？

**戍卒乙：** 国破山河在，城春草木深，罚你上岗执哨，不得有丝毫闪失。

**戍卒丙：** （破涕而笑，和戍卒甲交接长戟）燧长，还有一件神秘的事情，我需要及时汇报给你。我刚才在墙城下拉屎的时候，看见远处的道路上有一队能跑动的钢铁疙瘩，它们屁股后面冒着烟，前面还挂着两只灯笼，比灯笼要亮，灯光射出去很远，照在我屁股上，我的梦就醒了。当时，我想这是蒙古军队的骑兵，后来越看越不像，是一队"车"，没有人推，它们自己就跑了起来。

**戍卒乙：**让我眺望一番，这电闪雷鸣的天空仿佛一面失控的镜子，给了我们一个可以眺望的机会。空气中只有汹涌的芦苇在咆哮，只有迷途的鸟儿折断翅膀，在黑暗深处，伺机埋伏的就是蒙古人的军队和可怕的命运，黑暗太黑，而这铺天盖地的闪电又使人胆战心惊，我现在听见了飞矢和骑射手的声音了，我听见了马铠和矛戟碰撞的金属声了，这是一个祭祀的仪式，让我们趁着闪电和雷鸣燃起烽火，给亲爱的皇上告知这一动人的消息。

**戍卒甲：**让我们燃起这一堆祭祀的火。

**戍卒乙：**火，请求你燃烧起来，用你的青春、血液、心跳、爱情和岁月燃烧起来吧，我等到了你燃烧的这一天。

**戍卒丙：**寒冷的火，内部空虚的火，过去的火，八千里江山迷茫的火，穿州走府的火，无往而不在的火，火，一团大火。

**戍卒乙：**但是，但是这是怎样的一个天空呀。

**戍卒丙：**这是一个漆黑的天空，没有生命，也没有爱情和温暖。

**戍卒乙：**没有人响应我们，瞧瞧，就在这漆黑的天空下，就在墙城的下游，在那些烽燧之上，一片死寂，没有一个烽燧燃起苣火，传递下去，只有我们这一个孤独的城堡在黑暗的大海上漂流。

**戍卒甲**：难道，这几千年只有我们几个，在守望呐？

**戍卒乙**：果然，只有我们几个，最后的理想主义者。

**戍卒丙**：我的梦想是多么滑稽，我的新娘也只是竹篮打水，她的名字叫"疾病"。

**戍卒甲**：没有人为我们见证此时此刻，这蜿蜒而逝的万里墙城如今空无一物，没有一人在把守，我们好像几个傻瓜，守着这个庞大的废墟。

**戍卒乙**：住嘴，你这个城狐社鼠。

**戍卒丙**：且慢，我听见了声音，那种车轮响动的声音，正向我们的这个方向而来。听吧，在闪电的内部，在雷鸣的心脏里，一个万劫不复的车轮闪着光芒，向我们的哨位滚来。我敢打赌，那就是我刚刚拉屎的时候，将我从梦里唤醒的声音，我为此和我的飞天姑娘失散，我的名叫"疾病"的新娘。

**戍卒乙**：是的，一种不祥的声音，我听见了，正向我们的头上碾来。

**戍卒丙**：魔鬼的声音，命运的叩叫，它们不约而同地都来了。

**戍卒甲**：端的可恶，用这种下三滥的把戏和我堂堂大国挑衅，拿枪来，看我不扎它个人仰马翻、千疮百孔的，我就有负皇上圣恩。

**戍卒乙**：一级戒备。让我们起誓，"人在，阵地在，誓与阵地共存亡。"

**戍卒甲**：我起誓。

**戍卒丙**：我起誓。

（叩关声顿起，夹杂着汽车喇叭的鸣叫。）

## 第二场　长城关隘下的长亭。雨在下。夜。

**王道士**：我的生命有始无终，我手中的经卷苍凉一片，我来到的时候正是秋天，故园九十九年间。我还是那个下寺的住持吗？我还是那个莫高窟藏经洞的发现者吗？我的名字是否仍然是王圆箓？我如今恍惚一片，我好像一册红色的羊皮经卷，被这一场大风吹送上天。

**抄经人**：王阿菩，你的灵魂已经被典当，你的生命成了一堆笑料，请下车吧。

**王道士**：你说什么？我的灵魂已经被典当？

**抄经人**：啊是，在你身上，我感觉到了一个世纪的阴森和寒彻。

**王道士**：我回到家乡，是参加一个国际性的敦煌学讨论会的，我是一门学术的起源。因为我，全球那么多的人吃起了"敦煌学"这口饭，我功莫大焉，你怎么说我的灵魂已经离我而去？

**抄经人**：你和魔鬼打了赌，现在你的生命只是一个空空如也的躯体。在这 100 年中，你跟随着魔鬼的引导，在地狱、炼狱和天堂里游历，你只是故乡里一个传说中的笑料和讥讽的对象。

**王道士**：难道这样？我想起来了，我的那一枚像胡桃一般的弱小灵魂；我的那一颗柔软的发馊的灵魂，我的被别人扣押着的灵魂，现在一闻到故乡的气息，敦煌的闪电和雷鸣，就马上苏醒过来了。

**抄经人**：呀，雨真大，这么饱满的雨滴，像葡萄熟了的奇迹，请你下车吧。

（王道士从一辆豪华轿车中下来）

**王道士**：我看见了，这是离敦煌最近的关隘，度过这个关隘，就进入了我在100年里梦牵魂引的地方。这么熟悉的雨，这么熟悉的沙子，看看，远处的祁连山的雪峰，在夜光中闪着女神的光芒。怅望祁连，一切都是前世的虚幻，咦，那是什么？在墙城的堞垛上飞行而过的影子，好像一个裸体奔跑的女神。

**抄经人**：那是飞天姑娘，如果她在雨夜里奔跑，说明她就要做新嫁娘了。你来参加国际性的敦煌学术讨论会，竟然不知道如此美丽的传说？你曾经是我的谁？我又曾经是你的谁？

**王道士**：100年前，你是我的抄经人；100年后，你出关，远道而来迎接我，真使我感动不已。难道这100年，你一直在洞窟中抄写经书吗？

**抄经人**：而你在欧洲大陆上旅游，享受荣光，和那些遗弃的壁画与无数的经卷一起怀想敦煌，你走遍了英国、法国、德国、瑞典、美国和日本，你的名字已经被镌刻在历史的文献中，你已经不朽了，我为此感到嫉妒不已。

**王道士**：错呀，真是大错特错，真正不朽的是那些敦煌的卷子和壁画，我只是附着在它身上的一条可怜的蛆虫，我被历史榨干了，我只有这一副空瘪的皮囊，历史有时候就是这么滑稽和无趣，它竟然使我这样一个小人物不朽？一个小人物是不需要不朽的，这无助于他的生命。

**抄经人**：但我的嫉妒仍然与日俱增，它几乎要使我燃烧。

**王道士**：啊是，那是一种读书人的疯狂，你如此渴望不朽，其实你根本就不知道在不朽的盛名之下，埋伏着多少鲜为人知的东西。比如我，这个历经磨劫，灰心名利，来自湖北麻城的小人物，坐拥了 20 世纪最伟大的发现，莫高窟藏经洞发现者的不朽，可我为此典当了我的灵魂。

**抄经人**：这样一说，我也就满意了，你是一个鬼魂，从死里复活了。

**王道士**：我为自己的生命感到抱歉。

（一支豪华的车队驶上了舞台，车门大开，各色人等蜂拥而上）

**王道士**：哈喽，我的朋友们，尊敬的斯坦因爵士、伯希和先生、斯文·赫定先生、华尔纳先生、橘瑞超先生和诸位先生们，欢迎你们来到我的家乡，来到亚洲西北腹地的深处，来到穿经千年的伟大的宗教城市敦煌。在这个世界上，我们托太上老君的福，托佛爷的福，托上帝的福祉，又站在敦煌的这一片土地上了，我们即将参加的这个盛会，是本世纪最后的敦煌学国际性会议。因为你们的光临，这次盛会将引起全球的关注。

**斯坦因**：是啊，100 年过去了，尊敬的王阿菩，这是一个让我们享受荣光和盛名的世纪，我们超越了时间，蔑视了潮流，进入了历史的卷册，这是多少人梦寐以求的事情，托王阿菩您的齐天洪福，我们几位全都得逞了。

**华尔纳**：上帝保佑你，王阿菩。

**王道士**：别那样，你的上帝在这块土地上不灵光，再说，我有我的太上老君和佛陀，我才不拜你们的上帝，你别客气。

**伯希和**：王阿菩，你是一个混乱的人，你别忘了，我们是有约定的。

**王道士：** 啥约定？

**伯希和：** 你把灵魂典当给我们了，这是100年前的约定，难道你要撕毁协定？

**王道士：** 那你们瞧瞧，在这100年里我都得到了些什么？我遭人唾弃，我被钉在我的祖国的耻辱桩上，我遭到了各种各样的学者和教授的拷问与鞭打，身心俱损，劳顿不堪。我在欧洲周游，好像一个持不同政见者、人民和国家的寄生虫、被资产阶级和你们这些打着学术之名的强盗豢养的狗。我出身贫寒，在那个战乱和饥寒交迫的年代里苟全性命，我的命相在西方，我就从湖北一路向西，逃到了敦煌，本想在莫高窟下寺里终老一生，岂料遭遇你们，居然最终在西方漂泊了100年，我得到了不朽，死亡离我那么遥远。

**橘瑞超：** 死亡是一件困难的事儿，儒家说："未知生，焉知死。"尊敬的王阿菩，死亡是不值得获得的，我们因你而光荣，我们将设法阻止你的这个愚蠢的念头。

**王道士：** 但我现在就是一个稻草人，我将灵魂典当给了你们，我徒具这一个空空如也的臭皮囊，我的形式大于内容。

**华尔纳：** 你想还俗？你想过一种平庸的生活，还是和我们一起放弃眼前？我们都是因你不朽的，我们的姓氏和族徽都是因为"敦煌"二字熠熠发光的，你要我们半途而废，我们岂能就此罢休。在这次的敦煌学术讨论会上，我们就能感受到这种荣光，你岂能做一个可耻的逃兵？

**斯坦因：** 我们现在要攥紧你的灵魂，绝不撒手。

**伯希和：** 是的，尊敬的王阿菩，就像你在我家做客时看见的那匹狗，我的那匹名叫"王阿菩"的沙皮狗，我现在紧紧攥着它脖颈上的绳索，我乐此不疲。

**王道士**：现在我终于知道了，我的生命泥沙俱下，我的生活落花流水，我拖着一个空壳的躯体，丧失了自己可怜的主意，这样活着，不如死掉，怎么办？也许，只有死亡是一个可以选择的方式，可我没有勇气拿掉自己的生命，我感到恐惧，那种无边无际的黑暗世界，我没有能力进入，怎么办？（沉吟，徘徊，突然瘫坐于地的颓丧）斯文·赫定先生，你一直不言语，也许你有办法，可以让我得到一个解脱，我看见了你腰里的那把锃亮的手枪。

**斯文·赫定**：你这个狡黠的人；我不会成全你的愚蠢。

**王道士**：那我就要说出100年前，你们盗窃莫高窟藏经洞那些经卷和壁画的秘密，虽然你们自以为是，可是坊间和民间的那些传说都不足信，事实不是那样，事实只在我的心里，我要恢复我的本来面目，我自己从来都没有和你们沆瀣一气，同流合污，在这100年，我就是秘密和秘密本身。

**斯文·赫定**：这一切都和我无关。

**华尔纳**：你是在讹诈我们，你不会得逞的。此番我们到敦煌来，是堂堂正正的专家和举世瞩目的学者，我们的身份和以往不同。

**王道士**：但我们都有肮脏的历史。

**华尔纳**：好吧，好吧，你这个伪装的人。也许我们可以达成一笔交易。

**王道士**：交易？

**华尔纳**：是的，一笔很好的交易。伙伴们，让我们以帝国主义学者的身份和尊敬的王阿菩做一笔交易吧。

（众人蜂拥而上，聚拢商量，只留下王道士一人在舞台上瘫坐如常）

**伯希和**：尊敬的王道士，我们可以将灵魂还给你，让你"复活"。我们的条件是你必须将我们再次带领，去敦煌伟大的莫高窟。让我们重新唤醒记忆，重复100年前的那次伟大的发现，重温美妙的往日时光。

**王道士**：什么？你们肯将灵魂还给我？

**斯坦因**：是的，你的肮脏的灵魂和让人厌倦的过去，将重回你的躯体。

**华尔纳**：这是一个历史性的时刻。在亚洲西北的腹地深处，在这个干旱和贫困的大陆，一个100年前的腐朽灵魂抖擞精神，要重新做人了。多么滑稽啊，我简直要笑出了声。（私语）但我不能，我得防着这几个野心无限的鬼子。

**王道士**：我的灵魂在哪儿？我看不见我的灵魂的模样，我摸不到自己的心跳，我的呼吸还有吧？一切都是真的吗？

**斯坦因**：拿去吧，把你的一切都拿去吧。

**橘瑞超**：在我们暧昧的日本，有这样一则传说。这个传说说的是"为美而死"的事情。在樱花纷纷落地的那个季节，人们睹物伤情，看见那些柔弱的、散发出丝绸一般晴朗气息的花瓣，在这个季节突然获得了失败、粉碎和窒息，就像一个人的一生那样，怎么能不伤感呢。花瓣坠落的缓慢过程，它的飘摇、吹动，以及皈依成泥的瞬间，就像"美"的破灭。在日本，那些执着于"美"的武士，往往不堪于这种瞬间，举刀切腹自杀，以生命殉美。瞧，眼前这个一望无际的秋天，木叶萧萧，残笛阵阵，让我怀想我的故乡那些樱花和武士的事情。

**王道士**：我听出来了，你是在讥讽我。我选择了我的灵魂，我能分辨出你的话里埋藏的那种寒冷和蔑视。

**橘瑞超**：你的灵魂不过是一根羽毛，你这个白痴。

**斯文·赫定**：好了好了，我们不要在这里浪费口舌。在你们暧昧的日本，所谓敦煌，就是樱花落地成泥的一个鲜明例子。我能听出你的传说中的那种意味和象征，这100年，暧昧的日本所孜孜以求的，就是要垄断这种敦煌的"美"，而你，就是这种"美"之下的那个武士，愿你遂愿。

**伯希和**：这是一个令人鼓舞的晚上，虽然在这个亚洲的腹地深处电闪雷鸣，秋风寒凉，但我们有了一个让人铭记和怀念的开始。

**华尔纳**：让我们记住这一天，公元1999年9月的一个末尾，这个深沉的黑夜。

**斯坦因**：这是20世纪的最后，我现在仿佛听见了挽歌的声音。经过这么多年的轮回，和那么复杂的烟尘，我们获取了功名、荣光和不朽的荣誉，又一次面临着挑战与机遇，岂能放弃？

**橘瑞超**：这的确是一个美好的世纪，有谁不想重温往日的时光呀。我想，我们必须迅速开始这个令人激动不已的计划了。

**王道士**：等等，让我在心里咂摸一番吧。我好像有些倒不过时差了。在异国他乡漂泊了这么久，我必须将我刚刚放逐而归的灵魂安放妥帖，就像将一部经卷安放在蒙尘良久的佛龛之上。我真的倒不过时差，现在是什么年代？是哪个令人空虚的世纪？我现在站在哪一个方向，我手里有哪一粒烫手的沙子？这些外国鬼子都靠不住，我得需要向抄经人请教。抄经人，你能告诉我吗？

**抄经人**：我不能。

**王道士**：难道你不是生活在敦煌？

**抄经人**：恰恰是我生活在敦煌，是我长年累月地和这些经卷相互缠绵，相互砥砺，所以我呼吸到的是古老的芳香，我触手可及的是青铜的锈迹，我自己浑身上下全是时间的沉淀堆积。我怎么能告诉你时间本身呢？

**王道士**：你这个白痴。

**斯坦因**：是时间有了疾病，而不是你的错。尊敬的王阿菩，让我们就将现在作为零点，从现在开始算起，去进行我们伟大的发现。

**王道士**：你看我像不像一只时间的花圈？

**抄经人**：（窃语）这个聪明的白痴，他还自以为是呐，他来到这个年代，真是他的一种厄运。我看他怎么把戏演到底？

**王道士**：哈哈，我终于找到感觉了。其实，我就是一只时间的花圈。我给这一个国际性的敦煌学术讨论会带来了一种滑稽和虚妄的东西。（私语）什么鸟会，不就是一次冠冕堂皇的游戏么。

## 第三场　万里墙城之侧。关隘下。黎明的天光中。

（王道士一伙人和烽燧上驻守的戍卒们对垒）

**戍卒乙**：（喊叫）是谁在叩关？

**王道士**：是我。敦煌莫高窟下寺的住持。

**戍卒乙**：将度牒呈递上来。

（一只箩筐慢慢地从上面缒下来）

**王道士**：什么度牒？你这个白痴。看你的一身穿戴，不知你来自哪个朝代，你身上铠甲的斑驳锈迹，让我闻到了一股从坟墓里飘散的气息；你手中的那一杆烧火棍，好像小孩玩耍的破扫帚。瞧瞧，我看见万里墙城上，那些如满天星斗的烽燧都已经坍塌和风化，那些驻防的士兵都已经解甲归田，娶妻生子，只有你们这几个傻瓜还在守望。你要什么度牒？

**戍卒甲**：谁知你们是不是蒙古人的探子？

**抄经人**：（自言自语）看来这几人和我一样，如果不是脑子出了问题，就是他妈的时间本身出了问题。他们还在蒙古时代梦游呐。

**戍卒丙**：呔，那个读书人，你在嘴里嘟哝什么？

**抄经人**：咳，这个当兵的果然目明耳聪。（声音嘹亮地说）喂，兄弟，大家都是出门混口饭吃，何必当真，就当我什么都没说。

**戍卒丙**：你别想蒙混过关，我的眼睛可以看见祁连山上的雪莲，可以看见大漠中穿行的沙蛇；我的耳朵，可以听见草丛中蚱蜢的交配，也可以听见你的脊梁上那只虱子的喊叫。你刚才说什么哪？

**王道士**：他只是我雇佣的一个抄经人，我随时可以炒了他的鱿鱼。

**戍卒乙**：什么？（土话）价要招了擦们的营盘？

**戍卒甲**：（土话）你料，这个驴日下的，让我说话。（官话）呔，你们昂起头，朝着天空望上一望。呔，这是我家乡弧形的天空,这是埋我先人的天空和墙城两岸,这里的一草一木都有我的先人的灵魂附体,三尺头上有神明,你们这些蒙古鞑子,休想进关,除非你们有官府颁递的度牒。

**王道士**:我们有护照,类似于以前的度牒。我们这些人都是世界各国的专家和敦煌学领域的学者,我们是来参加一个国际性的学术讨论会的。

(抄经人将王道士的护照放进箩筐,戍卒们慢慢缒上去。突然,烽燧上笑声大作。)

**抄经人**:黎明即将褪尽,看远处戈壁滩上那一轮太阳飞行。今天是敦煌秋季里最后一个集市,采买的人们络绎不绝,过了这个集市,寒冷的冬天就要到来,我们要抓紧时间,赶上集市的第一趟买卖。

**王道士**:如今还有集市么,你这个白痴,现在把集市都叫作贸易节。你还在使用100年前的那种说法,"集市"这个词,让我头脑发晕。那些古老的事物和名称都让我不寒而栗,使我一个劲儿地回忆起自己肮脏的过去。我现在命令你,不许再使用敦煌的那些土语和令我发生伤感的事情,否则,我就炒了你的鱿鱼,让你失业,听到没有?

**抄经人**:啊是,我可不想下岗。

**王道士**:(朗声叫道)笑声如此沸腾,不知关上当值的是哪位兄弟?

**戍卒乙**:真是笑煞我等兄弟,真是笑死人了。兄弟两个,我还以为来到的是何方神圣,原来是莫高窟下寺的王道士。真是陆海浮沉,长留光阴,这个王道士居然还活着。

**戍卒甲**:燧长,是哪个牛鼻子道士,惹得我几个痴笑不止？

**戍卒乙**：那是敦煌民间传说中的一个笑料，说这个牛鼻子道士把自家的灵魂典当给了关外的鬼子，所以他的肉身就随着那些鬼子去了西方。瞧，关下的这个家伙现在就是一个鬼魅，他要祸患的是这一方水土。

**王道士**：其实，我仅仅是一个误解的产物。我真实的身份，只是一只时间的花圈。我已经死了有100年了吧，或者仅仅是1年？但是现在我活过来了，我刚刚将自己的灵魂赎回来。诸位兄弟不要讥消于我。世有轮回，人有圆缺，我现在是闻名全球的敦煌学专家，我的灵魂可以作证。

**戍卒乙**：你说你的灵魂已经赎回来了？

**抄经人**：我可以担保，他的肮脏的、有些发馊的灵魂刚刚被赎了回来。

**戍卒乙**：凭什么要我们相信，这个笑料的灵魂不是魔鬼的变形？他把灵魂典当给了西方的鬼子，他将敦煌莫高窟藏经洞里的成千上万的卷子和遗书都给了西方的长毛鬼子，他使敦煌变成了空空如也的一座仓库，他的灵魂是不可推敲的尿脬，闻着就让人恶心。

**戍卒甲**：骂得舒坦，很久都没有这样痛快过了。

**戍卒丙**：即使你乔装打扮，你还是一个生动的魔鬼。看看，在他的度牒上，他的灵魂已经画影涂形，显现出来了，他还要狡辩什么呢？

**王道士**：我真的比窦娥还冤，我的确没脸入关了。我已经被父老乡亲们给认出来了，我的厄运在100年后才开始来到，这是我自己的报应。

**抄经人**：（悄声细语地）我有个更歹毒的主意，需要他备受煎熬；在潮湿阴冷的洞窟中我已经坚守了那么多的时日，我的灵魂已经磨成了一枚嫉妒的针，我的良心也变成了吐露的蛇信子，现在，我要噬咬的是时间对我的磨难。唉，这一只糟糕的花圈。

**王道士**：（对抄经人）你心里的毒液在向我喷射，我感到了你嫉妒的锋芒。

**抄经人**：可我只是在说服这些愚蠢的军人。（喊叫）喂，你们看到的只是相片，而不是魔鬼的图案。这个改邪归正的人，的确已经赎回了自己的灵魂。

**王道士**：我宁愿离开，浪迹天涯，而不愿就此在故乡蒙羞。什么狗屁会议，还不是一群人的杂耍，还不是自以为是的旅游与消闲么。我本来以为迎接我的是一次典礼，孰料，我得到的却是辱骂和羞耻，我放弃吧。

**斯坦因**：等等，尊敬的王阿菩，这只是万劫不复之后，对你的一个小小的考验，你刚刚获具了自己的灵魂，难道你想就这样轻易地丧失掉它吗？

**王道士**：我觉得没有比自尊和荣誉受损更难为情的事儿了，我有些害羞，我不愿意在故乡的深处，留下遭人唾弃和挖苦的名声。

**华尔纳**：也许我们可以打个赌。

**王道士**：我一直都在跟时间打赌，我总是赢家。

**华尔纳**：这次不一样。

**抄经人**：（自言自语）我料到他们会来这一套的，他们肯定又要和时间赌博一番的，这个白痴一定会允诺的，不信就瞧。

**斯坦因**：尊敬的王阿菩，你的确是个未赌先赢的主儿，一到了这儿，你就在敦煌民间的诉说与空气中流传，时间对你无可奈何，就像你说的，"你是一只时间的花圈"。

**橘瑞超**：但是，尊敬的王阿菩，你会发现你始料不及的天地，你会发现，现在是公元20世纪的最后一个秋天，而不是你脑袋中徘徊的那开始的第一个秋天，你有幸赶上了第一个和最后一个秋天，但内容却截然相反。

**王道士**：你让我看看新鲜？

**华尔纳**：是的，就这么定了。

**王道士**：就这么定了，不，不，我的眼睛里出现了什么？我刚刚看见在万里墙城那些堞垛上有十万个飞天女神在奔跑、微笑、转瞬即逝，这是什么样的预兆？莫不是在提醒我有什么不洁和灾难在恭候。

**抄经人**：我们中间的一位就要成为新郎，这个预兆百试不爽。

**王道士**：但愿我能成为她的心上人。

**斯坦因**：你已经完全掌握了幽默的本领。

（众人皆笑）

**戍卒乙**：你们，包括那些长毛鬼子，我突然改变了主意，我觉得我必须立马将你们放进关内，我觉得最好的惩罚，就是让你们进入到敦煌的天空下面，这是我一生中从未有过的最好的举动。

**戍卒甲**：让他们在唾沫和流言中挣扎哭喊吧。

**戍卒丙**：可是，我岂能轻易地将飞天女神拱手相让，我已经等了有几个世纪了,我在守望中已经心灰意冷。要么我和那个牛鼻子老道决斗,要么我卷起铺盖卷打道回家。

**王道士**：你还是跟随我们吧,与其守望一生,不如在新娘的怀里痛哭一晚。

**戍卒丙**：这可能是个不坏的选择,我答应你们的无理邀请。

(车队轰鸣,驶入关内,戍卒丙仓皇跟随)

**抄经人**：(声音杳然无定)两位兄弟还要守望下去吗?

**戍卒乙**：皇上没有御旨,我们岂不在这里守望。我们已经守望了有几千年了,我们有的是耐心和无所谓。

**戍卒甲**：其实,我们完全可以扎个稻草人立在上面,代替我们。

**戍卒乙**：这好像是个不错的建议。

# 第二幕

## 第一场　秋意流淌的敦煌街道上

(游人如织,敦煌传统的一个集市,吆喝声四起。)

**画　工**：采买的人这么多,地上有这么多踩掉的鞋子。

**木　工**：咱俩早些出来才是。

**画　工**：黎明刚刚褪尽,麻雀还没有叫嘴,从莫高窟到集上也就二十几里地,悠达着来吧,不买新鲜,看看热闹也成。

**木　工**：就是眼睛疼,眼睛一直闲着,看惯了窟里的东西,一到集上,眼睛就淌泪,眼神乏得很,心里虚虚的,脚都踩不实。

画　工：我也一样，能成，掉屁股走人，回窟里去清静。哦，不行，我还要买上一些颜料、画笔和炭精条，不是给我买，是给常书鸿先生，他嘱咐我的。

木　工：呀，常先生，那个守窟人哪。

画　工：啊，是。

木　工：那么大的个读书人，一辈子就消耗在那几百个洞子里，想着都让人肝疼，常先生人好，没架子，一天到晚就知道钻在洞子里画，画得头发都白花花的了，常先生来了有多少年了？

画　工：有几十年了吧，他把自己叫"守窟人"，他是个有心人。

木　工：我的眼花了，这不会是真的，肯定不会是真的。兄弟，我刚刚看见了什么？你看到了吗？我怎么了，这种情景有100年没有发生过了，现在怎么会出现呢？

画　工：我知道你在说什么呐，我也看见了。

木　工：街上这么多的人，那个人一闪就不见了，是壁画上的飞天姑娘，她在人群中挤来挤去的，好像一见我们，就眨眼消失了，这是个好的奇迹，我都有些激动。

画　工：她从壁画上走了下来，到了人间。

木　工：我刚才还以为在窟子里哪，原来是在大街上看见了她呀。

画　工：去说给常先生听，常先生知道怎么回事的，走，不采买了，回窟里去吧。

（一溜儿豪华车队鸣笛驶入了集市的人群中）

画　工：是哪个当官的微服访问？

木　工：不像，倒像是北京至巴黎的汽车拉力赛，每年都有一回，我看见过。有次，一辆车迷了路，到了莫高窟，还是我们几个木匠把车给抬出来的。

画　工：咦，不是吧，我闻到了和窟子里的壁画一模一样的气味，是100年前的那种气味，有些发馊的、让人呕吐的那种味道。

木　工：我的眼又白花花的了，我真的不相信我刚才看到的事儿，这肯定不是真的，我说服不了自己。

画　工：你在胡言乱语什么哪？

木　工：嘿，说了你也不信，我刚才看见了王道士。

（街上一个杂耍艺人在表演，他卖唱道：

　　我最近比较烦比较烦，
　　老婆私奔，工厂破产；
　　我最近比较烦比较烦，
　　生意被骗，股票跌板；
　　我最近比较烦比较烦，
　　儿子七岁，谈起恋爱；
　　我真的比较烦……）

王道士：（下车）我听到这乡音就难以自持，我的眼泪也不由自主，我感觉到歌中的那种讽刺，难道他说我只是一堆笑料和传奇。

抄经人：（低语）你其实是一泡狗屎。

王道士：（向杂耍艺人扔钱）你的歌声让我感动不已，这是我在阔别家乡100年后收到的第一份珍贵的礼物，为此，我要重重地赏赐你。

  艺　　人：把你的臭钱拿回去吧。

  王道士：咦，这可是一笔外汇，硬通货。

  艺　　人：嗨，你以为我在这里玩杂耍，是为了挣几个鸟钱吗？那你大错特错了，我仅仅是为了自己高兴，我这是自娱自乐，我没有妨碍谁，我也没有招谁惹谁，我就是有表演欲，把你的臭钱收拾起来吧。

  王道士：这个小后生，怎能如此无礼。

  抄经人：你就别生气了，这是乡间的二流子。

  测量摄影师：就是报纸上说的那种"古惑仔"，这种人，吃喝玩乐嫖风打浪，无所不能；他们没有理想、蔑视书本、脱离群众、高高在上、崇拜金钱、善于勾引良家妇女、乐于群居，我就是从那个年代走过来的，对此，我一点儿都不陌生。尊敬的王阿菩，你别介意。

  艺　　人：我敢保证，你兜里的那些票子都是黑钱，说不定，你还是一个国际洗钱组织的成员呢，我说的没错吧。

  抄经人：这厮眼睛毒，让他一下给瞧出来了。喂，兄弟，我可以给你介绍一番，这位尖嘴猴腮、声调尖细、头戴瓜皮帽、身穿长袍马褂的老头就是莫高窟下寺的住持——赫赫有名的王道士。

  王道士：惭愧得紧。

  抄经人：王道士在100年前有幸发现了莫高窟藏经洞的秘密，轰动世界，享誉海内外，成为一代名人。他长年云游四方，在欧洲和美国、日本等地讲学著述，此番他以百年之躯荣归故里，是来参加一个国际性的敦煌文化的讨论会，其实，就是来接受批评和再教育的，这位兄弟，你下手别那么狠。

**王道士：**（对抄经人耳语）你这是在挖苦我，还是在捧杀我，小心我解雇了你。

**艺　人：**这么说，你吃过伟哥？

**王道士：**伟哥是什么？

**艺　人：**你究竟是谁，我现在突然对你发生了兴趣。

**王道士：**你总不会是一个"同志"吧。我守身如玉，除了年轻时候，在窑子里兴风作浪外，我没碰过别的女人，女人让我心灰意冷，这是我出家的原因所在，我对同性恋更不感兴趣。

**艺　人：**我最近心情特烦，我就耗上你了，你走哪儿，我就跟你到哪儿，我听说你还是一个专家，开什么鸟会，敦煌这儿，每年有上百场乱七八糟的会议，个个油头粉面，人五人六的；还不是住高档宾馆，吃山珍野味，泡妞，打架，胡作非为，咱老百姓见识多了，你少他妈的装洋蒜。

**抄经人：**一物降一物，这可能就是他的劫数。

**艺　人：**摊上我还好，看见街边那个穿T恤衫的大胡子没有？要是摊上他，那你们就死定了，知道他是谁吗，他就是远近闻名的土匪黑骨头，他在敦煌这一带劫富济贫、打家劫舍了有近百年，新中国成立后洗手不干了。

**王道士：**那人民政府也没镇压了他，让他还逍遥法外？

**艺　人：**他呀，顶多算是小蟊贼一个，要是人民政府镇压的话，那起码也得是你王道士这号主儿，你不想想，你对全中国人民犯下了多大的罪孽吗？你偷窃国库，倒卖国家一级文物，崇洋媚外，和帝国主义相勾结，泄露国家机密；然后，你偷渡到国外，参与非法组织，抨击我们的新生事物，你的罪行够枪毙十几次的了，天堂有路你不走，地狱无门自来投。我看你是来找牺牲的。

**王道士**：你认出我来了，我现在自己都不知是谁哪！我的灵魂典当给了外国鬼子，我刚刚才赎回自己的灵魂，我还不适应呐。

**抄经人**：要枪毙了他，那我100年的工钱，不全都泡了汤么。我得解救他。

**艺　人**：你脸上六神无主，仿佛一堆笑料。

**王道士**：我十分乐意接受你们的谴责和挖苦。

**抄经人**：人多嘈杂，我们赶紧扯呼？

**王道士**：人怕出名猪怕壮，我现在真的成了一个公众人物了，我怀疑我真的是不是那个100年前在莫高窟里苟全性命的小道士，我对我的身份发生了怀疑，你能否拿出十分确凿的证据，让我知道我是谁？

**抄经人**：我不能，还得你自己找。

**王道士**：我想我只是时间这个王八蛋开的一个大玩笑，我是谁？我得去大街上问问人们，我究竟是谁的一次失误，是谁的一堆苦涩的拌料，是谁把我从天地间排泄了出来，让我忍受这些污言秽语的折磨。读书人，赶快去把车上的那些资本家叫出来，不能再坐那些豪华车辆了，让人唾弃。

**抄经人**：那我们叫出租车？

**王道士**：打"面的"，混迹于劳动人民之中。

（土匪上）

**土　匪**：嘿，别忙着走啊，让我想想我都看见了什么，这不是莫高窟下寺的住持王道士么。真是山不转，水转，怎么，一见老朋友就要开溜？

**王道士**：尊敬的朋友，你认错人了。

**土　匪**：我怎么会认错人哪，你还记得我的身份不？我是土匪出身，早些年我在丝绸道上闻名遐迩，谁人不知，哪个不晓，我能记得莫高窟的崖顶上有几根草；我还记得第几个窟子里有几个佛爷，我的记性就是我吃饭的本钱，我还会认不出你的尊容？你不要害怕，我现在摇身一变，开始研究哲学了。我刚刚出了一本哲学专著《论历史发展的螺旋式结构》。我想你一定会感兴趣的。

**王道士**：你是个哲学家，而我仅仅是一个匆匆的过客。

**土　匪**：我的这一个世纪，我是说我金盆洗手以后，有几十年的工夫，一直在研究历史发展的基本规律，我的土匪生涯对后来的研究有莫大的帮助，土匪活动是对历史的一种反讽、纯洁和净化；而哲学却是对历史的一种梳理、整合与确立。事实上，哲学家和土匪没有什么两样，可是你的到来，是命运对我的一次恩赐，我的哲学观点豁然敞亮重新现身了，为此，我感谢你；虽然你在大多数人的眼睛里是一个让人厌倦和可怜的笑料，但你是我哲学的太阳和父亲。

**王道士**：人生得一知己足矣，但我需要你告诉我，我的来源。

**土　匪**：人都会迷失自我的，你可能患了记忆幻灭症。

**王道士**：人活着是捎来了一匹布；人死了，就是拖走了一个梦。活着，的确是一个可怕的事情，我要是死在100年前的那个早晨，那是一个多么让人舒坦的事，可我活来活去，倒成了一个笑柄。

　　土　匪：你是历史的一个很大的误会。

　　王道士：我就只能拜托你了，否则，我比窦娥还冤哪。

　　土　匪：我对此十分感兴趣。

　　王道士：在100年前，我不就发现了一个荒芜的洞子，里面有一些残破的卷子和遗书么，那几个蓝眼珠、黄头发的鸟人用几两碎银子打发了我，不是我自己贪财，我只想化缘修寺，重振莫高窟。

　　土　匪：卖那些卷子也没招谁惹谁呀，凭什么有那么多的人怀恨你。

　　王道士：你真是我的知己。

　　土　匪：那时候我还没有觉悟，要是让我那一伙土匪兄弟抢劫去，那些遗书和卷子不都成为窗户纸，擦屁股的玩意儿，让那帮洋鬼子拿去，算是因祸得福了，人家那儿的博物馆是现代化的，什么条件没有。那要是留在国内，先是八国联军，再有军阀混战，那就惨了，准保一个不剩，全都报销了，你是立于过去，功在当代。

　　王道士：这次我以专家的身份，来到这里参加一个什么狗屁的讨论会，一路上我受尽了斥责与歪曲，你是我在这个人世上遭遇的第一个好人，你对我太好了，我要哭了。

　　土　匪：想哭就哭吧，把你一个世纪的冤屈全都吐出来吧。

　　（王道士号啕大哭，路人纷纷驻足观望，议论不已）

　　画　工：（指着王道士）这好像一幕戏剧在上演。

　　木　工：这本来就是一出戏，你当真是在你家的那个别墅呀，你也是一老演员了，分不清戏里戏外，我看你是走穴走出毛病了。

画　工：可别说，走穴来钱。

木　工：闭嘴吧，让团长看见非让咱们下岗不可，接着演下去吧。

画　工：啊是，那就演下去吧，反正戏演到这个地步，就是即兴的了，我也没有什么负担。瞧，王道士这，不，咱团长入戏倒是挺快的，真哭了，不像是游戏，出事了，要赶快救场呀。

木　工：这家伙，前一阵儿跟老婆打离婚，闹得死去活来的，也难怪，现在是市场经济，靠咱剧团的这些收入，连自己都养不活，还能怪人家么，现在有几人愿意看戏呢。王道士，不，咱团长这王八蛋这次就为了请几个外国的小瘪三，拿了20多万到欧洲，美其名曰："交流访问。"

画　工：鬼才知道他要干什么，国务院要给全国的职工提工资，报纸上说必须在15日之前搞定，可现在连个钱的影子也没有见到。

木　工：我老婆她们单位，效益还好，国庆节，一人2000元的奖金，放假这几天，还组织职工到九寨沟去玩，我一想起这事儿，就他妈的特恨王道士。

画　工：嘿，这小子真哭了。

木　工：黄鼠狼给鸡拜年，谁知道里面卖的是什么药，我估摸着，八成是这小子在欧洲的时候，逛妓院、吸大麻，看艳舞，给上瘾了，这小子在团里脱离群众，贪污腐化，勾引年轻的女演员，我诅咒他。

画　　工：得了，人在屋檐下，不得不低头，我们救救他的场吧。

木　　工：（对王道士）呀嚯，这不是王道士么，怎么在这儿号丧哪，你有什么难肠的事儿，说出来，也许我们可以给你帮帮忙的。

画　　工：你也有难肠的事儿呀，你那么有钱，随便拿几个卷子到集市上一吆喝，就是一有钱人了呀。

王道士：几位好兄弟，难得你们认识我的罪恶面孔，让我趴在你们的肩膀上痛哭一场吧，我现在哭得不亦乐乎了。

木　　工：别趴我的肩上，我怕沾染了你那些腐朽的气息，我上有老，下有小的。

画　　工：也别沾我，否则弄我一个历史上有问题的帽子，我承担不起，我可不愿和你沆瀣一气，让人说我里通卖国，是一文化掮客。

王道士：如今，我自己连我是谁都不知道了，我变得无人问津了。

画　　工：你不是国际友人么，你到我们这穷乡僻壤来，恐怕不仅仅是来参加一个什么狗屁的学术讨论会的，你肯定是要引进资金，投资办厂，以实际行动支援家乡的经济建设的，你带来了几十万美元？

王道士：我只剩下了一堆骂名，团里有人在骂我，家里老婆要和我离婚，我心力交瘁，已经无地自容了，我们这个小小的剧团，一年的经费就区区几万元，我们能上什么新本子。一团的演员，一到旅游旺季，就只能给来敦煌的那些外国鬼子演演风俗，拿自己的落后逗那些家伙开心，上级的指示，我一个团长能不奉命办么,我知道你们都在戳我的脊梁骨。

画　工:难怪你刚才哭得那么投入。

王道士:我在这部戏里被你们骂得狗血喷头,就这么一个糟糕的角儿,让你们可以尽情地发挥,把平时的怨气和污言秽语都泼到我的身上,可我是谁呀?凭什么?

木　工:也许,常书鸿先生可以帮你解开你的身世之谜。在这几十年中,我们两个目睹了常先生的一切,我们感佩至深。这就是我们能留下来,在那些幽深的洞子里坚守到现在的原因。

王道士:什么,那个守窟人常书鸿还活着?

画　工:是的,常先生还活着。只要莫高窟存在一天,常先生就会待一天。常先生是个大学问家,他能给你说说你的身世的。

王道士:我现在急迫地想见到那个守窟人。

画　工:(低语)我说兄弟,这小子刚才忘词了。

木　工:(低语)听出来了,他应该说:"活着,还是死掉,这是一个问题。"怎么我越说越是拗口。这应该是哈姆雷特的台词。得了,一年就演这一场戏,就别挑剔了。不过,现在的这些剧作家,就这德行。现代派的手法,让人搞不清戏里戏外。一不留神,就演砸了。

画　工:得,该《婚礼》那场戏了。

(舞台上吹吹打打地响起一队迎亲的唢呐)

## 第二场　在西部的一场婚礼上

(沸腾的人声,夹杂着鞭炮的爆炸,一地碎红)

新　　郎：（牵一头披红挂绿的驴子上）我本是一个荒凉的戍卒，在缓荡的时间里飘浮，是尊敬的王阿菩给了我一个可以出人头地的机会，让我摇身一变，作了飞天姑娘的丈夫。我的喜悦无以言表，我的桎梏从此皆无。哈哈哈……

斯坦因：这难道就是中国的婚礼？我感到了巨大的玄机。

华尔纳：哈哈哈……他分明牵着一头愚蠢的驴子，怎么说是他的婚礼。这头披红挂绿的驴子，难道要和他一起走入蜜月的时辰？

王道士：这个可贵的新郎，是在迎亲的路上，还是在返程的中途？他手里牵引的驴子是少年与花儿，还是一个思凡怀春的女人？我越来越熟悉这匹驴子的相貌了，在100年前的敦煌，我好像就是骑着它，四处化缘，奔走生计的。

橘瑞超：这是一个奇妙的组合，我作为一个学者数度来到中国，层出不穷的奇风异俗让我目不暇接，我真的喜欢上了这个古老的国度。可是，我的心中疑窦丛生，这个国家太庞大了，大到了让我不知所措的地步，应该肢解这个庞大的国家，肢解土地上生存的百姓和风俗，肢解敦煌这个艺术的宝库，让它四分五裂，变成一个充满炸药和纠纷的是非之地。

新　　郎：哈喽，诸位来自世界各地的朋友，欢迎来到美丽的敦煌。我和我的新娘向你们表示敬意。

王道士：这匹丑陋的驴子，难道就是你的新娘？

新　　郎：我们前世有缘，今世乘愿而来，无论当牛做马，我们都是夫妻一场。在莫高窟的壁画里，佛陀也愿意以身饲虎。我的新娘是一匹驴子，但在我的心中，她是一个美丽的飞天女神。

**王道士**：（私语）这个可耻的戍卒，在倾圮破败的烽燧上守望了几千年，如今返回人间的他，居然鸿运当头，一马当先做了新郎，真让我嫉妒得发狂。（大声）你赶快离开此地，你拿这些丑陋的东西出来，让国际友人笑话，家丑不可外扬的，你这是丢人现眼。

**抄经人**：王阿菩，你这就是少见多怪。如今的电影不都是展示中国最贫穷最荒唐的风俗嘛。只有这样，外国鬼子才买你的账，才有可能在戛纳和威尼斯的电影节上获奖。（私语）越是民族的，就越是世界的。这个傻帽，还一个劲儿地冒充"洋插队"，我看和《围城》里的方鸿渐差不多。

**新　郎**：欢迎你们参加我的婚礼，你们的赏光让我激动万分。

**测量摄影师**：大家合影一张吧，让我们留住这个美妙的瞬间。这个瞬间是历史档案中不可或缺的一页，一匹驴子和一个中国戍卒的可笑结合。

（众人纷纷站成一排，一头披红挂绿的驴子在中央嚎叫不止，舞台上充满了动物园里的节日气氛。）

**戍卒甲**：我来也。

**戍卒乙**：站住。

**戍卒甲**：又怎么了，我们在一起称兄道弟有几千年了，你怎么一点儿阶级情谊也没有？他容易吗？这么多年，才找了一个老婆，结束了自己可怜的独身生活，你竟然狠心不去说一声祝福的话，我对你失望透顶了。

**戍卒乙**：我们要奉行这样的哲学："生命诚可贵，爱情无所谓；要是送上门，我也不反对。"

戍卒甲："唯小人与女子，难养也。"这我知道。但我不是要去照一张相，我想知道我和一匹驴子在一起的心情。燧长，我建议你也加入吧。

戍卒乙：为什么？

戍卒甲：因为你是我们的燧长，领导同志。几千年来，在你的英明领导和谆谆教诲下，我们一直守卫在万里墙城的烽燧之上，好像一颗忠实的螺丝钉，和它一起殉葬、发锈、一无所是，现在被历史淘汰，变成了一堆废铁。

戍卒乙：可是，我们的使命就是变成一堆喑哑的废铁。在这个古老的国家，我们生来的使命就是变成废铁一样，以支撑一个荒诞的真理。难道，你以为你是"凤凰鸣矣，梧桐生矣；于彼高岗，与彼朝阳"吗？

戍卒甲：你忘了，你曾经给我说，这一堵墙城是"民族的脊梁"吗？

戍卒乙：那都是麻痹你的话，如果没有这些空洞的说法，有谁愿意去殉葬？有谁还能充当愚蠢的螺丝钉，这就好比是鸦片一样，我要让你们麻木不堪。其实，我们都是受害者，可我们不就是沙漠中的石子一粒么。

戍卒甲：你为什么也心甘情愿地殉葬于此呢？

戍卒乙：我心中本有壮烈的风景，可是，我又不得不和烈士与小丑走在一起，这是我个人的最隐蔽的痛苦。后来，连我自己也相信了这个谎言，我的责任就是奴役你们，让你们闭嘴。

戍卒甲：现在你的目的达到了？

戍卒乙：现在的我，已经幡然悔悟了。我想，我该去实践一条自己的光辉之路了。从烽燧上走下来的那一瞬间,我就突然发现自己垂垂老矣了。我已经深刻地老去,时光在我的身上起不了一点儿作用,但我不甘心像一块废铁那样在时间的一隅里锈迹缠身,我还要有所作为的。

**戍卒甲**:你想去研究中医?

**戍卒乙**:不,我要做一个可怕的杀手。

**戍卒甲**:杀手?

**戍卒乙**:是的。除此之外,我别无长处。

**戍卒甲**:你是一个让人畏惧的人。我和你厮守了几千年了,从来不知道你是这样一个令人恐怖的角色。你是荆轲,还是令"天下缟素"的蔺相如?难道让我在这秋风萧瑟的季节,给你高歌一曲吗?你看这宽大明亮的人世上,人来人往,不如我们混迹于其间,体验一个俗人所能获得的幸福吧。

**戍卒乙**:不。你这个可耻的叛徒,举手投足之间,就放弃了我们孜孜以求的真理。

**戍卒甲**:学着活吧。

**戍卒乙**:我要成为一个杀手,就此别过。

(提一杆矛戟,负气而下。木工,画工依次上。)

**画  工**:(唱)

  在我心中,曾经有一个梦,

  要用歌声让你忘了所有的痛;

  灿烂星空,谁是真的英雄?

  平凡的人们给我最多感动……

**木  工**:就这样一个衰人,还想成为杀手。他以为他谁呀,他以为自己是周润发,还是史泰龙?瞧他手里的那根烧火棍，真是让人笑掉大牙的。现在是什么年代，是热核武器时代，他还以为是冷兵器时代呢。就这杀手，也就是街上的一个小混子，一把塑料手枪就搞定了。

画　工：蛮像堂吉诃德的，他混入人群，准保是一亮丽的风景。

木　工：听他喊叫什么，在大街上喊叫什么呢？

画　工：我听出来了。他喊叫说，"我是最后的理想主义者，选择了传统的神圣和浪漫的主题……"呃，他说得好娇气啊，他以为自己是一辆理想主义的战车哩。瞧，大街上的人都退避三舍了，还以为精神病人从医院跑出来了呐。

木　工：我们来尽情地嘲弄一番理想主义吧。

画　工：此话甚妙。我们就是一群卑鄙下作的人，我们脱离群众、高高在上、蔑视一切、勾引良家妇女，我们这些人20岁就丧失了青春，30岁渴望成为买办。时代越是乱七八糟，乌烟瘴气，我们就越有可能浑水摸鱼，独霸一方。我们的短视就是历史的误区。

木　工：你应该到大学去，当一个副教授，著书立说，蛊惑一方。

画　工：大气物理系？

木　工：不，应该到中文系。

画　工：嗨，哥儿们，你也忒低估我了。怎么着，我也应该是一写散文的高手，有《人生苦旅》这样的传世之作；要么，我也应该是一学者，频频在电视上出镜，给时装大赛当评委，或者给一些速配孩子们指点迷津；要么，我就当一个诗人，甭管是民间的，还是知识分子的，我就黑到底，经常跑大使馆，参加诗歌朗诵之鸡尾酒会，瓜分几项奖金，搞几个热爱汉学的洋妞；要么，我就做一个色情小说家，写一部暂定为《废城》的东西；要么，我还是变成一书贩子，对印度说"不"。

木　工：我看，你还是留学国外，混一张文凭，大量贩卖资本主义的各种文化思潮和歪理学说，当一个鸟权威，否则，在中国你很难混下去的。现在，各个码头上都人满为患，见谁掐谁。

画　工：让我变成王道士，油头粉面地参加所谓的国际学术讨论会？你可真看得起我，那不是让我当卖国贼吗？

木　工：就你这种思维，还想站在历史的那一堵破墙中？现在，不搞点儿离经叛道的东西，你就休想成全自己。

画　工：你是说，历史就是一个婊子，从来都不立贞节牌坊？

（土匪上，腋下夹着一部辞典）

土　匪：谁在光天化日之下掐我哪？历史是我的生存之母，谁准备玷污我的母亲和她神圣的七个姐妹？谁掐我，我跟谁急。

画　工：怎么，你想跟我打官司吗？我告你剽窃，就你那一点儿破哲学，还不是从国外的书本里抄袭的，你当你干净？

土　匪：你的底儿也潮，你别拿自己当一个卫生检疫员。我说实话吧，我这些哲学观念是我梦见的，江湖夜雨十年灯，说了你也不信。那天晚上，大雨如注，我借宿在古代一个名叫"凉州"的客栈里，一灯如豆，夜鸦杳然，一切都充满了诗意。我拥衾而眠，先是梦见了红楼里的几个闺女，转眼梦破灭了，那个庞大的宅子消失了，我一个人来到了旷野，看见眼前混乱的江湖上，有几盏灯笼在飘摇。梦里一刻，人间十年。这样，我就获得了我的哲学。

木　工：我告你剽窃。

画　工：是公了，还是私了？

土　匪：我还没有告你们诽谤与污辱罪哪，你们倒恶人先告状。我容易吗？我不就梦见了一个哲学的最基本的命题吗？犯得着你们口诛笔伐，将我一棍子打死吗？从亚里士多德、柏拉图，到笛卡儿、克尔凯郭尔；从弗洛伊德，到萨特；从罗兰·巴特，到德里达，那些文化贩子如过江之鲫，不都是披着羊皮的狼？你们是柿子拣软的捏，拿我当一个靶子。

木　工：我们要 PASS 你，否则，你就是我们的绊脚石。

画　工：你的底细不干净，你想再写一部《忏悔录》我们也不答应。你是土匪出生，打家劫舍，欺男霸女，压制年轻人，打击报复，人人皆知。现在，四海翻腾云水怒，五洲震荡风雷激，你无限怀念你的那个时代，这反映出你不仅是一个学阀，还是一个旧时代的顽固分子。我们要组织一个写作班子，将你的丑恶过去通通披露出来，让你成为人见人恨的臭遗老；要么，我们就告你，让全国的新闻媒体把聚光灯都罩在你身上。

木　工：在敦煌王马巷街道人民法庭告他剽窃罪。

土　匪：嗨，那我得感谢你们。我突然想明白了，你们这是在成全我。就我这么一寂寂无名的家伙，一直在寻思一个机会，让全国的新闻媒体都罩在我的头上，那我真的是受宠若惊了，我不是可以一夜成名吗？

画　　工：让我们炒作你，美死你了。你歇菜吧。

木　　工：炒作你也可以，但你得放血，怎么着，我们也是在搞有偿新闻。开个新闻发布会，将全国主要媒体的"狗仔队"招呼一番，一人得一个红包，外加一份通稿和你的彩色肖像。另外，再给你制造一桩绯闻，让你和某某某剧团的女星苟且在一起，这样就万事大吉。

土　　匪：我乐意牺牲一把。我就托付给你们了。

木　　工：像守窟人常先生那样的人，一辈子不图出名，一辈子不爱金钱的人真是太少了，连王道士那样的现在都是什么狗屁的国际敦煌学的专家，真是世无英雄，使竖子成名。

土　　匪：瞧那傻帽，在那儿咧嘴笑哩。

画　　工：糟了，他们一个劲儿地笑，还让人以为是剧情需要呢，原来我们几个在这儿扯是非，聊大天儿，忘了自己是一个角儿。操他大爷的，他的嘴一定给咧歪了，我们得上去救场，否则，就有观众拨打110了。

土　　匪：下面咱们干嘛？

木　　工：恭维王道士呀。

（三个人齐上，冲着照相的一排人大喊："茄子。"）

王道士：（揉着下巴）我被你们定格在那个丑陋的瞬间，听见你们荒唐而野蛮的谈话，我的心在流血。

土　　匪：你被人拥戴在中央，你的地位没有人可以取代。

斯坦因：先生，你是在说一匹驴子，还是颂扬尊敬的王阿菩？

土　　匪：驴子。

橘瑞超：（私语）人心就是这么难以预测，就像这个庞大的帝国让人难以捉摸。从19世纪的鸦片战争开始，我的祖先就一直试图肢解这个国家，但这个人人各行其是的民族，一遇到我们，就那么的警惕。也许，此次我可以以一个敦煌学研究专家的身份探明其中的原因，这是一个可以混淆视听的保护伞。

**木　工**：小鬼子，我知道你小子在想什么？

**华尔纳**：这不是明摆的事儿么，他在想TMD战区导弹防御计划，他在想将你们的新疆和西藏以及东三省都"科索沃化"，他还要遏制你们的经济发展。这就是暧昧的日本和他们的岛国意识在作祟，中国的身边有这么一个狡诈的狐狸。

**橘瑞超**：你们美国也好不到哪里去。你们不是一直将台湾看成是一艘不沉的航空母舰么，你们轰炸中国的大使馆，到现在都没有一个说法，你以为你是谁？过去，你偷窃的敦煌文物不计其数，你在国际上招摇撞骗，以一个专家和学者的名义在全球旅行，号称参加什么学术会议，实则是追逐女性，寻花问柳。

**华尔纳**：骂得痛快，我接受你的斥责。亲爱的橘瑞超先生，我知道你有一部有关敦煌医书的卷子，我愿意以最优惠的价格收购。

**橘瑞超**：你是怎么知道的？我从未泄露过此事儿的。

**华尔纳**：也许，你可以将我看成是中央情报局的特工，我就是为了此事才来到敦煌的，这部敦煌医书我志在必得的。

**伯希和**：怎么？你说你是CIA的特工。

**华尔纳**：这有什么大惊小怪的，我是特工又能怎么样。其实，我们都不干净，我们都是肩负秘密任务的特工，不过我心直口快，说出来罢了。伯希和先生，我有言在先，不管你怎么巧取豪夺，那是你和中国人的事儿，但你别染指这部敦煌医书的卷子，我说了是我的，我就是主人。

**橘瑞超**：这部医书卷子于你又有何益，你竟这么迫切地想得到它。

**华尔纳**：莫非是你这样一个著名的采花大盗身染绝症？我有幸能看到你的末日，这无论如何都是一种踏实的安慰。

**斯坦因**：且慢，中国有一句很闻名的话，说"兄弟阋于墙而御于外"。怎么，我们刚刚踏上敦煌的土地，帝国主义国家内部就掐起来了？斯文·赫定先生，你说说看，这是我们西方文明的有效方式吗？

**斯文·赫定**：这和我没有任何关系，是你们掐起来了，不是我。我只是一个埋首于时间秘密的人，是一个纯粹的探险家和自然博物学者。我热爱的是古老的丝绸之路和中亚的风光，我投入的是废墟与遗址之上举目皆是的人类遗迹。除此，我没有任何兴趣。

**伯希和**：别再伪装了，你的深沉让人措手不及。

**斯文·赫定**：那些青铜般的时光过去了，我现在幡然醒悟了。在这几十年的时光中，我一直在思索我走过的路。我曾在辽阔的中亚细亚上漫游，目睹了日月迎送、晨昏变化，我在这个庞大的人类遗址上看见了时间的真相，我觉得一切都是虚妄，一切是如此的渺小。并且，我怀着深深的忏悔，愧对敦煌。和你们不同，对莫高窟而言，我是干净的。

**华尔纳**：这近乎一种狡辩。

**斯坦因**：也许是真诚的觉醒，但我看不出来一个屠夫的觉醒是对羊群的嘲弄，还是对自己嗜血生涯的一种纪念。

**橘瑞超**：难道你要切腹自杀，以示谢罪？

**伯希和**：你的那几本为你挣得无上荣光的著作，使你获得了"19世纪最后一个古典探险家和20世纪第一位新型探险家"的赞誉，这使我们几个嫉妒得发狂，可是，你现在愿意轻易地放弃吗？

**斯文·赫定**：先生，在英国，有一首很著名的诗歌，是一个叫兰多的诗人写的。它完全可以代表我的现在。与其这样给你们饶舌，不如我朗诵出来。我想，在我和你们之间，有一条深深的壕沟，这是我们的不同。这首诗是这样的：（朗诵）

> 我不和人争斗，因为没有人值得我斗。
> 我爱自然，其次我爱艺术。
> 我在生命的火前，
> 温暖我的双手；
> 一旦生命的火消逝，
> 我将悄然长逝。

**王道士**：我冷冷作壁上观，果然，我发现了一种深沉的"疾病"，你们的内讧使我得意忘形，你们的赏赐使我的灵魂有了知觉与感应。

**土　匪**：王阿菩，我听到他们说一部什么敦煌医书的卷子，愿闻其详。

**王道士**：妖言惑众，我从未听说过什么卷子。我虽然摇身一变，混迹于所谓的敦煌学研究的领域，可我从未听说过什么医书之说。你的话，仿佛一个炸弹的引信，立刻会招来这些帝国主义的强盗，财不外露，知道这个庭训吗？

**抄经人**：咦，我的眼睛又一次模糊不清，我好像看见了一个衣袂飘然的飞天女神从头顶上一掠而过，是飞天女神，我相信自己的直觉。

**木　工**：是的，我也看到了。

**画　工**：是迎亲的队伍遭遇上了障车的风俗。

**王道士**：我终于想起来了。障车的队伍，我在100年以前的记忆里搜索，终于想到了这个热闹的场面。

**抄经人**：王阿菩，你还记得那首障车时的《儿郎伟》的歌谣吗？障车的人群要拦住迎亲队伍，唱："有酒如江，有肉如山；百味饮食，罗列班班；自馀杂物，并有君前；障车之法，今古流传；拦街兴酒，枕巷开筵；多招徒党，广纳诸贤；杯觞落解，丝竹暂烟；故来遮障，觅君财钱……"

**王道士**：哦，我又回到了从前那些充满青铜汁液的古老岁月。

**土　匪**：快看，到了《游仙窟》了。

（舞台上鸦雀无声，只有新郎和披红挂绿的"驴子新娘"在对答，背景音乐是三弦的弹唱，夹杂着驴子的嚎叫）

**新　郎**：贼来须打，客来须看。报道姑嫂，出来相看。

**新　娘**：门门相对，户户相当。通问刺史，是何底当？

**新　郎**：心游方外，意逐姬娥。日为西至，更阑至此。人疲马乏，暂欲停留。幸愿姑嫂，请垂接引。

**新　娘**：更深月朗，星斗齐明。不审何方贵客，侵夜得至门庭？

**新　郎**：凤凰故来至此，合得百鸟参迎。姑嫂若无之疑，火急反身却回。

新　　娘：本是何方君子，何处英才；精神磊朗，因何到来？

新　　郎：本是长安君子，进士出身。选得刺史，故至高门。

新　　娘：既是高门君子，贵甚英流，不审来意，有何所求？

新　　郎：闻君高语，故来相投。窈窕淑女，君子好逑。

新　　娘：金鞍骏马，绣褥交横；本是何方君子，至此门庭？

新　　郎：本是长安君子，赤显名家；故来参谒，聊作荣华。

新　　娘：使君贵客，远涉沙碛。将郎通问，体内如何？

新　　郎：刺史无才，得至高门。皆蒙所问，不胜战陈。更深夜久，故来相过，姑嫂已下，体内如何？

新　　娘：庭前井水，金木为栏。姑嫂已下，并得平安。

新　　郎：上古王乔是仙客，传闻烈士有荆轲，今过某公来此间，未知体内意如何？

新　　娘：孟春已暄，车马来前。使君贵客，体内如何？

新　　郎：此非公馆，实不停留。有事速语，请莫干羞。

新　　娘：亦非公馆，实不停留。发君归路，莫失前程。

新　　郎：车行辋尽，马行蹄穿。故来过此，任自方圆。

新　　娘：何方所管，谁人伴换？次第申陈，不须缭乱。

新　　郎：敦煌县摄，公子伴涉。三史明闲，九经为业。

新　　娘：夜久更阑，星斗西流。马上刺史，是何之州？

新　　郎：今宵伉俪，聊此交游。马上刺史，本是沙州。

新　　娘：英髦荡荡，游称阳阳。通问刺史，是何之乡？

新　　郎：三川荡子，九郡才郎。马上刺史，本是敦煌。

新　　娘：何方贵客，侵宵来至；敢问相郎，不知何里？

新　　郎：天下荡荡，万国有里。敢奉来言，具答如此。

新　　娘：人须知宗，水须知源。马上刺史，望在何川？

新　　郎：本是三州游弈，八水英贤。马上刺史，望在秦川。

新　　娘：君登贵客，久立门庭。更欲申问，可惜时光。

新　　郎：并是国中窈窕，明解书章。有疑借问，可惜时光。

新　　娘：立客难发遣，展褥铺锦床。请君下马来，缓缓便商量。

新　　郎：束带结凝妆，牵绳入此房。上圆初出卯，不下有何妨？

新　　娘：亲贤明镜近门台，直为娇多不下来。

新　　郎：只要绫罗千万匹，不要胡觞数百杯。

新　　娘：酒是葡萄酒，将来上使君。幸垂与饮却，延得万年春。

新　　郎：酒是葡萄酒，先合主人尝。姑嫂已不尝，其酒洒南墙。

新　　娘：酒是葡萄酒，千钱沽一斗。即问二相郎，因何洒我酒？

新　　郎：舍后一园韭，刈却还如旧。即问二姑嫂，因何行药酒？

新　　娘：窈窕出兰闱，步步发阳台。刺史千金重，终须下马来。

新　郎：刺史承金镫，手执白玉鞭，地上不铺锦，下则实不肯。

新　娘：锦帐已铺了，绣褥未曾收。刺史但之下，双双宿紫楼。

新　郎：使君今夜至门庭，一见姬娥秋月明。姑嫂更蒙屈下马，相郎不敢更相催。

新　娘：漏促更声急，星流月色藏，良辰不可失，终须早上床。

新　郎：本是楚王宫，今夜得相逢。

新　娘：系本从心系，心真系亦真，巧将心上系，付与系心人。

新　郎：天交织女渡河津，来向人间只为人。四畔旁人总远去，从我夫妇一团新。宫人玉女白纤纤，娘子姬娥众里潜。微心欲拟观容貌，暂请旁人与下帘。

（舞台上传来一阵阵驴子快乐而放肆的嚎叫声。

突然，戍卒乙手提矛戟，身披红色的斗篷冲入人群。）

戍卒乙：咄，大胆妖怪，留下命来。

王道士：（私语）这小子已经疯了。（喊叫）你是何方神圣？

戍卒乙：我是飞将军李广。

斯坦因：我看这小子是敦煌的堂吉诃德，身披斗篷，手执丈八蛇矛。他唯一缺少的是胯下的驴子。

王道士：他的目标就是那匹披红挂绿的新娘。

华尔纳：难道，他要破坏这场婚礼不成？

戌卒乙：（京戏唱腔）

呛……，恋着你刀马娴熟通晓诗书少年英武；

跟着你闯荡江湖风餐露宿吃尽了世上千般苦……

（戌卒乙霍地翻身上驴，挥舞矛戟，在众目睽睽之下绝尘而去。）

# 第三幕

## 第一场　藏经洞中。王道士的一场梦。

（莲花藻井之下，有无数的飞天女神裙裾飞扬）

王道士：（试探的口气）你是女神，还是新娘？

新　娘：我只是一个梦。

王道士：谁的梦，让人荒凉一场？

新　娘：我是你在100年间寄托的一个梦，可你现在离我而去。你的梦如今大病一场，在骨殖和泥泞中挣扎。

王道士：我的生命错误百出，我的记忆泥沙俱下，要不是我在那个晴朗的晚上，看见三危山上的佛光，我就不会拥有如此的痛苦，我也不配享受这样一个疾病丛生的大梦。

新　娘：我的名字叫作"疾病"。在柏烟、燃香、哈达和酥油的缭绕中，我的病日复一日，满面疮痍。一个美好的灵魂一旦堕落到民间，就会是一个荒凉冷酷的传说，也许，你的归来对我是一种成全。

王道士：我也是疾病本身。

新　娘：对我而言，你恰好是一副草药。

王道士：你是飞天娘娘？

新　娘：是的。

王道士：现在，你化身为一个敦煌的新娘？

新　娘：这是个魔法的世代，我找不到我所寄寓的那个夏天的早上。一场辉煌的大梦需要一副崭新的草药，一个堕落的天使，同样需要一个可以寄托的洞窟，可我两手空空，在缥缈的人间奔走。

王道士：你是我遭遇的头一场淋漓的爱情。

新　娘：也许，你是我在人世间维下的头一个男人。

王道士：可我看不见你。

新　娘：我本来在一场彷徨的大梦里，云雾蒸腾，仙乐荡漾。你还是不要看见我的好，一个堕落的天使，如今在深夜的街道上流浪。

王道士：一个虚构的人，我听见了你的脚步。

（舞台深处，牛铎阵阵，恍如一片月光）

王道士：一个虚构的人，我要在心里迎上前去。

新　娘：是你在 100 年前的那个早上，将我从洞窟里释放而出，现在，你又为什么这样追逐我的消息？你不要当真，我仅仅是一个虚构的传说而已。

王道士：100 年过去了。

新　娘：100 年过去了，短得好像一声轻轻的叹息。在午夜的街道上，一个梦走来，它是走向你的。你亲手打碎的这一切，又向你走来了。

王道士：像一只青瓷，破了，就再也难以复原。

新　娘：听，它走来了。咚……咚、咚的脚步。

**王道士**：像一个人的心跳？

**新　娘**：可是这100年间，我的心跳都已经一路丢失了。我的寒冷的心跳，在梦中都已经熄灭了，只剩下了一捧灰烬。

**王道士**：世事如常，就像我曾经将自己的灵魂典当给了魔鬼一样。

**新　娘**：可我以前不是这样。

**王道士**：以前是多么遥远？以前，是哪一个时辰？

**新　娘**：嘘——，且听，梦好像又走了，它的脚步，咚，咚……咚，仿佛一阵让人难以捉摸的风，它从哪里吹来？又走向哪里？它是谁的过去和未来？它吹走的是哪一片喑哑的心跳？我从不知道。

（舞台深处，牛铎渐渐远去，暗夜中一面旗幡猎动）

**王道士**：100年前的那个早上，就是这一阵风。我听出来了。

**新　娘**：粉红色的风？

**王道士**：是的。那个早上，宕泉河上吹来了粉红色的风，那些白杨和垂落的柳树见证了一个奇迹的来临。从那一天开始，我不管身在哪里，我一直在思索，现在，我越来越觉得那是一阵神示的风，是一种神启，是一个神圣的宣谕。我只能归功于神的佑护，照临我的双肩。

**王道士**：那个洞窟。

**新　娘**：那个突然敞亮的洞窟。

**王道士**：我当时被吓坏了，我亲手开启了一个神秘的洞窟。我打开了一个秘密的包袱，可我那时不知道这个包袱里是一捧热烈的灰烬，还是神派遣的厄运。我真被吓坏了。我一屁股瘫坐在地上，放声大哭。

新　　娘：你的哭声使我惊悸，我在洞窟里坐等了数个世纪。那个时刻，我在心里高叫着"阳光太亮，阳光真的太亮"。

王道士：那个早上。

新　　娘：那个奇迹的早上。

王道士：要不是我在那个奇迹的早上开启了一个洞窟，我的命运就不会有什么转机和曲折。遗忘是如此困难，记忆又是如此的疼痛。那是哪一天？

新　　娘：那是哪一天？

王道士：那是1900年的夏至日，农历五月二十六日，公历6月22日。

新　　娘：是的，那个夏天。

王道士：那个夏天的心跳到现在仿佛都能依稀触摸，不是因为你，而是粉红色的风从壁画的深处透迤不断。我一看见那些斑驳的壁画，我的生命就会窒息。

新　　娘：我记得洞窟突然开启，我的灵魂飞身而出。

王道士：你的话对我是一种哺育的纪念。

新　　娘：而你解放了我，像一个夏天的火热归于太阳；像一个寒冷的冬季要馈赠于祁连。我记得那美妙的一瞬，神示的光照临双肩。你不是因为我，难道你是要重筑莫高窟的灿烂？

王道士：这是一个伟大的误会。

新　　娘：我是误会的产物？还是你给了我一个不经意的生命？

王道士：我是一个如此混乱的人，在100年前的乱世岁月里，我骑着一匹仓皇的驴子奔波于敦煌的戈壁旷野，四处化缘，广结善恩。我所葆有的秘密的疾病害了我，我一直都在酝酿一件惊天动地的行动，可我丧失着方向，不由自主。

新　　娘：你找到了那个洞窟？

王道士：是的，我被一种神奇的力量牵引到了那个洞窟。它是我的方向。

新　　娘：我理解你的痛苦。你被一种巨大的雄心折磨，你的想象的欲望好像一枚锋利的针，时时刺激着你，这也许就是你的"疾病"。但我不知道你究竟要干什么，你是谁的派遣？

王道士：在我的眼中，莫高窟那些绵延不绝的洞窟是一幅宽阔的纸张，而我所渴望的仅仅是在这样的纸上建立一种鸣叫，一个更加辉煌的建筑。这是一个纸上的建筑，现在仍完整地铺陈在我的心中。100年前的那个夏天，我记得在那个夏天的早上，宕泉河上吹来了粉红色的风，……那个夏天。

新　　娘：那个夏天。

王道士：那个夏天的早上，我和几个雇工在挖掘洞窟中的流沙。几百年的流沙，已经将那个洞窟埋得严严实实了。粉红色的风吹来，我们挖掘过的流沙又回填进去，我坦率地说，我当时绝望的心情弥漫周身，我几次想喊住工人，让他们住手。可是，我听见了洞窟中的哭声。

新　　娘：我当时真的哭了。我听见了流沙的响动，我听见你们停止了劳动的呼喊。那些流沙像雨，我以为它再也不会吹临我的身上了。那些流沙……

王道士：那些流沙，仿佛一个夏天，傍晚的雨滴。

新　　娘：我当时以为我再也见不到天光了。

王道士：你是怎么被深埋在那个幽深的洞窟中的，你是

100年前的谁？

新　　娘：我是从一幅壁画中走下来的。

王道士：你是画中人？

新　　娘：我在一幅壁画上生活了很久。我先前高耸的云鬓慢慢地脱落，我身上鲜艳的裙裾被洞窟中引燃的香火所熏染。在冰冷的墙壁上，我的青春渐渐地流失，我变得日益苍凉和衰落。恰巧，这时刻，一件意想不到的事情发生了，我就下定决心，从壁画上走了下来。

王道士：有什么样的事情发生？

新　　娘：那是1035年，西夏王朝的军队入侵敦煌。在那个遥远的年代，战祸频仍，民不聊生，当西夏的军队入侵敦煌的消息传来时，百姓举家外逃。西夏人烧杀劫掠，奸淫妇女，无恶不作，我在壁画上感觉到了一种寒冷。于是，我就悄悄地脱离了壁画上的众神，藏身于一卷经书之中。

王道士：一卷经书？

新　　娘：是的，我藏身在一卷经书中，被那些仓皇外逃的僧侣们裹在图书、绢画和铜像里面，趁着夜色偷偷地存放在洞窟之中。我被5万多件密密麻麻的东西压在底下，甚至，我闻到了那些东西所散发出的腐朽的气息，我差点儿窒息过去。我听见他们在那个洞窟外面和泥，将洞口用土砖砌死，然后在上面涂上泥，还像模像样地画上壁画，扬长而去。

王道士：你没有喊叫？

新　　娘：我的喊叫日复一日，在那个洞窟中，我和几个铜像以及垒筑的圣物们都在绝望地呼喊，我甚至听见了一只蚊子的喊叫。它不是绝望，而是快乐，它趴在绢画上大口大口地吮吸着我裸露的胳膊上的血，我体内的血液被它吮吸一空，最后，我的身体连同我的喊叫都晕厥了过去。我就那样一直沉睡着，直到一道神示的光将我唤醒。

**王道士**：800年了。

**新　　娘**：是的，800年了。

**王道士**：你是我在100年前的一个意外收获，但我们却在100年后相见，岁月峥嵘，可留下的徒有伤感和悲痛。

**新　　娘**：一道神示的光将我唤醒，它在一瞬间给了我力量。我挣扎着从经卷和绢画中出来，是敦煌的那种火辣辣的阳光，使我鼓足了勇气。我看见你进来了，在你进来的那一刻，我的身体突然飞跃而起，升入了天空。

**王道士**：我没有看到你，我想，我是被吓坏了。我刚刚走进那个洞窟，我感到了一种遥远、幽深和袭人的冷气，我想那应该是你的裙裾吹来的。我真的被吓坏了，否则，我应该和你撞个满怀的。

**新　　娘**：100年前，你是那样的憔悴。我看见阳光将你的影子拉得很长，像一道符咒。你是谁的命运？

**王道士**：你听见那一声巨响了吗？

**新　　娘**：洞窟开启？

**王道士**：那个早上，忽有天炮响震，山裂一缝，贫道和工人用锄挖之。欣出闪佛洞一所，内有石碑一个，上刻"大中五年"国号，上载"大德悟真"名讳，系三教之尊大法师。内藏古经数万卷，上注翻译经中印度经《莲花经》《涅槃经》《多心经》，其经名种颇多。我走进了那个洞窟，我周身的激动和恐惧让我不辨东西。那个洞窟比黑夜还黑。

新　　娘：比黑夜更黑的洞窟，曾是我的悬命之所。

王道士：像梦中？

新　　娘：在梦中。听，它的脚步又来了，咚……咚……咚……

王道士：从100年前的那个洞窟，我回忆起来了，就是这样深沉的大梦，它向我走了过来。在洞窟中那些遍布的法器、绢幡、经卷和文书之侧，我感到了这个困扰我一生的梦。听……

（舞台背景深处，牛铎的声音好像一阵吹拂的沙粒。）

新　　娘：秉烛而行？

王道士：在那个夏天的早上，没有比记忆更疼痛的了。那个夏天的早上，宕泉河面上吹来了粉红色的风，而我一脚陷入了这个无边无际的噩梦之中，让它折磨了我整整一个世纪。但是，我在100年后却又碰到了你，一个奇迹还在继续。

新　　娘：你是我的命运？

王道士：不，我仅仅是命运的一个卑微的奴仆。不是我解救了你，而是一场深处的大梦托举了我们。是它成全了我们，否则，我和你，只是戈壁上寂寂的红柳。

新　　娘：一束沙草？

王道士：一页沙草的经书。

新　　娘：我们现在身处何处？敦煌的街道，还是在那个神奇的洞窟？你是我在人世上维下的头一个男人，请你一定告诉我这一切的来源。

王道士：在一场传说中，我们被人们尽情地涂抹，我们已经成了戏剧中最尴尬的丑角，在那些流传的相片上，我的猥琐和可怜历历在目。我如今是罪恶的化身，是开启了那个洞窟的邪恶之人。100年了，100年的污垢和唾沫将我湮没在丑闻与不幸当中。也许，你能相信我的所说？

新　　娘：你真的被吓坏了。

王道士：在100年前那个寒凉的年代，我这样一个手无缚鸡之力、游走四方、到处化缘谋生的小人物，居然被神恩笼罩，亲手开启了那个秘密的洞窟。而在我开启之前，它就那样一直沉沉睡着……

新　　娘：是的，一直睡着。

王道士：等待我的来临？

新　　娘：你的来临是一次恍惚，还是一个辉煌的结束？

王道士：在丝绸古道上，在亚洲的西北和四个方向上，到处都在传送着那个洞窟的奇迹。如果，阿房宫在眼前出现，如果，恐龙在山川上奔跑，我亲手开启的洞窟也仍然是一个值得纪念的举动。你听，人们怎么说？

新　　娘：20世纪最最伟大的发现？

王道士：可我是这样猥琐不堪的人物，怎么能承担如此的美誉。这多像是一场梦。在为洞窟歌功的时候，他们剔除了我的存在和那个粉红色风携带而来的早上，他们的记忆是那样的轻薄。

新　　娘：而你遭遇的是无尽的谩骂和诽谤。

王道士：一个世纪的尴尬与不幸。

新　　娘：一个世纪。

王道士：是的，长得好像一声轻轻的叹息。遥远，是一个什么样的概念？这轻易滑行而过的100年，竟没有一丝痕迹。

新　　娘：噩梦？

王道士：奇迹的噩梦。

新　　娘：嘘——，且听。

王道士：就是这种脚步，像一只猫的弯腰和潜行，像一场戈壁上百年不遇的大雾。听，它来了，就要附着于我们的身体上，让我们耽于疾病的喂养。

新　　娘：疾病的喂养？在这个黝黑的洞窟中，让疾病使我们健康起来。

王道士：疾病是一种神圣的营养。

新　　娘：咚……咚……咚，它正在向我们走来，我听见了它的脚步和呼吸声。在这个秘密而又黑暗的洞窟，它的脚步仿佛一种细沙的流淌。这多像是100年前的那个令人悸动的早上。

王道士：它真的来了，我感到了寒冷和沮丧。

新　　娘：不，不，不。我现在分明听见的是你的心跳，你急遽的心跳。

王道士：我的心跳？

新　　娘：这个洞窟中弥漫的是你的心跳，你不要不承认。

王道士：可是我热烈汹涌的心跳，在这100年里都已经丧失殆尽了，我怎么可能还有这样无畏流淌的心跳？我飞行在这个无聊漫长的世纪，一路上我的心跳流失而去，像你在我的梦里，空无一物。

新　　娘：我是你的一个短暂的梦。

王道士：是的，流沙之梦与飞天之梦。

新　　娘：流沙？

**王道士：** 流沙。

## 第二场　莫高窟道士塔下。秋意无限。

**抄经人：** 昨夜的那一场舞会，难道就是他们所说的"敦煌国际学术讨论会"？真是让人笑掉大牙。在秋天的小学校的灯光球场上，群魔乱舞，我看不透其中的机巧。你们呢？

**画　工：** 你在洞窟里待的时间太久了，不知道外面的世界有多精彩。

**木　工：** 我敢打赌，这场舞会必将载入敦煌研究的史册中，你还记得么，舞会当中有几次停电。月光朗照下，有几人在鬼祟不堪，有人在抱住伴舞的闺女倾诉，有人遛回了房间打炮。

**抄经人：** 群魔乱舞。月光下群魔乱舞。

**土　匪：** 不是我怀才不遇，而是我自叹不如。我几十年的土匪生涯也比不过他们的这种历练，幸亏我早就金盆洗手了，否则，我也会身首异处，不得善终的，我还搞什么哲学研究呀，我宣布放弃吧，我再也不自欺欺人了。

**抄经人：** 你这是放下屠刀，立地成佛。

**木　工：** 真不当哲学家了？

**土　匪：** 我的心真的好痛。我的心太软，太软，把所有问题都自己扛，我无怨无悔地爱着这门手艺，不是我的就不必勉强，算了吧，该放就放。我宣布自己退出。

**画　工：** 不行，咱老百姓不会答应的。

**木　工：** 你的退出该是中国学术界多大的损失呀。不就是昨天晚上几个所谓的知识分子打着学术的名义在那儿跳舞泡妞吗？这也犯得着你受这么大的委屈和刺激？你就那么狠心，留下一大堆嗷嗷待哺的、像迷途羔羊般的百姓撒手不管？你这是犯罪。

**抄经人**：你要跟他们玩不转，你就当民间的，别跟他们内讧，自己扯起一面旗帜，占山为王，啸聚一方。

**土　匪**：你让我远离"话语中心"？你以为敦煌这地儿天高皇帝远，你就可以嚣张？你真是一个傻帽。你不知道他们有多黑，他们操纵着媒体和乱七八糟的杂志，掌握着话语权力。他们剪除异己，编纂各种各样的丛书和地下出版物，打压不同的声音。他们定期开笔会，拉帮结派，釜底抽薪，互相攻击。他们在报纸上公开叫板，抢夺座次，杀人不见血，一点儿也不比梁山的108将逊色。民间的又怎么样？他们是一个都不放过的。

**木　工**：总之，你不能放弃。在哲学领域中你虽然是一个外省人，但你是敦煌王，诸侯一个，封疆大吏。你不要自暴自弃，跟他们铆上劲儿干。

**画　工**：你要缺席，那就是一个无法弥补的损失，多少双眼睛在盯着你。你是茫茫大海中一盏指路明灯，你是浩瀚戈壁大漠上的一眼清泉，你要深入社会的底层，访寒问苦，挖掘宗教的血脉，然后推出一部皇皇大著，毕其功于一役，你要愤世嫉俗，抨击风尚，和他们划清界限，当一个独行侠。

**土　匪**：你这是让我潜入民间？

**抄经人**：这是个策略，潜入民间，准备将来要夺取话语权力。

**土　匪**：忒累。

**木　　工**：瞧这老丫儿的，念错台词了，你应该说，"对！凡是他们拥护的，我们就要反对；凡是他们反对的，我们一定要拥护。"

**画　　工**：也难怪，昨天晚上打了一宿的牌，今儿犯困。

**抄经人**：干吗呢？玩"拖拉机"，还是扬"沙子"？

**画　　工**：扬"沙子"哪。

**土　　匪**：我本来拿了一把"A沙"，心里有把握，就拼命地押，押到300的时候，他还跟我较劲儿，我就用120块撬开，你猜猜这家伙拿什么？

**木　　工**：幸亏我扔得早，不然就被套大了。

**抄经人**：他拿"清拖"？

**画　　工**：说了你也不信，我那手牌，到哪儿打都是天下第一，整整三条"A"。炸弹。

**土　　匪**：待会儿戏演完了，你小子要请客。昨天晚上你的进项最多，赢了有一千吧，少说也有八百，哥几个想吃什么？我请客，他掏钱。

**抄经人**：手抓？

**木　　工**：别，天天吃手抓，腻歪。我建议还是吃一顿野味吧。我听说城里的那个香酥堂昨天在祁连山的南坡打了一只雪豹。别说，有几十年了人都没能看见过，况且吃呐。

**土　　匪**：就这么敲定了。

**画　　工**：咦，谁在那儿哭呢？

**土　　匪**：你小子别使障眼法，轮到你请客，你总是这样，别打岔。

**画　　工**：真的，有人在那儿大声号啕。你听——

（舞台一侧，王道士扶住道士塔痛哭不已。）

**抄经人**：王阿菩，你为何如此伤心，让我们也落下泪来。

**王道士**：呜——，你问的是活着的我，还是死了的我？你要是问死掉的我，就直接向这个塔开口，你要是问活着的我，你看着我的眼睛吧。

**抄经人**：你的眼睛？

**王道士**：你看看我的眼睛像什么？

**抄经人**：死羊眼。

**王道士**：我死了，一个活人居然看见了自己的肉身塔，这是多么荒诞可笑的事情呀。在宕泉河畔，在三危山下，你看吧，日光把这个塔的影子拉得那么长，好像我在里面坐着，肉身不朽。一个活人的生祭，让我赶上了。唉，我究竟是谁的一道牺牲？

**抄经人**：你是藏经洞的头一道牺牲。

**王道士**：是的，在你们的心里，我王圆箓已经死了有几十年了，在这个砖土的塔里，埋葬的是那个来自湖北麻城的小人物，他在100年前的晦暗岁月里风尘仆仆地游荡，历经魔劫，居无定所。本来，他应该死无葬身之地的，他一无子嗣，二无钱财，三无缚鸡之力，一粒芥末小命，浮沉于世事。孰料，他披发修行，竟然获得了死后的荣耀，在道士塔上终结一生。

**土　匪**：你的死亡令人艳羡不已。

**画　工**：的确，现在每年的春天到秋天，千里迢迢来自世界各地的游客有50多万人，他们在你的塔下膜拜、摄影、画画，留下一幅幅难忘的纪念。你是这里的一个有效的组成部分，像一草一木、一砖一石那样，虽然你在几十年以前就死了，你身后并不寂寞，声誉日隆，这是无人能企及的。现在，你的哭声是从哪里发出的，我有些失聪。

木　工：是从塔中，还是从你的嘴里？

王道士：我说过什么了？我究竟是在塔中，还是在宕泉河畔上？

土　匪：尊敬的王阿菩，你的嘴一直就没有开启，可你的声音清晰地传到了我们的耳朵里。是塔在作怪，或者，现在的你是一缕游荡的魂灵？

王道士：我只知道我的灵魂在敦煌的天空中飞。

画　工：死是什么？

王道士：敦煌的一粒自然的流沙。

木　工：活着又是什么？

王道士：活着也是敦煌的一粒，自然的流沙。

土　匪：你看看这个倾圮的砖塔，被风雨冲刷，被阳光和鹰所践踏。几十年的吹拂使上面的泥和草皮日见剥落。在那些洞开的砖缝里，一种渐渐锈蚀的绿迹仿佛游走不定的命运的颜色。在那里，我真的看见了时间本身，它把一种纪念变成了簌簌而下的灰尘。

木　工：敦煌的百姓常常会看见，有一种灰色的鸟在这个塔里坐窝。春天的时候，它们从遥远的南方飞来。在莫高窟和祁连山两麓，在浩瀚的大戈壁上觅食，繁衍生息；秋风到来，它们带着幼小的孩子一路跋涉，飞越积雪的大地青藏高原到达热带地区。敦煌的百姓管这种鸟叫"道士鸟"。

王道士：因为我？

画　工：一种和砖塔的颜色一样的灰色鸟，在敦煌的天空上飞行时，它发出一种"道士、道士"的叫声。那种鸣叫凄厉、广阔，让人一悚一悚的。

**王道士**：我的魂灵在叫。

**土　匪**：道士鸟就是从塔的缝隙里钻出来的，也许，它鸣叫的那些内容就是你秘密地授予的，你没有死，至少，我还相信你活着。

**王道士**：我看见了那些凄厉的鸣叫。

**画　工**：（仰头）天空干干净净的，没有一只鸟的影子。

**王道士**：我从这块青色的墓碑上看见了道士鸟的鸣叫，你们瞧，我的墓碑上撒满了星星点点的雀屎，像是对我的一种不屑。

**土　匪**：道士碑。

**王道士**：残存的一块青色的墓碑，这些模糊的文字是我一生的了结，可我现在看不清楚，上面的文字是什么？100年倏忽而过，我如今活在敦煌的禽鸟中，活在一堆冰冷的黄土里。可我不知道在文字中，我是怎样的暧昧？我的历史痕迹于敦煌的时空中，有怎样的鬼祟？

**抄经人**：王阿菩，这块墓碑碑文是你亡故之后，你的弟子们稽首撰述，由我亲自书写的。在几十年前的那个下午，在莫高窟风止沙静的时刻，我忐忑不安地追溯着你的事迹，至今感佩尤深。

**王道士**：我的眼睛已经模糊不堪，你愿意为我朗诵吗？

**抄经人**：这是我的一份荣幸。我愿意将我在那个下午书写的碑文朗诵于你。

（朗诵）夫吾师姓王氏，名圆箓，湖北麻城县人也。风骨飘然，尝有出世之想。嗣以麻城连年荒旱，逃之四方，历尽魔劫，灰心名利。至酒泉，以盛道道行高洁，稽首受戒，孜孜修炼。迨后，云游敦煌，纵览名胜，登三危之名山，见千佛之古洞，乃恍然曰："西方极乐世界，其在斯乎。"于中建修太清官，以为栖鹤伏龙之所；又复苦口劝募，急力经营，以流水疏通三层洞沙。沙出，壁裂一孔，仿佛有光；破壁，则有小洞豁然开朗，内藏唐经万卷，古物多名。见者惊为奇观，闻者传为神物。此光绪廿五年五月廿五日事也。呜呼，以石室之秘录，千百年而出现，宜乎价值连城，名驰中外也。观其改建三层楼，古汉桥，以及补葺大小佛洞，积卅余年之功果，费廿多万之募资，佛像于焉庄严，洞宇于焉灿烂；神灵有感，人民受福矣。唯五层佛楼规模粗具，尚未观厥成功……今者羽纶虽渺，道范常存。树木垦田，成绩卓著；道家之香火可续，门徒之修持有资：实足以垂不朽而登道岸矣……

**王道士**：这分明是一堆溢美之词，让我很是脸红呀。

**土　匪**：王阿菩足以担当"不朽"之盛名，也垂范于后人，何必自谦？

**王道士**：可是，……这难道就是对我的盖棺论定？

**抄经人**：尊敬的王阿菩，这匆匆闪逝的100年间，有关你的传记、传说和生平考证的著述如汗牛充栋，你在那个王朝的末尾留下的仓皇的背影，已经成为人们纷纷觊觎的美事。你还有什么不满足吗？

**画　工**：给历史留下混乱和猜测，搅浑这一池的污水。

**木　工**：他们随心所欲地篡改你的生平，他们对你充满了仇视与挖苦，你逐渐地变成了一个模糊的传奇，一首无辞的谣曲，让人们哼唱不休。一个人要达到这样的境界是天赐的荣誉，你不要不安。

**王道士**：我究竟是谁？

**土　匪**：你发现了伟大的莫高窟藏经洞，你让国家的一批又一批的知识分子痛心不已，给他们留下了遗憾与惶恐，让他们世世代代感觉到屈辱和悔恨。你是他们心中永远的痛。

**王道士**：罪莫大焉。可这一切到底是为什么？难道就我一人独享有这份光辉，难道再没有人像我一般拥有发现者的美誉？

**抄经人**：其实，在莫高窟还有很多的藏经洞，但是比起你，尊敬的王阿菩的发现而言，那些都不过是一种偶然。

**王道士**：愿闻其详？

**土　匪**：在你之后，有很多的藏经洞被发现。比如，在1944年，常书鸿先生在莫高窟中寺后园的土地庙塑像中，发现了六朝的汉文写本，纸质细薄、书法精良。有几位先生认为是你在补塑神像时用藏经洞中出土的写本顺手放入的。不知你是否有此举动？

**王道士**：时间让我破碎不堪，我已经记不清楚了。

**画　工**：还有，1959年，有人在宕泉河的东岸喇嘛塔中发现了用西夏文字书写的《观音经》和《金刚经》等三部文书。1965年，在莫高窟第122窟的堆积层中发掘出《天宝七载过所》《领物残账》等汉文写本文书。

**木　工**：我想起来了，还有1988和1989年间的那三次清理发掘中，获得了许多汉字、藏文、西夏文、回鹘文、蒙古文的写经残页和西夏文字字典残页多种，还有银币、铜币、铁币和丝麻织物、彩绘木俑、调色盘等文物，现在，那些挖掘的工作还在进行。

**王道士**：看来，我是一个始作俑者。始作俑者，其无后乎？

**抄经人**：阿菩为何如此感慨？

**王道士**：在我之后，英雄豪杰如过江之鲫，层出不穷。他们的发掘和我的过去有什么不同，独独我一人享受骂名和不公。历数风流俊杰，前有于右任氏，后有张大千氏和常书鸿，为何我一人是孤魂野鬼？

**土　匪**：你看这道士塔的影子横亘在宕泉河边，你不曾离开半步。

**王道士**：影子犹在，斯人已去。这些年，我在海外漂泊，常常忆及于右任先生的那首诗。是我从不曾离开敦煌，还是敦煌的记忆里将我湮没？在这个即将坍塌的塔下，我摸不到自己的心跳，它失落在哪一片荒芜的角落？哦，我记得那首诗——

**抄经人**：你刻骨铭心的朗诵将使我受益匪浅。

**王道士**：（朗诵）

葬我于高山之上兮，
望我敦煌；
敦煌不可见兮，
只有痛哭。


葬我于高山之上兮，
望我故乡；
故乡不可见兮，

永不能忘。

天苍苍，
野茫茫；
山之上，
有国殇。

画　工：我拙劣的画笔不能表达其意蕴于万一，我临摹的那些百米长卷将从此失去意义。在历史的蚁堆上，我将是无名与被忽略的一人。

木　工：我构建的雕梁比我本身长存，我不过是黄土一抔。

王道士：始作俑者，其无后乎。我的舌头已经尝到了死亡那种寒冷和苦涩的味道。虽然这个秋天的太阳笼罩敦煌，我看见我和这个砖塔所投射的影子正在合二为一，我回到了归宿地，我将长眠。

抄经人：你要抛弃我们诸人不成？

王道士：我这个矛盾的灵魂要土崩瓦解，我的眼中已经出现了幻觉。猜猜，我现在看见了什么？我聆听着，那是丝绸古道上悠扬的驼铃，伴随着千百年来风尘烟波中的释子、商旅、刀客、朝觐者和失败者。也许，我现在看见了成吉思汗和他的夕阳下滚滚消失的大军。我看见了一只鹰，在浩瀚的天空滑过，在积雪的大地上飞行……

抄经人：阿菩，你的影子……

王道士：我要回归到我的死亡之地，我将和这个包含了太多秘密的砖塔合二为一。让我和所有的细节与时刻化成齑粉，随风而逝。

画　工：阿菩，你的影子……

抄经人：你的影子。

木　工：塔的影子在逐渐消失。

（王道士从舞台上消失。偌大的背景中，只有风在呼啸，流沙升起。）

## 第三场　夜晚。三危山下。篝火正旺。

（众人围坐，正在翻烤一只黄羊）

斯坦因：肆虐的风沙吹尽，这夜晚湛蓝的天空上，一弯星月高挂。敦煌睡入了，莫高窟也睡入了，大地平安，一如往昔。

华尔纳：爵士兴致勃发，脱口而出像一首优美的诗篇。

斯坦因：可是在这里，在敦煌，所有的抒情都是浪费；所有的赞美都是一种不着边际的谎言。只有敦煌是真实的。包括我们，都不过是匆匆而过的幻影，想到这些，我就十分珍惜在敦煌的这个夜晚。

伯希和：这个夜晚和100年前的夜晚没有什么区别。

橘瑞超：唔，烤黄羊的味道在四处吹拂，好香啊。

斯文·赫定：要是再有中亚特有的那种调料孜然，就更加美不胜收了，我这里有一瓶100年前的土质青稞酒，我愿意奉献出来，让这个篝火晚会增加一些乐趣。

华尔纳：土质的青稞酒？

伯希和：世界上最烈性的酒，一根火柴就可以点燃。

斯文·赫定：是的，这瓶酒的泥封我从来没有动过。它跟着我已经走了100年了,在路上的行程也有30万公里了。可我从来就没有打开它的念头。我等待这一天足足有几十年了,知道这瓶酒是谁送我的吗?

**斯坦因**:是土著的部落酋长?

**橘瑞超**:是喇嘛教的一位高僧大德?

**斯文·赫定**:都不对。说来就话长了,还得从1933年我从美国返回北平说起。当时,我受中国政府的委托,组建西北公路探险队,勘察通往新疆塔城、伊犁、喀什的公路路线,在这个全程16000公里的旅程中,我于1935年的新年,到达了甘州附近。1月1日的凌晨,我和几个伙伴在帐篷里祝贺新年,并把炉子升得旺旺的,一顿美餐过后,就忘记了疲劳……

**橘瑞超**:那是你的第四次中亚探险?

**伯希和**:你在那次的探险中,写出了著名的《丝绸之路》《游移的湖》和《马仲英逃亡记》。而前两种,现在是美国各个大学里修中亚史的必读教材,我为那些美妙的文字深深陶醉。

**斯坦因**:您是一位令人敬佩的学者。

**斯文·赫定**:在牛的眼睛里,一束最美的鲜花也不过是草料而已,这是我们之间的区别。接着说说那个早上,当我们从帐篷里出来,看见四周的山野都落满了大雪,盈尺厚的雪,在1935年的那个早上,无声无息地降临在亚洲的西北腹地深处,像一场圣经中所描绘的奇迹。离帐篷不远,有几只羚羊在吃雪下的草。我的伙伴埃费拿着枪,射击后,看见一只幼小的羚羊倒地,受伤的腿在不停地抽搐。埃费提刀上前,准备减少它的痛苦,给它一刀……

**橘瑞超**:雪地上烤羚羊,是一种绝美的风致啊。

**伯希和：**故事将以另外一种形式展开。

**斯文·赫定：**就在这当口，一个满身是血的牧民出现了。他恳求我们将那只受伤的羚羊送给他，让他去养好它的伤。他的眼睛里含着乞求与不安，几乎要哭出来似的。他用了一种很奇怪的方言，我们根本听不懂，可明白他手势的意思。最后，他几乎哀求地从怀里掏出一瓶泥封的青稞酒，放在地上，抱起那只受伤的小羚羊离开。当时，我就那样僵立着，目送他的一串脚印消失在洁白的雪地上，我的心一软……

**华尔纳：**像一部好莱坞的言情片。

**橘瑞超：**我得承认，我被打动了。在这个敦煌的夜晚，我仿佛能听到那只羔羊沉默的叫声。这是这瓶酒蕴涵的消息。

**斯文·赫定：**时至今日，我仍然记得那个牧民的一双眼睛，和那只幼小的羚羊凄楚的目光。在今天晚上，繁星密布的敦煌的夜空上面，他们一定在瞩目着我。几十年的时光，全部都在这瓶酒里。

**斯坦因：**咱们为过去那些探险活动，为我们征服世界的年轻时代干杯？

**华尔纳：**看天边——

（众人仰望夜空，一颗星宿划过。）

**橘瑞超：**是天狼星。天狼星突然在山际上闪过，在大地上空放射出异样的光彩。

**斯文·赫定：**一切都像 100 年前，我初次抵达这个伟大的大陆时的情景。时光杳然，然而山川如故，只有自然是永恒的。

**伯希和：**东方的星宿下，站着三圣人。

华尔纳：亚洲，这个埋着青铜和奇迹的地方，让我的腰一直深深地向她弯曲。我们的青年时代就是留在这里的。秋天过去，春天就会来到。那时，青铜枝下，新一代的马匹和羊群照样诞生。

斯坦因：（击掌）我提议，尊敬的先生们，让我们将伤感和赞美暂时储存起来。在微风荡漾的三危山下，一只金黄脆嫩的烤全羊业已烹制完毕，一瓶富于品质和善良的土质青稞酒泥封陨落，让我们开怀畅饮，大醉一场。

橘瑞超：醉卧敦煌？

华尔纳：大梦敦煌？

斯坦因：梦回敦煌？

斯文·赫定：有一首民歌这样唱道——

（唱）"活着么，是捎来了一匹布，

死了么，是拖走了一个梦……"

华尔纳：（唱）"你想看看那个把鹰放在怀里取暖的民族吗？"

橘瑞超：（唱）"你想知道在民歌中，他的骨头是金子的吗？"

斯坦因：（唱）"在阴囊似的眼睛里，你溅出的血必将发出人的喧哗声。"

斯文·赫定：（唱）"上帝用一个梦想之词使你开花、受孕、流布，成为敦煌。"

伯希和：（唱）"燃烧的鸟巢中，一个剽窃者错误地使用了案卷的副本。"

橘瑞超：（唱）"在那个粉红色的拇指上，镌刻着伟大的世界之王——成吉思汗的那次美好的婚礼。"

华尔纳：（唱）"那一次，你在河边清洗着你的梦；因为你的梦散发出恶臭。"

斯坦因：（唱）"现在，喜悦像疾病一样主宰了你的全身。"

华尔纳：（唱）"你在不懈地耕耘自己的土地和别人的女人。"

伯希和：（唱）"他的嘴唇上常挂着蛛网般的昨天的微笑。"

橘瑞超：（唱）"一个捕梦的高手，在一枚古戒指上囚禁了三四年的时光。"

斯文·赫定：（唱）"每一次的旅行犹如一部巨著，在过去的字母和未来的字母之间所有的梦都已经被梦过了。"

橘瑞超：（唱）"一个子虚乌有的女人，只和一些濒临死亡的男人睡觉。"

斯坦因：（唱）"一枚三角形的钥匙记叙了那个人。他终身食梦，以梦为马。"

伯希和：（唱）"那一年我在北平，一个小脚的妓女迎向我的爱情。"

华尔纳：（唱）"一只倒飞的啄木鸟，突然之间放弃了自己的王位。"

斯坦因：（唱）"我知道那个男女交欢的洞窟……"

斯文·赫定：你说的是465窟？

斯坦因：是的。100年前的那个下午，我用一块马蹄银换回了王道士手中一尺高的经卷和绢画。我记得我藏在黑色的长袍下，匆匆赶往我的帐篷。在路过那个洞窟的时候，那秘密的一瞥让我怀恨终身。

**橘瑞超**：是欢喜洞？

**伯希和**：我也对那个洞窟有过难忘的一瞥。我记得那个窟内壁画多为男女赤裸双体，正在交欢一般。他们燃烧的肉体似乎就要毁灭，他们快乐的呻吟充斥着整个窟内，我敢打赌，一个人如果看过一眼，就再也不会忘记。

**华尔纳**：在我第一次来到敦煌莫高窟的时候，我获得了王阿菩的允许，进入了那个洞窟。我得坦率地承认，我差一点儿就将上面的壁画铲下来。我还试图了几次，但最终还是放弃了。

**斯坦因**：是你良心发现，还是另有原因？

**华尔纳**：不，我在那个洞窟中发现了一种世俗的欢乐。在连绵不绝的敦煌壁画中，唯有这一幅带有人间世俗的那种气息。现在想起，犹使我怦然心动。他们的交媾、拥吻和柔情蜜意那么忘我，生命的活力与跳动让人怀念古希腊时那些在广场上裸体奔跑的青年男女……

**伯希和**：不，你错了。你的美丽的误读。请爵士给你讲解吧。

**斯坦因**：我不久前才看见的一篇文章，说465窟的壁画主体是藏传佛教噶举派主修的密宗，男体为上乐金刚亥母。供养人画像为僧人，身后有火焰，象征噶举派入门所修的拙火定。中有一人头戴黑帽，系噶举派黑帽系活佛的标志。考证发现，这个窟内各种痕迹表明，它与噶举大师噶玛巴希受封于蒙哥汗，被赐黑帽，在蒙古治下的地域广传佛教有关。

**斯文·赫定**：465窟一向为世俗所误解。在藏传佛教中，乐空双运虽为男女双身，但不是世俗意义上的男女交欢。它在教义、目的和方法上与儒家的性学观、道家的房中术、印度教的性力派截然不同。它是藏密的方便教法，是以染达净。

**华尔纳**：我相信我的直觉，这来自100年前我的青年时代。那时候我风华正茂，像一只不知疲倦的豹子，在亚洲的西北部游走……

**橘瑞超**：可我们现在都老了，好像秋天的木叶，萧萧而下。

**斯坦因**：时光颓然，我们的骨架簌簌松动。

**伯希和**：在这个湛蓝的夜空下，你们瞧，那如一面辽阔的墙城似的莫高窟沉默不语，风沙退去，一个个朝向东方的洞窟睁着不眠的眼睛。这个伟大的文化遗址，这个庞然大物般的废墟，承载了无限的秘密。

**斯文·赫定**：嗨，我忽然想起一个人来。

**华尔纳**：谁？

**斯文·赫定**：那个守窟人。

**伯希和**：守窟人？

**橘瑞超**：守望岁月的人，最后也会变成一尊雕像的。

**斯坦因**：也许，黎明的时候，我们可以让王道士带领去看看那个名叫常书鸿的先生。这个神秘的读书人，这个被称作"敦煌艺术的保护神"的人物。

**橘瑞超**：可是。喏，你们回头看看宕泉河岸边，看看三危山下的那一片坟场吧。那个读书人的墓地就安置在那儿。他活着，在莫高窟的每个洞窟里走来走去的，守护着那些古老的玩意儿，但他给自己已经安置了墓地，他准备永远地睡在这一片戈壁大滩上。

**斯坦因**：像月光下的一个更夫？

**伯希和**：寂寞的敲钟人？

**斯文·赫定**：古典英雄？

**橘瑞超**：这些夕阳般的人，仿佛敦煌千百年吹拂的细沙，奠基着莫高窟的建筑之梦、艺术之梦、遗址与废墟之梦。这些诚实的沙子，这些默默无闻的沙子，这些让人攥在手中就会无限流泪的沙子。

**华尔纳**：（朗诵）

　　悲痛是为了什么？在那遥远的北方

　　它是小麦、大麦、玉米和眼泪的仓库。

　　人们走向那圆石上的仓库门。

　　仓库里饲养着所有悲痛的鸟群。

　　我对自己说：

　　你愿意最终获得悲痛吗？进行吧

　　秋天时你要高高兴兴

　　要修苦行，对，要肃穆、宁静，或者

　　在悲痛的深谷里展开你的双翼。

**斯坦因**：瞧，三危山上一片红光。

**伯希和**：也许是黎明到来了，报晓的公鸡在敦煌的村庄里鸣叫。

**橘瑞超**：朝霞浸染，仿佛一卷带血的羊皮经书。

**华尔纳**：那是什么——

（远处的山冈上，一个古代装束的骑士在啸叫）

**华尔纳**：那个成卒。

**橘瑞超**：是传说中的那个敦煌的堂吉诃德。

**伯希和**：他在喊叫什么？

**橘瑞超**：他似乎在报丧。他啸叫的嗓音肯定在传布一个不幸的消息。这是报丧的仪式，沿着起伏的沙丘和风，到达敦煌的各个角落。

**斯坦因**：让我们为这样的不幸，干杯。

**众　人**：干杯。

大敦煌
DUNHUANG

卷七

大敦煌

（节选）

# 焰　火

　　焰火是一次高处的失败,是一场中断的青春。它使时间变得无足轻重。让天空闲置,充满荒凉和隐隐而生的泪水。高处,它的距离是一个人诞生、成长、美丽,甚至来不及允诺和奔跑。焰火的本质是由肉体到精神,恰好与爱情相反。它使宜于倾听的耳朵都纷纷关闭,让举念的双手都端坐下一闪即逝的神明。仅仅一瞬间,焰火飞升至风中的天梯,否定人类,带着极端的渴意和绝望。焰火的内部是寒冷,是千仞之下的流血如注,像一个夏天归入了企鹅的内心,静止、埋葬以至冰冷。焰火是火的一次化学反应,是火的形而上学,因而焰火是哲学的最基本命题。焰火是一次升华,是精神的高洁和肉体的灰烬,它验证了俗世的琐屑庸碌和可能的天堂。焰火的生是戛然而止;焰火的死是归于寂静。它的悬念和巨大的提问使倾身而去的人类仰望,指鹿为马或自以为是。但丁说:"我看见你如何栖宿在你自己的光里⋯⋯。"焰火的生命其实是一次飞行、吹鸣、迎头痛击。它使黑夜千疮百孔,成为神圣的打击和深入的追问,结果却为黑夜吸纳、吐露、再生。焰火和彗星的区别,在于彗星是一种宿命,它的形式大于内容,而且宿命的火仅仅是一种痕是一种痕迹，犹如阴谋和未遂的剧场，带着轨迹和秘密的意志。焰火之火脱身而出，迅暂炫目。它要求的只是一次追问，一场公然的牺牲，对于旷野和天空的索取与缅怀。某种意义上讲，焰火之火光亮的只是自身，它使个人大于集体，使后者陷于混沌和盲目，成为预言者和小先知。焰火是火之家族中的秘密组织（有时是邪教），歃血为盟，成为刺客和骑士，像一把断裂的刀子，锈迹缠身，镶刻着可能的歌谣。焰火是东方文化的极端形式，当一个文明的古国发明了火药而只用于炮仗和节日时，它代表了繁荣、欢乐和吉祥的不可捉摸。焰火之火广大而空虚，它占据了空间而又一无所获。它血管偾张，义无反顾地断裂，使时间停滞，使空间破碎不堪，使人类渺小和慌张。那么焰火这只筐子究竟在打捞着什么？风雨星辰？季节？还是呼吸？焰火之美是一出牺牲之美，它使白昼成为一场喜剧，又使黑夜成为悲剧。它易碎、高远、不堪一击，使钢铁之夜无所不在，由此焰火成为一种坚持的举意，比鹰闪烁，比日光艰难。篝火易于让人伤怀；柴火是基督的事迹；灯火代替着一种遥不可知的命运；秋日之火是欲念丛生，而唯有焰火之火是动摇、破灭而复归的凝视，由此大地粗糙地生成，日月运行。焰火之火同时穿行了地狱和天堂，使我们安于劳作、品质和赠予。那些离开攒动的人群深入旷野的人，是最后一批理想主义者，深怀尊严和美好的主题。高处的焰火之光其实只为他们照亮和引领。……哦，在焰火即将垂灭的刹那，我看见，一队整齐的天使，身着白衣，秘密地走来。

## 灯

灯使万物有了界定和意义,并从中退出,成为目击和见证。因此需要赋予灯以过去的尊严和古老的品质。但丁说:"……你却从睡眠中走来。"他的意思仅仅在于你使灯成为一种孤独的在场和指证,并同时穿行了地狱之黑和炼狱之烈。在灯的巨大坡度上行走,当它只是一种器皿时,它和秋风、枯叶、井水一致;而当它深入抵达,成为挑灯守望的主人,它和热情、青春、血液相等。所以并不是一盏具象的灯。——它驰越、高迈、脚步坚定,把数个世界和整整一个人类推至眼前。精神的微醉之火,一个词的遐想力,时间的重量及广袤空间,幼小的儿子的梦中发光,都是灯使然。当一盏灯诞生,万物因此呼吸、生长和憔悴,这个秘密的因果和链条源于一种神圣的目光,或者可以将其称之为上帝苦苦"挑选的器皿"。太阳是对人的一种深刻否定和游戏,在巨大的赞美同时,它昭示着真理的不可企及和变幻无定,当它离去,一个人类像尸体一般地倒下。灯是一个黑暗世界的传教士,它将人心收回,使洞窟、战乱、疾病和泪水渐渐聚拢,形成公社和集体。当你抬头凝望时,它是正义、良心、温暖和耳语的替身。灯,这个毛边发光的词丰满充盈,让你无端地想见圣母的幸福隐现的脸庞,和她即将说出的谶言。在灯的村庄里,古老的诗册和羊圈,以及我们艰难的生息,悠长沉醉。那些铁血的执火者是出于信仰,负灯逃亡;那灯下的沉思者其实是一种担当。在这二者之间,灯的意义才得以铺展开来。巴什拉说:"在同一村庄里,有两盏哲学家的灯,那就太多了,多出了一盏灯。"火,是灯的异端的权利,它往往和革命、献身或者过激的暴力相联系,陷入不可测知的沉沦与偏狭。灯却平衡着我们,它是一种优美的秩序和递赠,使我们始终慷慨于眼前的事物,而对辽阔的无知产生敬畏和追问的念头。灯是对火的一次抽象的追取,它博大深沉,囊括着万物和九死一生的睡眠与爱情。在旷野中奔跑呼唤的是灯之意象;在贩盐路上寻找的却是灯之肉身。当灯光打灭,黑暗还乡,萦绕着我们一贯的嗓子的恐惧、颤抖与徘徊将复辟重来。但是内心之灯呢? 依旧在我们四下摸索的手中一一传递,并放置于光明的高处,谕示我们。内心之灯永不垂灭,这是只有历经了光明之暗与黑暗之光的人说的,于是领袖和头羊出乎意料地产生。灯和孩子及天使相关,在宁静的背面是一路踏歌而行的关怀、呵护和抚摩。在秋日明朗的天空下,一朵云也是一盏灯光,带着神示和象征,让人无限起来。在这样一盏伟大的神灯面前,过去只属于现在,未来也是灯中的盐粒,哔剥作响。……在这一处斜入心灵的坡面上,谁和灯相遇,谁就是那亲爱的人。

## 黑　夜

黑夜之黑犹如无所不在的钢铁之船。黑夜之黑有若上帝的一次秘密的谈话,在那深处,就是可怕的众神的居室。所以巨大的帷幔,所以高挂的预言,起立、奔跑、终止以至实现。黑夜之黑:带来者、具有者和赠予者。在这只破绽百出的口袋里,囊括着一个人类的尊严和垃圾:诗卷、热爱、遗址、灯火、痛苦、惊骇、拯救以及突如其来的宗教。黑夜降临，就像我们脱口而出的那样，黑夜，即将降临。不是须弥山顶的黑夜；不是末法时代的到来；甚至不是末日的忏悔和惊喜，而只是一个普通的夜晚凭空落地。里尔克说："究竟谁度过了它？上帝。你度过了它吗——生命？"在这种怀腹的神秘主义的忧伤中，凭着内心的起誓和慷慨，我发现——黑夜之黑，在这个伟大的"几何存在"中，一个人类和数个世界的孤单、形影相吊和破碎。倘若星子密布，那也只是这种前定的挽歌的深邃奥义、内蕴和无可言表。可能的天堂在哪里，这黑夜的实体就在哪里。哺乳者的吮吸，以及流云和内心的舞蹈使钢铁之色富于人性，时间的链条锈迹横生，空间无从缘起，剩余之下的只是精神与肉体。黑夜，披沥而至的冥想与关怀，像一个最后的女儿，成为祭司和领唱。你热爱这生死未明的黑夜吗？有人如此质询。在我们芳香四溢的体内，留存着这样一个愿望，等待着秘密。黑夜之黑，使生为之艰辛窘迫；使死成为信使和骑士，稀薄、广大、无上，占据着头顶的神明。哦，即使在银子的月光下，伴随着黑夜的鼻息，迎送之间的生涯、爱戴、追逐和情义——翻身、站立，甚至丰收的大地、凋敝的城堡、肆虐的河流。它们是唯一的膜拜，填补着亘古的黑夜之黑，使之光明。这就是神性的第一日。在这神性之夜，唯有奇迹的火深入旷野，和内心的道路。在凝固成石的时光中，这是先知和使者的领域。这不是灭没的追索，在我的窗下，我聆听到了藏蒙之间的长跪和顶礼，回族依次频递的口唤和举念。因此，唯有这黄金的世代是第二日。经卷留下了，洪水退尽，这黑夜之黑仍然昭彰，像一匹九死而生的大马，带着旧日的歌谣。黑夜之黑，静处是凸现的故乡，而远方永远是四散寻找的人心和在路上摇动的木铎，激越清晰，腰斩了琐碎之下的哀痛和伤情。在广大的夜空中，黑夜之黑使一轮新月上升，它单薄透迤，像硕果独存的一卷医书。而巨大的山川上，寺院飞行，经幡落地，一个人类在灯火丛中安于睡眠。……仅仅到了黑铁的世代，或在第十日，早起者离开了村庄和黎明，正如海德格尔所说，"历史是民众进入了如水的天命，并开始其历史的捐献。"——黑夜之黑，当我度过这样一个神性之夜，让我说，一切才刚刚开始。

## 羊

一只羊是一种命运的寓言，而一群澎湃而至的羊则是国家的象征。在蔚蓝色的港湾里，羊群驰入了大海，号角吹鸣，灾难奔行无定。那运送金色羊毛的舰队折戟沉沙，缠绕了女巫的唱腔之音。在你们思想的中途面临了诗歌，独存下我遭遇了十万羊群。星光熄灭，青铜之木锈迹横生，一个季节在这个世上寂寞地老去。谁细察？谁翻卷？谁又举身投入？一本肮脏之书在人间奔跑，它喊叫："因为日期近了，……因为那日子已经近了！"我要向你道出一口隐蔽的泉源，在宰牲季节的微光里，鹰砸在大地的胸腔中。由是，我歌唱的不是一把刀子，而是血。牧羊人名叫"命运"，在乖僻弯曲的世代，他是收集者和光荣者。谁看见了他陡峭的面孔，是你吗？ 命运；谁聆听了他倾斜的朗诵，是你吗？ 爱情。——如今，在我的诗歌中呈现的不是水，也不是奶汁，甚至不会是蜜与酒。我奉献的是一摊新鲜的热血。宰牲的季节到了，忆起贫穷的日子竟然那么长久，使人慌张。也许预备的心情需要的只是忍耐。在那些过去的好时光里，月光垂照，十万羊群细如尘烟，端坐于静谧的山冈。我的诗歌是那样的衰微，仅仅用蝴蝶和花朵筑砌着颓圮的篱墙。罪恶并不昭彰，因为我们不知道罪恶的是谁？ 光辉没有基础，素朴又丧失了拯救，心灵的嚼铁在暗夜中吼叫。经上说："羔羊必牧养他们，领他们到生命水的泉源……，上帝也必擦去他们一切的眼泪。"宰牲的季节到了，在如此盛大的秋天，我家乡两岸的草原上，桑烟煨起，鼓角传唱。死亡的狂欢昼夜相连，纵马而来。"那日临近，忿怒的大日到了，势如烧着的火炉，谁又能站得住呢？"——在西宁的牺牲之夜，我目击从各个巷口汹涌而出的十万羊群，怀揣着祭品和光荣，昂首迈进了肉铺、锅台和锯齿的吊钩。命运的牧羊人端住双手，恒切的祷告在最发光的时刻开始。……道成肉身，因此我诉说的是一种义人的捐献与放歌。牺牲的意志就是正义、勇气、黄金和迎头痛击的姿势。《慕佐书简》云："只有从死这一方面（如果不是把死看作绝灭，而是想象为一个彻底的无与伦比的程度），那么，我相信，只有从死这一方面，才有可能透彻地判断爱。"如水的天命下，死亡咩叫着穿行了地狱和天堂、梦想与尘土、光明和败北。我想在血中完全真正的赞美吗？ 幸免于苦难是有罪的，同样，幸免于爱情的人也是有罪的。我的诗歌的羊皮书卷被你们视同语录，我所书写的字母要一一变成见证的指南。宰牲的季节到了，谁也脱不下我们行走的双脚。我和你、牧羊人，我们"这些人是从大患难中来的，曾用羔羊的血，把衣裳洗白净了"。哦，诗歌是大地的短暂者，我们幻觉的栖居须赋予热血给万象,精神予山川海拔。启示的门是由羊开启的,因为一只羊是一则贻羞的寓言,而十万羊群则是国家的象征。宰牲的幡叶垂落,举意的器皿在粗糙地锻炼,如水的天命让深秋的世界流布着一种闪烁的灯火。十万羊群与我和我雕刻而出的诗篇走过:群众。失败者。首领和头羊。酒杯。信仰和皈依。祖国。尊严和一切清贫的生活。美的诞生。自然和人的秉性不绝如缕。——宰牲的季节到了,唯有最神圣的灵魂,构成了众羊之门。

## 雪在烧

唯有在万物枯灭飞逝的季节,我们敞开的双手上才会有天使纷乱杂沓的脚印,像一队公开出演的合唱队员。雪在烧,与其说大雪在烧,不如说是血在烧。这是只有旷野般奇崛形象的冬季所昭示的唯一奇迹。《启示录》说:那骑在马上的,叫作"死",指的即是冬季。他枯寂、反复、疾病缠身,在历经了精神的夏日和秋风中滚落一地的肉体之爱后,形销骨铄,亦步亦趋。冬季:十二卷经书之后的驻足、叹息以及永远的旧地。一名战士,荷戟彷徨、刮骨疗毒、枕戈待旦。这漫长的冬季犹如一张飞卷的兽皮,横陈于天际。因此不妨说,这公然肆虐的北风和寒意追伐的日子,只是等待着一则秘密的消息、口唤和示意。他双目圆睁,在大地的流火尚未点燃,倾斜的星辰还未曾陨灭之际,他等待着第一阵使者的春风。……于此,奇迹发生了,漫天的雪花如钢铁之炉,轰然砸下。雪在烧。雪是神示的文字,留给大地解读。雪是天使的羽翅,在沉寂的心上镶刻了脚印。雪：银子的碎芒，月光的仓廪。当它一旦奔跑、呼喊和投入，一座颂歌的村庄即将显现。因此，雪是东方的意象和化身，它和酒杯、泪水、恋情以及伤怀息息相关。"晚来天欲雪，能饮一杯无？"其实灌注的是雪之尸身和消极的笑意。"风花雪月一场空，转头今日还是一场梦"，则是佛印之下的感悟、破灭和放任自流。因此需要赋予雪以冲击、牺牲和勇气的一切概念，使之燃烧，成为大火，端坐天空，光亮一个茫茫无际生息皆无的庞大冬季。所以在这个意义上，血与雪成为同质，具有性格、思想及一切可能的品质。雪在烧，它挂于高处，内部之火丛生漫流，使巨大的天空和黑夜成为舞台，哔剥作响。雪在烧，十万雪花蜂拥而入，投入炉口和刑场，像一批揭竿而起的群众。十万雪花，在内心的道路上，也犹若十万鲜血，踉跄奔跑，摩擦生热，熠熠闪光。如果闪电是一道深长的呼唤，那么大雪在烧则是一幅伟大的经幡，直接、深入、带着天庭的谕示深入人心。在此，血涂漫了雪花之血，使之成为热情、理想和生命的同一意味。那个浑身死寂的人，那个骑在马上的人，那个叫作"死"的人，如今在哪里呢？他跪伏旷野，如同整整一个人类，恭迎着这一场大火。他听到的是十万雪花的集体赞美、奔跑和气喘吁吁。他看到了大天空下，一道精神的狂飙怦然落下，热血纵横，青铜枝下，春风伊始。这一堆形而上的大雪之火由是成为冬天之门，它使大地宜于眺望，使山川成为造化。血在烧。血是一种整肃、提升、纯粹的水晶之物，洁净着我们自始至终的目光、心灵和关切。一个疯子突然闯入正午的市场，他急切地宣布：雪在烧，十万雪花抱成一堆，熊熊燃烧……。而众人耻笑。一场寒冷的冬季尚在途中，像生命中的任何时刻,它的突然驾到使我们措手不及……

## 盐

看见灯光了吗? 西北以远,在遥远的贩盐途中,如果我们看到了命运的灯光,就请歇下手脚,就地放弃吧。但丁在一个雨夜如此痛苦地质问自己:"你为什么单是,这么热心地望着那些灿烂的光芒? "哦,清贫的生活,那么悠长沉醉,我们怀腹的伤情中,偶尔分泌出咸腥的泪水。不是因为悔恨、劳碌和千疮百孔,而是盐的匮乏与心灵的丧失。十二个小先知在君临的日光中飞行,她们焚毁的秘密其实是如下的一行文字:"你们里头应当有盐,彼此和睦。"在柴达木之南,在茶卡或察尔汗的地火中,我愿意为你们背回一块盐根,并且说:"我是你们中间的盐……。"平庸而经济的日常生活一再地冲击着我们,使我们漫漶一地、流泻一空;我们所葆有的营养:高贵而自尊、正义与光明、牺牲与奉献的勇气及信心使血液蒸发、肉体真空。在这个宽大明亮的世界上,我们的生命始终也找不到那唯一的一滴卤水,来澄清我们的念想。看见了村庄的灯光,仿如看到了人群。在遥远的贩盐途中,我中止了行走,歇在一盏光明的油灯底下。没有人能承担一个世代的溃败,尤其在旷野深处。我歇在我命运的灯下,抖落了藏在羊毛丛中的盐粒。我的舌头就是殉道的开始,它已经窥破了来日的辙印和高处的叹息。盐,我说的不是咸腥的化学,我指的是诗歌的几何,一个人类进化的炭火和一副皈依的心情。——要用盐来止住内心的渴,要用行动的书写来扶助眼眶中待哺的慌张。因此,我要在灯火中撒下盐粒，助其燃烧，为我回答；我也要在伤口和鲜花的根部，埋葬下天鹅的新娘。我指的是原始的盐。固体的海水。静止不动的心跳。日光的晶体。洁白的风暴。肉体之歌。革命以及患难与共的爱情。传说的石头。谣唱之齿。夜半的歌咏。宗教的钟磬以及大地的粗糙生长。……谁的心中有盐，谁就不会是一片坍塌的废墟。顺着盐的道路，让我们一一回到地上，让我们充满光荣的劳绩，麇集屋顶。"看见灯光了吗？"衣锦夜行的使者穿州走府，遍体梨花，如此紧迫地询示着。看见灯光了吗？ 其实我双手端起的只是一捧盐之激情：根须飘拂，覆及山川和人民。豪克说：伟大的思想家、诗人和艺术家之所以喜欢险象丛生的氛围和置身于生机勃勃的激流之中，是因为他们本身就是富于力量的人。奇迹的盐将使人光辉，而信仰的盐又让人踏实和沉着。因为盐，他接着说：伟大的、悲剧性的经历唤起了精神，赋予他以衡量事物的不同凡响的尺度和对人世的独立评价。如奥古斯丁的《上帝之城》，如伟大的但丁。盐，自始至终平衡着我们，在水声和万物的流逝中，让我们进入了历史、死亡、性和无尽的诗篇。因此，霍尔特胡森说：未来的"内心世界"的诗人正着手将自己迄今东游西荡、飘忽不定的才华集中到一种独一无二的、特有的和权威性的音信上。某种意义上讲，故乡也是一种盐，心灵的浮萍需要家园的养育。看见灯光了吗？ 灯下的群众在唱："马车从天上下来，把我带回我的故乡……。"

## 布达拉之鹰

觉悟之神嘹亮地奔走。在充满手印和法号的天空下,建筑之翼将降临人间。一座世俗的城市将围绕宫殿展开,而荒凉的筑居从此拥有了可以仰望的海拔。"哦,布达拉!"——当我舌尖翻卷,像一行错误的印刷修改了这一句音节时,"立刻,在那绿色的珐琅上,那些伟大的精灵呈显在我眼前。"建筑之翼铺天盖地,在时间的涡流中,轮回的人群必然再次聚首。神已经被人驱赶,只有历史的旷野深处才有光芒的痕迹。"如今,我的诗篇要歌唱新的刑罚。"——作为使徒和邮吏的但丁,看到神,已经被人粗蛮地驱赶和暴殄。在最崎岖的天空中,只有鹰是树,羊群是热烈的粪火,给予了我们最秘密的思考与保存。一座山,在迢遥的河流上将自己打制成一只理想的灯笼,耸着肩,弓起脊梁,在墟烟和尘埃密布的人世上等待消息。"如同幼小的鹳鸟,突然有了一种飞行的欲望。"是毁弃? 还是背叛? 抑或是一份牺牲的隐遁? 布达拉之鹰,一只翅膀是雪,而另一只翅膀亦是血。它紧锁的桥梁频递,呵斥着我们赶紧。如同一首诗篇的结局,在谣唱和青春的道路上,我们不是收获者和收集者,心灵戛然中止,守灵的油盏在全身游移。还记得那个雨夜吗? 在精神的屋宇上,一只鼓的心脏在提问。在雨夜,穿行于青稞和桑烟的街道上,一个人生寒凉的现场,我和我双手的睡眠一齐到来。

孩子,暂时的火和永恒的火

你都已看到，现在到了另一个地方
我自己再也无法明辨

我拥戴那种翘首而盼的姿态。在切齿的目光中，未来的石头在今天的祝祈中灼亮燃烧。凭着什么样的福祉和披沥而下的关怀，哦，我还要怀恋这些砌筑于云朵之巅数以千计的房间。一个微弱的土地测量员的身影，穿行于几个朝代与活佛的人间，而被逐散的十万马群呼喊："我要以宝贵的鲜血，娶她为妻。"——铁汁流淌，残阳似血，劈山伐石，骨殖灭迹，一幕神示的大光明成全着最后的赞意。眺望：多么酸楚的内心姿势。布达拉之鹰，如今你栖居的人类之巢是如此衰败而凋敝，"那些美人和英雄，那些在我们心中引起了爱情和殷勤的艰辛与悠闲，如今人们的心在那里变得邪恶了。"宫殿的蜂巢，灵魂的隐蔽居室，在九百九十九间而外，我渴望这最后的一穴。谁代替了群众和集体？谁抛弃了信仰与执义？捐躯而出，化为路途与和平之境。布达拉之鹰，你努力的轨迹只有在我的眼中明亮如砥，鲜花怒放。那一眼光明，那一座为世人哂笑和诀别的石窟，仿佛旧日的作品。烟雾与尘索填满的嗓子，等待着油灯之下一只名叫新娘的羔羊，在暗夜里叫关。哦，如果我还要写下浩如烟海的卷帙与典籍，那么我会死去。谣唱说："在这个世界上我们仅仅相处了半天，离别时为什么不说声再见？"——布达拉之鹰，开窟造像的人会失却双手，不劳而获的人却坐拥酥油的城池。如今，我只得到安慰的麻痹和一捆诗篇中的荆棘，我身边的不朽之人却云："我看到全宇宙的四散的书页，完全被收集在那光明的深处。"

我答:"在最高的旷野
必定有一团最美的神迹。"

哦,祈求立刻飞翔。

## 诗　歌

　　一场书写中的寒冷突如其来的降临。一则生命的尺度是一毫米,还是八千公里？谁也无力回答。唯有诗歌秘密地运行,让我们得以自尊、光亮和宠辱不惊。一场书写中的寒冷,理所应当的降临。灵魂隐秘地开花,恳求的奇迹撤身而去,夕光中的乌鸦带着寓言和昭示的字母凭临天顶。哦,诗歌的良心如今奉献而出的不是热血、牺牲和重若青铜的举念,剩下的只有泥泞、凋敝和梦魇深处的痉挛之辞。牺牲者的花园,比如鲁迅的花园,在眼前晦暝难分的季节,成了精神的经幡和墓地。从来没有什么像诗歌这般的圣洁之器,让我们离神明之物如此接近:她引导!她提升!她洞彻以至照亮!她使光荣者成为光荣!她让泥沙俱下的奔跑、泪水、青春和朗诵化为不朽。海拔之诗,测度着我们。一个人类掘井自饮的行为将不再荒唐。一场书写中的寒冷必需降临。需要一场自天而降的狂飙之声,涤荡甚至瓦解我们肉体内外的肮脏、垃圾和蠢蠢欲动。牺牲的功课犹如眼前,捐献而出的只能是一种干净圣洁的情愫。技术主义的时代使战士蒙羞,而奔走相告的人群洞穿着良心、法则和执火的传递。暗夜如此高广,甚于煤炭的世纪。一个迎头痛击的孩子所以哀叹:"和所有以梦为马的诗人一样,我不得不和烈士与小丑走在一起。"诗或歌:金子的门环,在人类的旷野之上迎送岁月,目击朝代。此刻,一个信仰的姿势不再是聆听和弯曲,而是高声颂扬中的质询。一场书写中的寒冷义无反顾地降临。平庸的世代,歌声是多么徒劳,凸现而出的骨骼和逐散已逝的体温委顿如泥,恍若隔世。寒冷日复一日,肢解的机器工厂在四方嚎叫。在集体的错愕之中,诗歌的奇迹必须彰显。奇迹:坚持的血液;转折之下迎面而来的革命;法老的尸身和遍地的红旗,以及我们不辍的念诵和祝祈。因此,里尔克说:"离开奇迹是前景黯淡的,唯有通过奇迹而不是通过我们,艺术才成其为艺术……。"——如果剩下的是我!我要赞唱的不是女神,而是一捧隐忍的灰土。在天使的队列中,那个突然呼唤我名字的人,就是一桩奇迹的诞生。一场书写中的寒冷和黎明一齐驾临。命名的仪式尚未开始,一个平白无辜的婴儿将不再率真。诗歌的村庄刚刚搭建,语音混杂的劳作简单且令人呕吐。看看,在猪粪和泔水中端坐的一人,心灵的约伯和心潮澎湃的上帝热泪双流。黎明也是一场无辜,尤其当它展开了一卷鲜血般的红色羊皮书卷。我们知道,诗歌已字迹全无。一场书写中的寒冷无辜吗? 盛大的阴影自始至终笼罩着椎骨。如果诗歌是一种人类的立法,就请放弃。恰恰相反,在狼群和瘟疫肆虐的村庄,需要的是一次执法的出击,需要的是一场整肃、停顿和革命性的叹息。公牛毕加索看到:我们一发现我们的集体探索的失败,每个人就不得不去进行个人的探索。个人探索总是返回到当代的最初形式:即梵高的形式——一种实质上孤独的悲剧性的探索。这就是自我修炼的缘故。一场书写中的寒冷已经降临。在最后的营地,一批铁血的战士正强忍孤苦,刮骨疗毒……。

## 敦煌：我诗歌的首都

我听到了哺乳者的歌声，这歌声如风。——风吹新疆，风吹玉门城楼，风吹古老的祁连和胭脂山下的草原，风吹沙石和岩画上陡峭的祖先，风吹自然，风吹一座灯火中辉煌的首都……。在歌声中我仿佛目击了创造，感恩于人民，报答了时光。内心热烈的人，将把万有的一切和琐碎的生活归于创化之功。敦者，大也；煌者，盛大也。诗歌的泥水匠，在20世纪的滴落中，坐在炉灰和尘土中投桃报李。敦煌：我诗歌的首都。西望长安，在干旱和引颈翘望的爱戴中筑砌的码头。艾伦·塔特说："地区主义在空间上是有限的，但在时间上是无限的；地方主义在时间上是有限的，在空间上则是无限的。"在泥沙俱下的溃败中，我所企助的神迹仅仅是获取一种遍体鳞伤的搭救。诗歌的乌托邦，文字的废料场，一卷红色的羊皮书和我在人世间奔跑。哦，敦煌在上，犹如祖国在上，集传奇、谣唱、酒、历史和人民的生息于一体。企及的道路如此漫长，它断送了青春、埋葬下心跳和体温，使黎明折腰。为什么独我一人在"此"，洞悉着被显露与放逐的奥义？ 走入腹地的深处，像一匹骆驼穿过净水的针眼。——如今我打开一卷诗册，让荒凉者更加荒凉，让失败者更加失败，但我迎头痛击的书写并不会因此获得！我的敦煌，和我由此凿试而出的隐秘文字《大敦煌》。但丁说："你可以学会，说出你的渴望，人家好替你准备答案。"内心的坐标，凸现于万象之上。它歌哭；它鼓舞；它飞升或者引领，倾向于海拔的居住。在路上，隐隐约约地出现了鹰和村庄，异族的嘹亮风采和宗教的经幡近乎想象。是故，海德格尔才说："诗人只是在度量时，诗人才创造诗歌。他这样言说天空的景象，即他服从不可知的神顺应于其中作为陌生者的形象。"

大道昭彰，生命何需比喻。

让天空打开，狂飙落地
让一个人长成
在路上，挽起流放之下世界的光。
楼兰灭下　星辰燃烧　岁月吹鸣
而丝绸裹覆的一领骨殖
内心踉跄。
在路上，让一个人长成——
目击、感恩、引领和呼喊。
敦煌：万象之上的建筑和驭手。
当长途之中的灯光
布满潮汐和翅膀
当我们人生旅程的中途
在路上，让一个人长成——
怀揣祭品和光荣。
寺院堆积
　　　高原如墙
　　　　　大地粗糙

让丝绸打开、青春泛滥
让久唱的举念步步相随。
鲜血涌入,就在路上
让一个人长成
让归入的灰尘长久放射——
爱戴、书写、树立、退下
　　　　　　以至失败。


帛道。
骑马来到的人,是一位大神。

## 敦煌钞本

(发现于1998年11月26日,编号:KP0877,叶舟译注)

必是那晚来的月光,将人心照彻。既然如此,仍有那巨大的黑暗降临,你一开口,光明就要倾斜……

人心死灭的日子,河水煮沸,鹰骨惊骇,黑暗纷飞,甚至来吧——大地杳然,无迹。

作你最后的见证!那时刻,必有三只母羊和一把刀子惜别,在最后的见证中,甚至连鞘环都没有一丝响动。

只是因为那日是黑的,必有巨兽踞伏于尽头。

当时刺客发出了闪光的笑声
却有人口含盐粒,以为是一根走来的药草

你立命在自己的命上,这是你的全美。

……想起那个人,刹那,他便开放了。所以,最小的蔷薇其实也是一道训令。

必有一种赴死的举念
犹如火中的煤

让骆驼穿过针眼
让蛇成为手杖
让石块变成干馕
让母亲做一名儿童

……那个人名字叫格罗,是替你们书写生命册的。

要是有一口袋金币要买你的魂灵,让它拿去;要买你的眼睛,你也要应答;倘若要买你的肢体,那也是一件美事。
如果一口袋金币要买你的一根头发,你就拒绝。头发在生长。
因为大地和万物必需生生不绝。

口含金子的妇人，也必攥紧一把盐。因盐是她的生命，给人呼吸。

日光是你们中间的盐。

迫害与杀戮并无进步可言。

最深的沙漠绿了，最深的沙漠的绿——犹如命运错过的一次提示：短暂、刺目，让人心怀惊悸。

## 春日之书

茨维塔耶娃在致帕斯捷尔那克的问询中，曾义无反顾地写下"我是那抵达的第一封信……"。因此，我愿意在这样的时刻翻开春日之书，犹如抵运的心情在古老的庭院里散步、吹息、冥想和相互拥有。或者，我本身是一只门环，而为春日的晓风吹动，让我听取了木塔之上的风铃、拥吻和神示的文字。

让我的诗卷上空无一物。因为它是你的。

我首先看见的是那个女孩。在恍惚和暗夜的提升下，她多像是一根银色的哨笛，在我一泻而下的爱戴和追索里吹着、飞行、飘动而至消逝。虽然她已经远离，犹如秘密的出走和火焰的追取。春日之书，那第一页的叙述是这样的：苹果树下的拥抱，犹如一对裸体的神……滚落一地。她鼻梁高挺、美丽自负，让我无端地想见一座古希腊的喷泉、雕像和正午。她应该是这样的，而且愈加如此。她偶尔坐在我心灵的山冈上，长身玉立，手提马灯，光亮了我喑哑的书写和自以为是。世界都已退尽了，那些十八岁丧失青春、二十岁成为买办的人们在春天的负面索索而动。这使我喑哑和踉跄的奔跑有了尖锐和意义。我愿意这样触及一匹丝绸下的你。——你是我诗歌的女神、指南和三本破旧的药典，让我空怀大志，睡入神州。你是我的妹妹、亲人和远处包围的红旗。

女儿希腊，凭着真义和福祉，我将拥有一个可爱的女儿。她在春日的高潮中诞生，亚麻布下无邪的小兽。希腊，在三月的广场光腚跑过，像我手中初展的旗帜。而她的生命，又再次印证了我的无知、愚蠢和无病呻吟。时日漫长，万象敞亮，只有生命行行重行行。

春日之书上写着：美丽新世界。

接着我将再次目击了旧日的黄昏。那个黑白照片的年代，旧书中的武士，旧有，旧地，旧情难忘的回眸。我要在心里迎上前去，我说你是，我的。在春日的节奏和朗诵中，我要一一细察了翻卷的树木、轰响的泥泞、深入的爱情以及举意之下的私奔和牺牲。叶芝说："我们是最后的理想主义者，我们选择了传统的神圣和美好的主题。"并且，我将带着我自己，历经精神和肉体、穿州走府、奔走呼号。而事实上我吹动和催醒的只是一个旧日的自我，年轻，冲动，才华横溢。顺便我唤醒了春日下那一一沉静和长饮的事物：羊圈、马匹、爱人、隔日的尘索、黑夜之兽、你和另一个你。我喜爱你们全都起身，坐入蒸腾的日光下，双手劳作，慰藉心灵。

"伟大而神圣的爱，多么安宁。"（塞菲里斯语）

而我仍然退去，我蜷伏于鲜为人知的音乐和石窟中，凿试着自己粗糙的手艺。我在内心游历了北方和西北的绵远七星，长泪横流。在春日之下，我将再加进自己孤独的耳语和心跳。我看见一个赤子跪领了自然的恩宠和秘示，真义和信心只向赤子打开，而一座国度和人民不也是在巨大的山川上凭听和勤于劳作么。我要在熙熙攘攘的大街上，走进幸福的人群。

我像是一个对春天犯了错误的孩子，低着头，抄着手，从春日里走过。或者，可能我是唯一的目击者，拾取了久唱和遗漏之沙下热爱的心情。我吮吸了大气和乳汁，披沥而上，犹如窗外健康的树林。我笨拙而羞赧地说出，我是让一只鸟拖来整个于净温煦的天空。

而为日光念诵。门环开启，最后我看见你款款而至，轻推鲜花的小车，沧桑清冷，微笑频递。你是这反复之下的绿色信使，你是我萌动和成长的日子，春日女神。你灵息飞动，拍我如拍一块田野，犹如穿透神明的小风。就让我如此深切地吻了你。

在春日之书的封面上，我要醒来。

## 青铜枝下

青铜枝下，马匹诞生。

推远的大气和背景，以及屋领和书卷之下的心情，都归于爱戴和一番逐散的追寻。在一阵旧日书简的呵护中，我看见青铜枝下，马匹诞生。不再是第一次的春天，不再是明眸皓齿的初逢和拥吻之下的爱怜，甚至也不是你，旧有的女神和心头怒放的雷霆。让诉说再一次归入黯淡，让书写停止。当我心中明媚的霞光重又四溢，当我站在四月的明天，那理所当然的节日归于光荣和梦想的春天。

——请让我穿驰春分、雨水、惊蛰和清明,在这盛大的曙光下,解放大地的美,和我自己。

天空怒放,那依次涌入的星辰和大地的栅栏,不是作为美,而是一再止息的精神与灰土。在这宽大明亮的世界上,人来人往,珍存于旧日的吹鸣为谁而死?谁是那凭想中永远的地址?哦,我和整个初生的四月如此深切地爱戴的你,就要驶离。叶芝说:"我多想摸摸它,像个孩子一样,但知道我的手指只能摸摸冰冷的石头和水,……我们爱得太多的东西呵,我们的触觉却无法估量。"一支哨笛吹着,在久远的质询和谎言中,我和春天的迷离以及爱情,负火而亡的伤口和疼痛,都将秘密地抵运。

甚至那旧日的辗转。

甚至,那甘心的斧子都已神性地光华和运抵。

需要多少努力和慰藉,才能填补这剩余之下巨大的空虚?需要多少激情和泪水,我才能目击这春天的真迹。在我无端的歌声中,漫上山冈的那个女孩已将夜色堆积,而黎明的久唱和关怀,又从哪里开始?在一处遥远的庭院中,我细心谛听的你的吹嘘和花瓣的垂临,都为春风尽扫。如果你是春日和爱情之下破败的奴隶,如果你失去了一种清丽而行的诗句,不是生活和脊梁的弯曲与击打,你只是我心之一隅中幽暗的花园和败笔。

除了你,谁配引领这个春天。

哦,"我知道你的梦,你曾梦过,走了,这就够了。就算有太多的爱和恩情在你面前死去,曾使你感到困惑又怎样呢？""那时，所有的火光都已熄灭，而你在星光下细察那些灰烬"。——无力扶助的远逝，像一堆燃烧的红铜。从此，"从此"是一个什么样的挽词！我倾身而去的七卷诗篇，以及车轮之下的念唱都成为徒然。让你的谎言成为谎言，让人生短暂的过渡委弃这一枝喑哑的花瓣。事实上，我诉说的只是春天的一节音乐，随风翻开，你的微笑简单如寂寞的音标。而为心情所困的阳光，明亮刺眼。

青铜枝下，马匹诞生。

"我低声说：记忆，你碰到哪里都是痛的。"（塞菲里斯语）

咫尺的邂逅，在错误和偏漏中疏远的天涯的回眸，都已如此真切和坦然。但是，请求告诉我这个春天的真相，请示真相背后你依次躲闪的心情。哦，我芳香的身体，等待着你的内心，如此纯洁的秘密，让高洁而行的精神和勇气一再窒息。你曾经是我的谁？而我曾经又是你的谁？如果一切都将从此消逝，而我们又曾经是谁？

伟大而纯洁的爱，多么安宁。

春天，以及你钢花闪射的伤口，将我和我的生命带到如此之远。我热爱这宽大明亮的世界，我仰承于这水滴石穿的春天。四月的正午，那依次频递的叩门和内心的红云，犹如高挂在空中的风琴，拾取了少年的心跳和琐碎。你是我永远的最爱，春天；你是闪失之后皈依的地址和唯一的思念，女神。我所热爱的你，一直都在起点，像通常所述的那样，——凭着什么样神圣奇美的种子，来萌芽这份心情和世界？

但是无力挽留的春天必将逝去，我所追寻的世界并非你的想象。让天空干干净净；让一再的哨笛，拾取了阴霾之下蒙蔽的浮尘；让我内心的房间鲜花盛开，听取田野上劳作的歌声和朴素的爱情；让我睡入，并且永生记挂着心头的水面不再凭临的天鹅和妹妹。在一阵旧日书简中，我不再感到巨大的渴意，以及奔跑之中拥戴的这一份幸福的春天。

青铜枝下，马匹诞生。

旧有的风貌，荡然无存。而初生的绿意和马背上深埋的双膝，说的是我第一次仆倒的心情。让箱子和丝绸空着，让诗卷不着一字，让我深埋入你的爱情，醒了，看见并且远离。

——自从我突然开始，怀有一种蔑视的心情。在我内心的春天，青铜枝下，马匹诞生。

## 挽　别

美丽如你，让风尘刻画你的样子。

你是我春天直至秋季的一则漫长故事，四季的风景；你是我执信的民谣中三枝漆黑的玫瑰，遥远的火堆；你坐在水上，像一只含泪无语的白羊，秘密的信使；羊脂灯台下，我和夜晚反复梦见的筐篮，美丽的你。

美丽如你，这苹果树下的拥抱，仿佛一对裸体的神，滚落一地。

没有人知道，除了我。

你在半个中国走动，北方以北。——你是我秋风吹凉的草原；你是我头顶神明的灯笼；你坐在土冈上怅望七星之下的州府，刻满我的颅骨；深夜的投宿，这凄清的客栈像我膝下的三座羊圈，悄掩柴门。于是你梦见我，轻推一辆鲜花的马车，悄然抵达你的一个念头。

你是我的孩子、女儿、亲人和一卷诗稿；你是雨阵中一座坚持的桥梁；你是你，甚至不是别人；你埋在河砾中，为太阳托举，黝黑而发光。青春飞动，你不知道你秘密的驻足，带给了我初次的幸福。

美丽如你，让风尘刻画你的样子。

你是午夜里高挂天空的新娘；你是微醉后走在草海之东的一只马灯；你是我一生难以抵达的远方，光亮人世的灰尘和屋梁；你不变，漫游以至漫游到我再难以倾听和思念；你是我呼喊中的一片纯净的大气，稀少的壮丽霞蔚；你是我难以走开的井台，灌满日夜的泪水。

你这个美丽的哑子，深藏于一只黄昏的马头琴箱，破败而奔跑。你是我一再追索的秋日的神灵，高坐三匹牝马的心脏；你是我晨祷中一片举念的大音，击透千秋的恩情，甚至你也是埋在一双新鞋子中的爱人，健康而自足。

除了你，又会是谁——

是谁在这最后的门厅里坚忍默坐，高声朗诵？是谁抱住火堆，照亮自己秘密的行程；谁坚忍，而从不说出？谁给了我一生中唯一的一吻和散步？众人都已撤场和酣睡，世界退去，如今只剩下我们两个，在这迷蒙渡口的灯笼下交接；是谁给了我一生的热爱和分明爱憎的天性，使我义无反顾，美丽如你。

你只是我，让我也将你包容进来。你是我的半个身子、妹妹、敦煌、伤疤和羊群。你是众人离去后，仅有的优秀的嗓子；你是尊严和持久的默默无语；你走遍了整个中国的北方，因此你也是北方。一匹豹子，一阵念想和胸廓中无知的饮泣。如今，你和千里万里的马匹走在一起，我一眼认出了是你。

你只是我，美丽如我。

你是我日后的一支劲笔，一沓白纸；你是我难以回复的春天夜晚的悸动和心跳；你是我的爱，一生不再，一生难改。你是我，三只口袋里挺风而立的家园。

你只是我，一个普通的夜晚，望见你——

　　月光大地，一万只羔羊静坐山冈
　　美丽如你，今夜使我难忘

# 附 录

## 叶舟诗歌中的速度

颜 峻

本文试图讨论著名青年诗人叶舟的诗歌写作中一个至关重要的因素：速度，并以此尽可能地分析叶舟诗歌作品的价值。这意味着讨论其作品的语感问题、语言问题和精神立场，也意味着必须论及近年来诗歌界谈论较多的一个话题："写作的减速与加速。"

所谓"速度"，首先是指作品中语感的一个方面，它与"音乐性"有关。当我们接触到任一具体作品时，它就显现出来——当不同的修辞方法：象征的、隐喻的；不同的修饰倾向：细致的、简约的；不同的语言系统：口语的、书面的；不同的语义系统：抽象的、具象的……作用于不同的作品中时，我们就得到了华丽的、迷幻的、朴素的、危险的语感。以速度衡量，就可以说，这首诗是急促的，那首诗是舒缓的。但这还不是语言速度。语言的速度是指语言作为材料出现在文本中时，能指与所指的关系，也就是说，意义由能指到所指需要经过多少聚缩、辐射、转化和临时的约定。在具体作品中，它制造出不同的诗歌语言：个人化的、中性的、形而上的、市井的和知识分子化的。这时候，对读者而言，快速就意味着不纠缠于理性的分析研究或非理性漫无边际的联想。诗歌中超乎文本之上的精神价值用速度来衡量，就可以得到宽容智慧和激进献身这两种不同的精神境界，"速度"是形容某种生命形态而不是具体的运行。而"写作的减速与加速"则涉及写作行为，这实际上属于本体论和认识论的分歧，属于两种不同的写作立场而不是写作的策略，这是诗歌存在的两种不同的可能性。

叶舟在经历了口语诗写作阶段（1985—1989）、探索及过渡阶段（1989—1991）之后，写出了第一部长诗《兰州之诗》（1991），此后他完成了个人风格的确立。在所有作品中文本都体现出"明亮、犀利"的语言特色和"急促流畅"的语感。那么，究竟是什么使它们具有了快速的语感呢？我们可以从以下几个方面做出解释：

词　在叶舟的作品中，几乎所有的词汇都可以纳入汉语常用词汇的范畴中，而且几乎也都可以纳入传统意义上的"诗意的词汇"——像贺拉斯所说的，"习惯是语言的裁判，它给语言制定法律和标准"。而这种传统的界限在于"那么你可以创造一些……没有听过的字；这种自由，用得不过分，是可以允许的"。叶舟的词汇，的确是基本合乎汉语语言的"习惯"的，他依赖于大量的自然意象和文学用语：羊群、草原、河流、屋顶、车和马、大海、刀子、鹰、各种常见的植物……奔跑、时辰、情义、荡然无存、一生、致命……，这构成了他基本语调的文学化和纯粹性；在阅读过程中就不会出现意义的障碍和对"习惯"的突然偏离。这样，阅读节奏就得到了保证。

传递　更进一步说，这些词汇的分配是均衡的，它们在诗中的使命也是不分高下的，每一个词负责将意义传递到下一个词那里,而不是让它停留、发展、反复回应——当一个词反复出现的时候,它成了意义的枢纽、流程而不是发祥地——这样就产生了流动的意义传递,知性的品位失去作用,只剩下直觉的迅速通过。我们以《马头琴》一诗为例:

> 夜色深重,羊脂灯台上
> 我听见马头扑向琴颈——
> 青铜驭手自雨中而来,什么岁月
> 像门槛外诗歌的一段切切朗诵?
>
> 哦,这是秋天运送的一领丝绸
> 这是众草抬举的红宝石木箱
> 我听见马头抱住了琴颈——
> 其实是心脏熄灭于黑夜的爱情
>
> 琴身之畔的花朵
> 我在八月头一次碰见你
> 在美丽的人世上头一次遇见了你
>
> 雨中开放。青铜驭手
> 提住头颅和羊群一道而来
> 而我开口要唱的究竟从哪里开始……

我们发现,"夜色深重"并不就意味着这首诗与夜晚有关,"青铜驭手"也并不负担角色的职责,"爱情"一词更谈不上与经验世界的感情生活有关。这首诗需要在大致相等的距离上出现这些同质的事物,以便保持语感的完满:夜色→羊脂灯→……→秋天→丝绸→……→花朵→八月→……雨→青铜驭手→头颅→……。于是这样的诗歌适于朗诵、吟唱而不是低头苦吟,适于得到它的印象而忘掉它的词句。

**密度** 叶舟加大了名词的密度,加大了文学化的动词和副词的密度,降低了形容词的密度,于是描述性、叙事性、思辨性让位于充沛的语言激情,节奏必然地呈现出击打、迸射和快速推移的特性。如此,意义本身的密度得到稀释,例如《大敦煌·敦煌的屋宇·十四行诗抄》中"丰收人的女儿""十二月的新娘""雪花抱紧的婴儿""我的长大""忧郁""仇人的眼睛""守住伤口的花朵"……。它们共同承担、相互替代着意义,所"请求"的对象在以上的语言驿站间迅速转移,不作停留。——当这首诗行云流水地完成了对所有驿站的经过时,对象就最终显露出来了。基于这种不容喘息的密度,叶舟的诗要求着与之相称的速度。

歌特弗里特·贝恩这样说:"语言的效果大于信息和内容,它一方面是精神,另一方面却包含了自然中事物本质的和模棱两可的东西。"事实上,叶舟已经为我们展示了这种神奇的"效果",它达成了干净的、快捷的、有力的和印象强烈的语感。如果我们再向前走一步,就会发现,叶舟甚至摒弃了对语言的"信息和内容"的依赖,而是专注于这种语感。语感,不如说是语言所具有的原始力量。这里有必要提及叶舟诗歌的音乐性。从语音的搭配、节奏的变化到情绪的缓释/高潮、句式的巧妙变更,都体现着极强的音乐性,这无须多说。更本质的地方在于他对材料本身的信赖。音乐是所有艺术形式中唯一纯形式的艺术，任何真正的诗人都不会忽略诗歌的音乐性，但只有少数诗人会因为对音乐性的倾心而把语言视为类似音符的材料——纯粹形式的材料。叶舟诗歌中强烈的音乐性也正是来自他对语言材料的特殊认识，那么，语言——"社会交往的工具"，又是怎样摆脱了工具的功能而回到材料自身的呢？

叶舟在《大敦煌·歌墟》前言中陈述："抒情诗是对汉语词根本身的弱化、泛滥和糟蹋。而短制是对汉语词根的回复与触及。敞亮、无蔽，对元素的重新界定和命名……。"词根意味着语言的简化和原生态，元素意味着事物的本质或世界的基本构成，叶舟的语言恰如《歌墟》中所写："风随着意思吹"（《冬天》），恰如西北民歌中随意的比兴，脱口而出，无须佐证。"马厩里埋下的草籽/是身上的蹄铁//老鹰叼走的经幡/是怀里的包裹//心畔上跌倒的妹妹/是我一生的罪过。"（《拟民谣》）

叶舟需要的是"意思"，而不是意义，他试图建立个体生命与语言之间的直接联系，通过领悟、启示，也就是直觉，来获得语言的使用权。"对词根的重新返回"，实际上就是倾心于直接打开语言与存在之间的命名之门。"它呼唤现身？它呼唤物，召唤它们走来。走向何处？并非在已经现身之物中现身，它并非呼唤诗中命名的桌子到此处现身于你坐的位置中。在呼唤中被呼唤达到的位置是在隐去中庇护的现身。"

叶舟的语言公式是这样的：

$$个体生命 \xrightarrow{直觉} 语言 \xrightarrow{命名} 存在$$

他要求直接地触及语言的本质，进而直接地触及存在的本质，通过写作，使存在物从混沌的经验世界现身出来。

能指和所指的游离、开放，无休止的编码/解码游戏曾经为许多当代诗人津津乐道，而叶舟却在写作中保持了最古老的语义关系。这种语言不但不需要向历史、文化和神话负责，也没有必要成为"语言创新"的俘虏、为语义游戏充当工具，它只需要尽可能地保持存在本身的纯净。把这种做法推到极致，就是长诗《大敦煌》的第一部《歌墟》——二百余首短制——"刹那间的速度和加速度，直抵词根"。

至此，我们可以重新使用"速度"这个词了。

"速度"在本文的这一部分中，就意味着让词回归它的本质、原创性以及革命性的源头，使它散发原初、真实、生动和新鲜的光泽；就意味着对语法规则放弃依赖，对语义游戏、语言创新失去兴趣，对意识形态、个人情感大胆抽空，对诗歌的文化负荷予以谢绝。"速度"使叶舟的语言产生了直抵存在、启示生命的力量，"速度"就是语言诞生的速度和一经诞生就昭示、命名的速度。

也就是在这一点上，叶舟走上了与海子截然不同的道路，获得了真正独立的诗歌风格。——只有用"速度"这个词，才能更好地概括前文中对语言本质问题的阐述。

"当一个句子被称为没意思时，并不是可以说它的意思没意思，而是一种字词的组合被排除在语言之外，撤出语言的流通。"——叶舟诗歌中大量出现的事物：泪水、北方、黑夜、雪、刀子、经卷、女神、草原……，可以被相互置换，存在的神话变成了存在的庆典，一个抽象的高于文本的事物出现了——相互置换的前提正在于：把这所有的"没有意思"和"随着意思"加起来之后，可以得到一个写作的母题。如果没有它的支持，一切都只能是印象、感觉和自我重复的呓语。

这个母题就叫作：北方（"背负灯火，半个中国，我爱我的北方"——《大敦煌·抒情歌谣集》）。语言层面上失去的文化、信仰、道德感重又集中在这个词上，叶舟把"北方"视为信仰之地，开阔、纯净、光明正大、与牺牲和良知有关，也与迷醉和启示有关。这个词实际上也是"速度"的另一种表达。在叶舟的诗歌中，疾速燃烧的词语展示与他的青春特质有关；语义上纯净直接的显现代表着一种古老固执的道德倾向。另外，我们知道一种有着绝对化倾向的纯洁必然意味着付出代价——它会被真实所伤害，叶舟的语言的纯洁和信仰的纯洁统一起来，就带来了偏执而壮丽的"牺牲之美"，再加上了"举意""全美""念想""身子""经幡"这些混合了土风辞藻、宗教用语和非主流文化的材料，偏离主流的态度也体现出来，叶舟把精神取向和语言特色统一了起来。他的诗歌理想和个人理想也就是这样一种奋不顾身的速度、孤高天真的速度、为了一瞬正义而抛弃漫长人生的速度、刹那领受天命的速度。

用克罗齐的话来说，"直觉即是艺术"，叶舟的诗歌正是要以直觉的速度引领读者离开知识和经验，回到对终极意义的直接体认中去。叶舟反复触及的"北方"，作为一种母题和精神象征，可以被视为"速度"的落实点，因为速度感也就是他将生命存在与诗歌存在联结到一起的因素。

在一篇随笔中，叶舟这样解释了他常用的一个意象——灯，"……需要赋予灯以过去的尊严和古老的品质，……所以并不是一盏具象的灯……它是正义、良心、温暖和耳语的替身……。"他说，"不是具象的"。叶舟从未描写过任何具象的事物，他的语言像《浮士德》中没有躯体的荷蒙库路斯，光明而危险；他的理想化的、传统的、落后于市场经济和工业文明的精神取向同样也像这位精灵一样，有着纯真的美和纯真的绝对。荷蒙库路斯最后壮烈地击毁于地中海的山峰，叶舟的诗歌也同样具有纯洁、壮丽和难容于现实而产生的激烈、沉思，这二者最终导致精神的"速度感"。这"现实"应该是指他所处的时代生活、文化处境以及当代诗歌写作的主流趋势在他个人写作背景上的投影。

我们在讨论叶舟诗歌的"速度"（实际上是"快速"或"加速度"）时，已经解释了这是一种语感，更是指他语言"返回词根"的纯洁性，而在文本之上，这意味着叶舟的"危险"的美学和世界观。这是一种不完美主义的美学和固执甚至偏执的世界观，为了美就要舍弃现实，为了先验就要舍弃时代，为了信仰就要舍弃包容，为了纯洁就要舍弃肉体。作为作家张承志的同道人，叶舟将他的长诗《呼喊》题献给了前者。而在前者的思想体系中，正义、良知、暴力、孤傲混合在一起，形成了一种"宁为玉碎不为瓦全"的几乎不近人情的信仰，这不仅是文本主义的死对头，而且也与《旧约》的宽容精神格格不入。这种信仰到了叶舟的诗中，就成了"旧日圣地""一种骄傲的心情"。不仅现实生活中不存在如此的事物，就是在诗歌中如此纯洁的文本也难以独存。

那么，一种速度，一个北方——"两把匕首靠在一起"，命令叶舟放弃了多样性、现实感和中立态度（"零度""宽容"

"离场")。那种痛苦/感恩、加速度/极限等所带来的饱含冲突的纯洁，我们可以从《丝绸之路》一诗中得到印证——

　　大道昭彰，生命何需比喻。

　　让天空打开，狂飙落地。
　　让一个人长成
　　在路上，挽起流放之下世界的光。
　　楼兰灭下星辰燃烧岁月吹鸣
　　而丝绸裹覆的一领骨殖
　　内心踉跄。
　　在路上，让一个人长成——
　　目击、感恩、引领和呼喊。
　　敦煌：万象之上的建筑和驭手。
　　当长途之中的灯光
　　布满潮汐和翅膀
　　当我们人生旅程的中途
　　在路上，让一个人长成——
　　怀揣祭品和光荣。
　　寺院堆积
　　　　高原如墙
　　　　　　大地粗糙
　　让丝绸打开，青春泛滥
　　让久唱的举念步步相随。
　　鲜血涌入，就在路上

>　　让一个人长成
>　　让归入的灰尘长久放射——
>　　爱戴、书写、树立、退下
>　　　　　　　以至失败。
>
>　　帛道。
>　　骑马来到的人，是一位大神。

这种写作在时下汉语诗歌的主流中是找不到的，叶舟是抗衡于这个时代的诗人，他属于欧阳江河所说的"计划经济时代的诗人"，臧棣所说的"幸存者"和张颐武所说的"乌托邦诗人"。甚至他还更早些，属于"创世纪"的时代。智性诗人沃伦斯·史蒂文斯坚持"诗歌是学者的艺术"，但同时他又说"艺术所涉及的远远不止美感""起作用的是信仰而不是神""诗歌的目的是为人的幸福作贡献"。——从这个意义上讲，叶舟诗歌中的速度（精神取向）具有强烈的乌托邦色彩：献身、歌唱、天启和真善美。

近几年，"减速"渐渐成为当代中国诗歌界的重要话题。其含义"并非年龄问题，而是人生、命运、工作性质这类问题"。"青年时代我们面对的是'有或无'这个本体论的问题……但中年所面对的问题已换成了'多或少'、'轻或重'这样的表示量和程度的问题。"——这不仅意味着写作者对个性、个人感情、生命冲动的节制或背离，更重要的在于对终极真理的缓置、迂回或拆解，写作者主动从话语中心走向权力边缘，"减速"就意味着对写作神话的被迫放弃。这个词适用于怀疑论者、理性主义者和野心勃勃的学者，它的反面是相信并渴望不朽的人如雪莱、狄兰·托马斯、李金发那样根本没有晚年的诗人。如此说来，叶舟的写作似乎就应被列入当代诗歌的"青春写作"中去，因为他对终极价值的迷恋和对于危险的充满压力的和美得不真实的事物的热爱，也因为他的语言——个性的、风格化的、相信直觉的和快速的。问题在于，"青春期写作"体现出青春的诗性，它更多地依赖于才情而不是技艺，依赖于热情而不是思想。青春期写作基于以上原因而产生了大量短命的抒情诗歌，也使人往往将它与青春写作混为一谈。但是，需要区别的是，所谓青春期写作，最基本的一点在于个体生命激情的冲动和宣泄，它并不能代表诗歌自身的青春性——那种健康的生命力、日日新的勇气和历久弥坚的纯真。而"青春写作"可以证明，并不是所有真正意义上的诗歌都要耽于回忆和迟缓沉思之类的"中年特征"与"知识分子"腔调。

因为写作本身的特点，话题又必须回到语言上来了。"汉语够不够用"这个问题把当代诗人分成了两类，一类在融合古代汉语、现代汉语、方言、外来语、口语、书面语并不断创造语言的新的表达能力，他们研究并发展了现代汉语；另一类，我是指叶舟这一类，出于对语言的热爱而不是怀疑，在使用中发现和恢复着语言。写作的减速与加速的区别在这里体现了出来。如果谁习惯于从汉语原有的敏感中获得表现力，谁就会越过研究、创新（像小心的科学家那样）的减速区域，以更大的速度去获得语言。那不是不负责任的非理性或者安德烈·布勒东式的"自动写作"，那是汉语原有的节奏、音韵、密度和质感，以及它们结合后的生长。这一切当然得源于美，源自中国文学传统的美的控制之下。

叶舟的加速写作基于他洞察语言本来面目的愿望，他不会操劳于赋予语言漫无边际的"陌生化"效果。雪莱在《为诗辩护》中说，"诗人是世界未公认的立法者"，叶舟的"重新命名"正是试图恢复语言的世界中最神奇、最有创造性的那个"法"。在这样的立场上，语言和生命活动相遇了、相汇合了，写作速度将服从于更为强大的力量——生命。正如他所阐述："我力践于一种简约、奔跑、义无反顾和戛然中止，像一把断裂的刀子，锈迹缠身，镶刻了可能的诗句。需要重铸的依旧是内心的飞行、吹鸣、隐忍和迎头痛击——因此，我执义于诗歌的正义和血，吟唱深处的速度和加速度，泥沙俱下，坚守甚至退却，即使含有隐约的失败和微明的真理。"

在《大敦煌》第二部《诞生》中，百余行的长度实际上是为这种"更为强大的力量"的不断加强提供了足够的空间。"我并不是第一个"（委弃于泥/抵达春天/丧失方向……）一语反复出现，每一次都回到了出发的地方而实际上又把语言的刀刃向前推进了一次，当疼痛最后到达顶点时，经过多次变化的节奏缓和下来，一个省略号代替了他试图到达的"纯粹"的不可能性的压力（维特根斯坦在这里说："对不可言说的，应当保持沉默。"）。骆一禾曾经为青春写作（而不是青春期写作）这样辩护："带有灵性敏悟的诗歌创作……与整个精神质地有一种命定般的血色，创作是在一种比设想更艰巨、缓慢的速度中进行的……。一首诗可能写得很快，问题在于它的产生在心理压强上可能远过于物理时间所能衡量的速度……因为在此时，是生命在说话。语言若没有这种意识，它便只是语言学的语言……"出于，同时也是迫于对语言的信任，叶舟的精神"速度"撞击了语言的速度，生命因此而说话，在他的加速写作中，"北方"注入了文字之中——这才是燃烧的真正原因。"中年写作"对有些人而言也许是一种写作策略，但毫无疑问，"青春写作"对叶舟而言却意味着写作的立场。

T.S.艾略特谈道："一个诗人的成熟意味着整个人的成熟，意味着经历新的正适合于他的年纪的激情，这种激情的强度和青年时代一样。"那么，一个人什么时候才能长时期成熟呢？一个诗人又以什么为成熟的标志呢？

叶舟的诗歌体现着技艺和热情的融合、绝对真理与先验精神之间的秘密联系，这样的写作显然是超越了青年时代的自恋、幻觉或别的什么。他向我们展示的不只是一种"正适合于他的年纪的激情"，而是一种超越了青春、不依赖荷尔蒙的激情，它会以不同的方式适合于任何一个世纪。——如果一个人拥有了本质意义上的青春，永久的青春，那么当他改换自己的写作方式甚至重新考虑材料、技艺和想要表达的事物时，他都不必也无法改变自己的信仰。

叶舟写道："我为人类保存言辞而备受伤害。"

——这就是速度：纯洁、原初；直接，压力；疼痛、危险；燃烧、牺牲；古老、激进；高傲的真理和简单的真相；语言本身的巨大秘密和生命的迅速抵达……它必然要受到伤害而且不能减速。世上没有完美的诗歌，尤其是那些试图守护完美理想的人的诗歌，这时候，伤害成全了它的价值。

1998 年 10 月　兰州

# 叶舟：在地为马，在天如鹰

徐　坤

## 一、相见

1. 在叶舟诗集《大敦煌》的第 137 页，夹着一张十年前我顺手搁放的暂充书签的便条，就是宾馆床头柜上搁置的那种常见便笺。那上边的抬头是"敦煌市悬泉宾馆"。便笺底下，压着的是叶舟的诗《青海湖》——"心灵的继承者！这野花沸腾的水面多么宁静"；便笺上边，有我涂抹的零星句子："刀子中的刀子＼你是＼男人中的男人＼王中之王"。

用铅笔，也是宾馆床头柜上跟便笺配套的短铅笔。

2. 十年后，为了写这篇叶舟印象记，我重新翻阅《大敦煌》，于是乎便与这张古老的便笺不期而遇。纸笺已经发黄，而铅笔字迹仍然清晰。

3. 一折小小的便笺，见证了岁月，也见证了当年，一个文学女青年为一个诗人迷狂的过程。

4. 还是要从这首《青海湖》说起。

5. "心灵的继承者！这野花沸腾的水面多么宁静。"——《青海湖》开篇的诗句，轰然作响！它构成了我跟诗人叶舟的语言……"出于，同时也是迫于对语言的信任，叶舟的精神"速度"撞击了语言的速度，生命因此而说话，在他的加速写作中，"北方"注入了文字之中——这才是燃烧的真正原因。"中年写作"对有些人而言也许是一种写作策略，但毫无疑问，"青春写作"对叶舟而言却意味着写作的立场。

T.S.艾略特谈道："一个诗人的成熟意味着整个人的成熟，意味着经历新的正适合于他的年纪的激情，这种激情的强度和青年时代一样。"那么，一个人什么时候才能长时期成熟呢？一个诗人又以什么为成熟的标志呢？

叶舟的诗歌体现着技艺和热情的融合、绝对真理与先验精神之间的秘密联系，这样的写作显然是超越了青年时代的自恋、幻觉或别的什么。他向我们展示的不只是一种"正适合于他的年纪的激情"，而是一种超越了青春、不依赖荷尔蒙的激情，它会以不同的方式适合于任何一个世纪。——如果一个人拥有了本质意义上的青春，永久的青春，那么当他改换自己的写作方式甚至重新考虑材料、技艺和想要表达的事物时，他都不必也无法改变自己的信仰。

叶舟写道："我为人类保存言辞而备受伤害。"

——这就是速度：纯洁、原初；直接，压力；疼痛、危险；燃烧、牺牲；古老、激进；高傲的真理和简单的真相；语言本身的巨大秘密和生命的迅速抵达……它必然要受到伤害而且不能减速。世上没有完美的诗歌，尤其是那些试图守护完美理想的人的诗歌，这时候，伤害成全了它的价值。

1998 年 10 月　兰州

# 叶舟：在地为马，在天如鹰

徐　坤

## 一、相见

1. 在叶舟诗集《大敦煌》的第137页，夹着一张十年前我顺手搁放的暂充书签的便条，就是宾馆床头柜上搁置的那种常见便笺。那上边的抬头是"敦煌市悬泉宾馆"。便笺底下，压着的是叶舟的诗《青海湖》——"心灵的继承者！这野花沸腾的水面多么宁静"；便笺上边，有我涂抹的零星句子："刀子中的刀子＼你是＼男人中的男人＼王中之王"。

用铅笔，也是宾馆床头柜上跟便笺配套的短铅笔。

2. 十年后，为了写这篇叶舟印象记，我重新翻阅《大敦煌》，于是乎便与这张古老的便笺不期而遇。纸笺已经发黄，而铅笔字迹仍然清晰。

3. 一折小小的便笺，见证了岁月，也见证了当年，一个文学女青年为一个诗人迷狂的过程。

4. 还是要从这首《青海湖》说起。

5. "心灵的继承者！这野花沸腾的水面多么宁静。"——《青海湖》开篇的诗句，轰然作响！它构成了我跟诗人叶舟的第一次相遇。

6. 1998年秋季，我跟随西南军区的队伍进了一次西藏。有过进藏经历的人都知道，人在高原时，顶礼膜拜，奋力向上，同时又头疼缺氧，生不如死；一旦回到平地，事后的回忆咀嚼里，全是圣洁的唱诵与光荣，很容易犯上"西藏控"。那种高原情结会持续一两年高烧不退。更有甚者，像当年同去西藏的刘醒龙兄，"高原控"一直延续了十几年，一提西藏就大脑缺氧，眼泪汪汪！醒龙兄终于在今年秋天又上去了，上去之后果然激动，含泪发短信，写诗，诉说被高原提升的海拔高度。

7. 在地球的高地，无人处，理想主义者和浪漫主义情怀的人群纷纷萍聚撞击。站得越高，脑袋越大。世界在太阳穴里嗡嗡作响。

8. 我的西藏情结大概也持续了一年之久。回来后疯狂阅读有关西藏的书籍。某一天，在一家小书店的不起眼角落里，发现两本《西藏旅游》杂志，彩色铜版纸印刷，精美漂亮。立刻如获至宝，站在架前翻阅。蓦地，《青海湖》，那些带着海拔、带着高原寒气与凛冽的诗句，咚咚咚撞击我心扉："心灵的继承者！\这野花沸腾的水面多么宁静。……野蜂凄艳\蝴蝶呼喊\一阵阵高入天堂的狂雪引人入胜。"

9. 站在原地，逐字逐句读着，水汽激溅诗句，写的仿佛不是青海湖，是西藏纳木错，我到过的那个有着海拔4700米高度的高原神湖。

10. "像十万散失的马群——\披挂了精神的经幡。\哦，我内心的气象和海拔\将毁于一旦"——《青海湖》。

11. 被这样的句子迎面击毁，痴痴的，呆呆的，一时竟不知今夕何夕，今年何年。高原峥嵘岁月扑面而来。将这两本杂志买下，回到家中，之后做了件更加痴迷的事情：将《青海湖》一字一句抄写，用那种湖蓝色的西湖水印信笺，然后寄给同去西藏的女作家川妮。当时她还在原成都军区服役。沉浸在"西藏控"里的我俩，回来后还时不时互相写个信，回忆一下高原什么的。

12. 川妮很快回信，由衷赞叹：诗人真伟大！

13. 那个年代、那个岁数的文学女青年的为诗癫狂为人笑，由此可见一斑。

14. 从那时起，就记住了一个叫"叶舟"的诗人。同期杂志还刊了他的另外一首诗《打铁打铁》。这么刚硬又翩翩的诗，一定是个西部那种外部粗糙、内心细腻的大汉吧？或如我们在高原上见到的红脸膛藏族男子？

15. 有机会一定要见一见这个名叫叶舟的诗人。

16. 隔年，机会来了。又有一次跟随北京作协去敦煌的旅行。先到兰州，要有一个程式化的两地作家对谈。看到预先发的与会者名单上有"叶舟"两个字，不禁眼前一亮：就要见到写诗者本人了！等到两边人马安定下来坐好，我偷偷打问哪位是叶舟？有人指向对方人群。顺手指方向一看，跟想象中的形象相反，却是一个安静的白脸青年。不像西部汉子，却像古代南方遗留下来的白面书生。

17. 看他瘦削的身材和面庞，暗想：他哪里来的那么大力气，锻造出那么有力量的诗句、胸腔里似乎藏得下雷霆万钧？

18. 轮到要说话时，我说，来到甘肃，与作家都不太认识，就是想见见叶舟，很喜欢他的诗，还曾经抄录下来与朋友共赏。现在终于见上了！我非常高兴……

19. 叶舟接话说：我们在北京见过。

20. 底下人群"轰"的一声笑起来。北京这边小怪话就起来了：瞧瞧，瞧瞧，献媚没献好吧？见过人还装作不认识。

21. 我的脑袋也"嗡"的一声大了，无地自容，赶紧自我解嘲说：是吗？可能是当时人太多，不记得了。人记不住，却能清醒记得住你的诗。

22. 同时，心里却在忿忿：不插话，给人留点面子，会死吗你？！

23. 下会以后，才去握手寒暄，问他：我们什么时候见过？叶舟说，去年，在民族大学旁边，一位朋友组织的饭局上。

24. 好在，现实生活当中，叶舟是个随和柔软的人，对朋友很尽心。不一会儿，酒席宴上一喝起来，就把前嫌忘了。

25. 一场指认的笑话，还是让北京方面军取笑揶揄了我一路。

26. 我们的队伍还要继续往西部腹地深处走。临别，叶舟赠我诗集一册，《大敦煌》。

27. 今日我再翻这部诗集时，发现，除了有我自己的数处眉批，整个扉页都是空白。竟然连个"请惠存""请指正"字样都没有。

28. 足见，当年，那个写诗的小子，那个白脸青年，内心何等狂傲、狷介、不羁、怠慢！

29. 那正是他的黄金时代，是他的"十步杀一人，千里不留行"的大胆狂徒、醉鬼和侠客时代——十几年后，李敬泽在《叶舟小说·序·鸡鸣前大海边》里这样说。

## 二、《大敦煌》

30. 《大敦煌》就这样碰巧伴随了我的敦煌一路行。既是行游指南，更是精神指北。漫长的路途，翻到哪页读哪页。有时临睡前的小憩时刻，我和同屋的女作家赵凝轮换着朗诵他的诗，《敦煌的月光》，《敦煌十四行》，献给常书鸿的《敦煌小夜曲》，献给张承志的《致敬》……

31. "大雪封山，只剩下我和敦煌\于最后一片草原，占山为王。\诗歌的王，女儿敦煌。"——《大敦煌·卷一·歌墟·西北偏北》

32. "哦，当日光渐近\屋梁或玫瑰的传唱：日光渐近——\这悄然的引领，只为青年知道\这神示之上的预支，只为美德听取。"——《致敬》

33. 这些淬火的诗句，撞得人眼睛生疼。简直是要吐血的写法，一口，两口，喷涌，飞溅，喷薄而出，一直抵达命定的高度。

34. 写完这部诗集的人，我想，应该气绝身亡。

35. 有评论为证：颜俊：《叶舟诗歌中的速度》，见《大敦煌·附录》。

36. 有关"叶舟"的词条："七印封严的书卷。\这白脸青年抱紧的药箱：在地为马\在天如鹰"——《大敦煌·卷一·歌墟》

37. 果然，在诗人的举念、青春的盛会、祝颂和祷词都已供奉和捐献之后，在新世纪的黎明和曙光里，小说家叶舟开始呈现。俱形。

### 三、羊群入城

38. 对于诗人叶舟来说，假如，诗是一种攀登、永无止境的上行；那么，小说的下坡路，就是直接通往死亡的。珠峰登顶的人，往往死在下山的途中。

39. 叶舟用写诗的句子，来策划小说，语言仍然凛冽，倨傲，充满内在的紧张和爆发力。他用起承转合的情节，用故事的戏剧性逃脱了注定下山乏力的命运。

40. 《羊群入城》《目击》《两个人的车站》……仍是一片诗歌的阵仗，处处燃烧有《大敦煌》余烬的火光。像一个蓦然闯入的孩子，以自己顽强的逻辑，不肯与生活和解。

41. 到了2006年，他摸到了下山营地，节奏舒缓，平心静气，宣布登顶后的撤离已然成功。评论家雷达这样评介叶舟20余万字"长篇情感悬疑小说"《案底刺绣》："叶舟是著名诗人，他一旦着迷起小说，这个诗人的主体和小说便出现了一种奇妙的化学反应，并产生了一种奇特的文本。因为，诗人小说家的想象力比一般人的想象力飞翔得更远。诗人的敏感洞烛了小说，对人性的挖掘会产生幽深，诗人灼热的目光面对女性，使女性更加美丽。《案底刺绣》一书，就是小说跨上了诗人想象力的产物。"

42. 作为小说家的叶舟，里里外外，完全是一入世的样子了。在小说的会议上，也常见到他。在《十月》杂志那次笔会上，一见面就看他愁眉苦脸，心事重重，问是怎么回事，说是儿子在学校打架，被老师找上门来。我们一群写小说的不可救药世俗主义者齐声搓火，说：这有什么！男孩子，就该打架！大不了，你去代表家长承认错误，给人家赔偿、赔礼道歉不就完了嘛！叶舟想了想，好像觉得也对，这才是生活的逻辑。于是眉头舒展，高高兴兴跟我们喝酒去了。

43. 2010年，叶舟的中篇小说《姓黄的河流》，写出了类同《大敦煌》的雄厚气象。在杂志上读过之后，我立即给他发去短信，赞这是一部中国版的《朗读者》。当然，也许他自己并不愿意这样被比附。

44. 《姓黄的河流》是他十年下山，十年磨砺，励精图治、肝胆相照之作。他已经技巧圆熟，指挥调动有力，想象力丰沛，对母语遣词造句有讲究，自如地将跨文化情境、悬疑色彩、诡异情节……这些好小说里该有的元素都运用起来，构建了属于他自己的一个"文化论"的王国。

45. 这小说，写到这会子，才是谁也拦他不住了。

46. 在地为马、在天如鹰的人！这一地鸡毛、醉生梦死的小说时刻，可还记得，那野花沸腾的水面，曾经多么宁静？

# 代后记

## 致　敬

叶　舟

　　一本写作跨度几近十年（1990—1999）的著作，已使时间有了重量，而使生命破绽百出。这种书写中一再凭临的寒冷，使我在最后的关头，弯下了自己灵魂的头颅。在《大敦煌》即将付梓印刷的这个冬天，我分明看见了它所深埋的那些燃烧的煤炭将逐渐成为一场寂灭的灰烬；它所悉心镌刻的笑容，要一一凋零，而遗址依旧；一以贯之的举念与崇敬依旧。这些倾注了我一腔滚烫心血的文字依旧，致敬的心情仿佛一只翱翔的鹰，于我内心的天空上眷恋不已。

　　理所当然，这部涵括了热爱的理由、青春的体温、牺牲之下的心情和一番爱戴的追随与神圣自然的著作要献给你。——因为，你是我生命的指南；是我诗歌中永远的首都；是我一再皈依的北方；是我的亲人与信念的友人；是盛大的敦煌。

　　回忆是疼痛的，而岁末的挽别又让人周身寒彻。这不是一个简单个体的岁末，这是一个漫长世纪的最后黄昏。在这个时刻倏忽呈现之后，整整1000年的时光将变得喑哑、无助和死寂，仿佛一堆十万吨的废铁，于我们记忆的最深处矗立。在那儿，我们曾经拥有的一段谈话；一次火热而澎湃的追逐以及义无反顾的书写，要冰冷一片。我们是谁？我所镌刻而出的这些文字，要见证什么？在这个遗址与废墟之上，演绎了多少神示的手印和内心的曲折？用帕斯卡尔的话说："这些无尽空间的永久寂静令我恐惧。"——也许，在这种质疑的基础上，致敬的心情才是另一种开始。

1991年，我在一种懵懂和朦胧的向往中写完了《呼喊》，在这首充满了少年的冲动与青春特有的焦躁难安的浪漫主义诗篇中，混杂的是一种针刺的疼痛与失败的沮丧，这和那个特定的历史时期有关。它不是一次对于自己的拷问，亦不是对于一个人成长的检索，而是对于一种信念和文字的追问与缅怀。在我负笈求学的整个80年代，诗歌的时尚与毒素已经蒙蔽久矣，在我的母语中浸淫的是体制的颂歌和逐散而逃的流派纷争。在众人都趋于浮躁和喧哗的时候，我掉转头来，回到了我赖以生存的亚洲和中国的西北腹地深处，我找到了这些黄金般的残叶、断章和谣唱，我像一个孩子那样，用一声尖锐的呼喊来表达我的背叛。

这首诗后来刊载于一家著名的民间刊物上，并引起了持续不断的猜测和臧否。但它给予我的新鲜的经验，不仅奠定了我最初的信心，也使我这种背叛的快意一泻千里。同时，这首诗让我吃尽了苦头，遭遇了种种现实的围剿与责难。

就在那一年的深秋，我走进了北京清华园郑敏先生的寓所。在那个秋阳斜映的美丽午后，我听到了郑敏先生对于五四以来汉语发展的一些真知灼见。在回答郑敏先生对于我的有关丝绸之路与青藏高原、新疆和蒙古的诗篇提问时，我的解释是混乱而模糊的。她悉心倾听着我的讲解,并剥茧抽丝地给予了我一个提纲挈领般的提示。在清华园秋风荡漾的这次谈话中,一座庞大的遗址和废墟豁然敞亮于我的眼前。我承认,这是一个神示的下午,它在此后很多年的写作中滋润并扶助了我的生命。在这之后的第三天,我又在北京大学谢冕教授的家中得到了同样的问询。那时,我已经依稀感到自己找到了一条崭新的道路,我缩短了在北京的行期,奔赴辽阔的西北。

我迅速离开了北京,回到了我此后诗歌中灿烂悠久的首都:敦煌。

在我居住的这个微弱的小城中,我时时能感知到泥沙俱下的黄河和从蒙古高原以及新疆吹拂而来的醉人气息;我也能时刻仰望远在青藏高原和祁连山、天山之上的海拔之鹰。在规避疏离了时尚和世俗的写作之后,我用自己的脚印,丈量了敦煌的四个方向。在大地漫游的日子里,我陆续地走入了回族、维吾尔族、哈萨克族、东乡族、撒拉族、锡伯族、裕固族、藏族、蒙古族、满族和保安族;我穿行了蒙古高原、帕米尔高原与积雪的大地青藏高原,在充满了强劲和卓绝生命力的异质文化中,在朝向敦煌的路途上,我的内心与诗篇长大成人。

《歌墟》得益于敦煌木简,仿佛流沙之下自然的天籁。流沙坠简之启示。

《抒情歌谣集》来源于流布西北的少数民族的庭训、教义、民谣和风俗画卷。这是一次漫长焦灼的书写,在整整八年的时间里,它以《大敦煌》为总题发表于全国的众多刊物上,其中的"拟民谣体"部分为人们广泛传诵。

一种有效的诗歌必须建筑在科学的直觉和自然所昭示的激

情之上，否则，一页花瓣就能使人类的天堂松懈。在抒情与歌谣的技艺中，我整整奔突了十个年头，这带给了我世俗的名声和不堪重负的惊骇，我看见了自己的语言在打滑，伸手触摸到了熟练的操作隐含的危险。在这种深深的疑惑中，我逃向了自然之神的怀抱，在那些充满了青铜汁液的日子里，我漫游于丝绸之路的两岸，叩问历史，倾听民俗，关心酒事，抚遍尘封的旧日栏杆。千百年的沧桑道路上，我在一种被史书所称的"凿空"中，逐渐模糊地找到了一种隐约的结构和准确的表达方式。这是一种企图的岁月，在滚滚消逝的商贾、戍卒、释子、探险家与冒险者以及时间的骨缝里，我一眼看见了内心中辉煌的遗址和废墟，找到了我要诉说中的伟大敦煌。我画地为牢，以自己诚实的文字重新建筑了一种纸上的风景和城邦，一个涵括了秘密命运的疆域。她给予我的是无限的孤独、落寞、悲哀和少量的快乐。

和所有的敦煌学专家、学者不同，他们获得的是文物、检索和考据；是生硬的盘剥与考古的冰冷，而我投身一入的，是我赖以呼吸的母语和热烈的诗篇。在他们复印临摹的时候，我拥抱的是壁画上青春的女神和飞天姑娘缥缈的歌声。

已经记不清楚是第几次走入丝绸古道，但每一次穿行其间，都让我记忆犹新。1998年的深冬，遵《大家》杂志所嘱，我开始撰写《一座遗址的传奇和重构》。我在敦煌与丝绸之路的每个关隘前，整整磨砺了最为寒冷的那些冬日。2000年农历正月初一，整整一天，我一个人徜徉在宕泉河边，独自拥有莫高窟的巨大宁静和它时间的秘密。你们在过年，而我在守窟；你们在推杯换盏，而我一人在戈壁深处祭扫常书鸿先生的坟茔。在肃杀的罡风和浩瀚的大漠深处，世界退场了，时代与浮躁的人心撤身而去，这个亚洲和中国的地理中心，才为我现出真相与奇迹。大块假我以文章，她不仅全美了我赞美的心情；同时，馈赠了我这一部充满恩宠和爱戴的卷册。

是的，不是我书写了这一部著作，而是神圣之人和凌虚飞渡的自然本身；是我一再企及的首都敦煌；是你们，我灵魂的友人和世俗风景中的兄弟——

这样一本饱蘸了我无限心血和期待的著作，如今传递给了你们，像我当初从神圣之人和最隐秘的路途上得到馈赠时那样。在你们捧读此书的那些傍晚，20世纪好像一具尸体一般地倒下。岁月峥嵘，留下的只是我们旧有的那些日子。我们需要在一个清洁的早上，重新说起上个世纪；需要一个明媚的春天，围坐一起，让我来朗诵这些九死一生的汉语诗篇；需要一场繁华散尽后的凋敝，和另一个奇迹的疆域，再次起步，迎头痛击。

那是春天，青铜枝下，马匹诞生，敦煌无限。

2000/1999 年深冬

兰州一只船